Tiere sind meine Freunde

Prominente erzählen ihre Lieblingsgeschichte, Tierschützer engagieren sich

Herausgegeben von
Brigitte Thum

Delphin Verlag

Umschlagbild: »Baumwesen«, 1981 von Kathia Berger.
Das Honorar für das Titelbild hat Frau Kathia Berger der Vereinigung »Bürger gegen Tierversuche« in Hamburg zur Verfügung gestellt.

Die Vignetten zeichnete Peter Engel

Umschlaggestaltung: Christa Manner, München
Satz: Utesch Satztechnik GmbH, Hamburg
Druck und Bindung:
Mohndruck, Graphische Betriebe GmbH, Gütersloh
Printed in Germany · ISBN 3.7735.5259.9

Liebe zu Tieren

Ein Vorwort

Das erste Tier, das ich kennenlernte, war der Foxterrier meiner Mutter.

Das zweite war ein Löwenbaby, das mein Vater von einer Expedition in Afrika – es gab damals noch weiße Flecken auf der Karte – mit nach Hause nahm, um seinem vierjährigen Lausbub, der keine Geschwister und nur wenige Spielkameraden hatte, eine Freude zu bereiten.

Auf dem kleinen Landschloß meines Vaters westlich von Stockholm gab es Minipferde, die er vom Kaiser von Siam geschenkt bekam. Ich fing sehr früh mit dem Reiten an, und bei diesem Sport blieb ich.

Meine Urgroßmutter und Großmutter waren stets von Pudeln umgeben, und meine sehr tierliebe Großmutter kutschierte gerne mit Eleganz und Fachkenntnis das Viergespann ihrer schneeweißen Lipizzaner, die sie hauptsächlich mit milden aber bestimmten Zurufen lenkte.

Als ich später bei der Kavallerie diente, lernte ich endgültig, was die Freundschaft zwischen Mensch und Tier bedeutet. Mit meinem Pferd war ich so richtig per du, und bei den nächtlichen Stallwachen schlief ich während der kurzen Arbeitspausen oft an seiner Seite.

Tierliebe ist ein altes Gut der Menschheit. Selbst bei den heutigen Kindern der großen Städte hat sie sich bewahrt.

In uralten Zeiten schon brauchte der Mensch Wächter und Jagdhelfer – heute in unserer hochtechnisierten Gesellschaft ist das Haustier oft die einzige Waffe gegen die Einsamkeit.

Liebe zu Tieren ist für viele menschliche Bewohner unseres dichtbevölkerten Planeten die wichtigste Motivation, etwas für den Schutz der bedrohten Wildtiere zu unternehmen.

Organisationen wie der World Wildlife Fund setzen sich dafür ein, daß mit den bedrohten Tieren, Pflanzen und ihren Lebensräumen eine auch für den Menschen lebenswerte Umwelt erhalten bleibt. Ohne Freundschaft zu lebenden Wesen verarmt der Mensch.

Ohne eine gesunde Umwelt mit all ihren Tieren und Pflanzen können wir nicht überleben.

Dr. h. c. Graf Lennart Bernadotte

Inhalt

Gerhart Baum

Gerhart Baum wurde am 28. Oktober 1932 in Dresden geboren und begann seine berufliche Laufbahn als Student der Rechtswissenschaft. Seit 1955 ist er Mitglied der FDP. 1966–1968 war er Bundesvorsitzender der Jungdemokraten, gleichzeitig Mitglied des Landesvorstandes der FDP Nordrhein-Westfalen sowie Mitglied des Bundesvorstandes der FDP. 1972–1978 war Gerhart Baum Parlamentarischer Staatssekretär des Bundesministeriums des Inneren und von Juni 1978 bis September 1982 Bundesinnenminister. Heute ist er stellvertretender Bundesvorsitzender der FDP und Mitglied des Bundestags. Sein Leben teilt er mit seiner Frau, zwei Töchtern, einem Sohn, zwei Hunden und zwei Katzen.

Gerhart Baum

Ich möchte die Katzen nicht missen

Ich habe ein zwiespältiges Verhältnis zu Katzen. Meine Mutter erzählt, ich sei, als Baby im Kinderwagen liegend, einmal von einer Katze bedrängt worden. Spielt das noch unbewußt eine Rolle? Katzen habe ich viele Jahre meines Lebens nur von ferne erlebt – bei Freunden, im Urlaub. Von früh an hatten wir Hunde, aber keine Katzen. Das hat sich vor einigen Jahren geändert.

Bei einem guten Freund in Italien habe ich zum erstenmal Katzen aus nächster Nähe erlebt. Seine Nachbarin, eine große Katzenliebhaberin, starb. Er übernahm etwa zehn Katzen in eigene Pflege. Im übrigen hatte diese alleinstehende ältere Dame ihr ganzes Vermögen einem Katzenschutzverein vermacht, der zunächst wenig Interesse zeigte, mit diesem Vermögen auch die überlebenden Katzen zu unterhalten. Die Katzen lebten außerhalb des Hauses, jedoch in seiner Nähe. Sie waren meinen Kindern, meiner Frau und mir vertraut. Trotz aller Vorkehrungen und Vorsichtsmaßnahmen fand sich ab und zu doch ein Wurf junger Kätzchen in der Nähe der Heizung. Und so geschah es, daß meine Kinder – mich kurzerhand überrumpelnd – entschieden, zwei der kleinen Kätzchen, zwei Kater, am Ende der Osterferien mit nach Köln zu nehmen. Seitdem haben wir in unserem Haushalt nicht nur zwei Hunde, sondern auch zwei Kater vom Lago Maggiore.

Ich habe gesagt, ich hätte ein zwiespältiges Gefühl zu Katzen – und das hat einen besonderen Grund. Ich bin offenbar in starkem Maße katzenallergisch, dafür gab es schon vor einigen Jahren untrügliche Anzeichen: Immer wenn ich in die Nähe von Katzen kam oder in einen Haushalt, wo sich eine Katze befand, fing die Nase an zu laufen, ich mußte niesen, und Atemnot stellte sich ein. Dann war eine Zeitlang Ruhe, bis die Beschwerden wieder begannen. So bin ich in den letzten Wochen mehrfach zu einem Facharzt gegangen, der mich getestet hat. Leider hat sich bestätigt, daß ich auf Katzen allergisch reagiere. Nun stellt sich das große Problem, wie wird es möglich sein, einen modus vivendi herzustellen, der es vermeidet, daß die Katzen, die beiden Kater, das Haus verlassen müssen. Sie sind mir inzwischen auch ans Herz gewachsen. Ich habe sie immer wieder beobachtet und möchte sie nicht missen. Katzen sind, wie jedermann weiß, sehr selbstbewußt. Alles, was sie tun, hat seinen Sinn. Sie sind Einzelgänger, aber doch mit Bindung an die Familienangehörigen, aber auch an die anderen Haustiere. Die beiden Kater vertragen sich auch mit den Hunden. Der kleinere Hund versucht ab und zu, mit ihnen zu spielen, provoziert sie und wird sofort in seine Schranken gewiesen. Dann ist wieder Frieden. Andere, fremde Katzen werden von den Hunden verfolgt.

Die Katzen sind sehr unterschiedlich in ihrem Charakter. Die eine zaghaft, vorsichtig, aber auch fordernd, wenn das Futter nicht bereitsteht. Die andere entschiedener, selbstbewußter, auf dem Stuhl in der Küche mahnend sitzend, ohne einen Laut von sich zu geben, bis das Futter bereitsteht. Die eine hat ihren Schlafplatz im Keller, die andere im Zimmer meiner Tochter. Manchmal liegen sie zusammen. Meist sind sie nachts unterwegs und kehren frühmorgens nach Hause zurück. Jede für sich.

In unserem großen Garten gibt es nun keine Wühlmäuse mehr, die fanden sich sauber aufgereiht vor der Haustür, bis offenbar auch die letzte verschwunden ist. Katzen brauchen Liebe und Zuneigung. Es ist nicht damit getan, habe ich erfahren, daß man ihnen etwa bei Ferienabwesenheit der

Familie das Futter hinstellt. Sie brauchen den Körperkontakt mit dem Menschen und auch die sanfte Hand des Menschen. Wenn ich am Morgen meine Zeitung lese und die Katzen nicht beachte, dann springen sie auf den Tisch und laufen auf der Zeitung hin und her, so daß ich einfach gezwungen bin, sie zur Kenntnis zu nehmen. Meine Scheu vor Katzen ist völlig gewichen. Über jeden Vertrauensbeweis, den sie mir gegenüber erbringen, bin ich gerührt. Sie sind so anhänglich, daß sie bei Spaziergängen, insbesondere abends, uns im gemessenen Abstand folgen, und das über große Entfernungen hin – vorsichtig nach allen Seiten Ausschau haltend und dann vorsichtig schleichend oder mit großen Sprüngen uns folgend.

Ich möchte die Katzen nicht missen.

Kathia Berger

Das ist die Malerin Kathia Berger mit ihrem Schlittenhund »Eisbär« und dem 17jährigen Perserkater »Kaiser Bodo«. Die Künstlerin nahm den herrenlosen Kater vor 11 Jahren bei sich auf, um ihn vor dem »Einschläfern« zu retten. Heute ist er Star auf den meisten Berger-Gemälden, die in 18 Ländern der Erde zu sehen sind. Kathia Berger, die ihr Leben mit vier Katzen und dem Schlittenhund teilt, meint scherzhaft: »Ich bin ja nur Katzen-Portier und Bodos Hofmalerin!« Neben der Malerei schreibt Kathia Berger Kinderbücher und widmet sich bei jeder nur möglichen Gelegenheit dem Tierschutz.

Kathia Berger

Das Märchen von Kater Bodo und Philipp Seidenglanz

Es war einmal, und das ist noch gar nicht so lange her, ein kleines Dorf, das hieß Katzenhausen. Dort lebte in einem hübschen Holzhäuschen der Kater Bodo. Er hatte ein wunderschönes, langes, blau-grau schimmerndes Fell und goldgelb leuchtende Augen.

Sein größtes Vergnügen war, bei Katzenwetter – und das ist im Gegensatz zum Hundewetter sonnig und warm – das Fahrrad aus dem Schuppen zu holen und durch die grüne Hügellandschaft zu radeln, die das Dörfchen Katzenhausen umgab.

Bevor er das Rad bestieg, bürstete er sorgfältig sein Fell, damit es hübsch plüschig im Wind wehte, und befestigte an seinem Schweif einen roten Ballon. Dieser schwebte in der Luft und hob Bodos Schweif etwas in die Höhe, so daß er nicht in die Speichen kam.

Wenn Bodo in sein Häuschen zurückkehrte, hängte er den Ballon an einen Haken an der Haustür. Auf diese Weise wußten alle Mäuse, die es wagten, in der Umgebung von Katzenhausen zu wohnen, daß der Kater wieder zu Hause war, und sie liefen eilig in ihre Löcher. War der Ballon jedoch nicht an der Haustür, so rief der Bürgermeister der Mäuse: »Freunde, Bodo ist nicht zu Hause, laßt uns schnell in der Küche nach dem Rechten sehen!«

Dann trippelten die Mäuschen schnell in Bodos Küche, rafften hier ein Krümelchen Brot, dort ein Stückchen Käse, und ließen auch die Reste von Bodos Haferbrei nicht im Schüsselchen antrocknen. Wenn Bodo dann heimkam und die saubere Küche sah, in der nicht das kleinste Körnchen mehr herumlag, so schlug er die Pfoten über dem Kopf zusammen und rief: »Ich muß ja eine gute Fee haben, die mein Häuschen immer so blitzblank putzt!«

Auch heute, an einem schönen Herbsttagsmorgen, hatte Bodo sein Frühstück gegessen – es gab Milchreis in Sahne –, hatte sorgfältig sein Fell gebürstet, sich hinter den Ohren, am Bauch und überall sonst geputzt, sich noch einige Tropfen aus dem Fläschchen mit der Aufschrift »Katzenglück« ins Fell getüpfelt, um besonders angenehm zu duften, und sich per Fahrrad auf dem Weg gemacht. Sein Schwanz flatterte lustig am Ballon.

»Ich will doch sehen«, sagte er zu sich selber, »ob ich nicht Philipp Seidenglanz treffe. Bei dem schönen Wetter könnten wir zusammen in einem gemütlichen Landgasthaus einen kühlen Milchshake trinken.«

Und richtig! Kaum hatte er das ausgesprochen, hörte er in der Ferne etwas brummen. Das Geräusch verstärkte sich, kam immer näher. Dann sah Bodo auf der Landstraße einen dunklen Punkt, der sich schnell in ein kleines Motorrad verwandelte. Bodo erkannte seinen Freund Philipp Seidenglanz auf einer schweren Maschine, die mit elegantem Schwung vor ihm zu stehen kam.

»Hallo!« rief Philipp, stützte den linken Hinterlauf auf die Erde, lehnte sich geschmeidig mit dem ganzen Körper auf das Motorrad und verharrte regungslos, um Bodo Gelegenheit zu geben, ihn in Ruhe zu bewundern.

Und dazu war wirklich Grund genug. Philipps kurzes schwarzes Fell, in dem sich das Sonnenlicht spiegelte, wetteiferte im Strahlen mit der schwarzlackierten, glänzenden Maschine.

Philipp trug einen Overall aus rosarot schimmerndem Satin. Um seine schlanken Hüften hatte er einen schwarzen Elasticgürtel geschnallt, dessen Verschluß aus zwei silbernen Buchstaben – P S – bestand. Auf seinem Kopf saß ein

Helm von ebenfalls silbernem Metall, mit Schlitzen an beiden Seiten für die Katerohren. In der Mitte des Helms stand mit rosa Lackfarbe geschrieben: »Black Cat«.

Bodo streifte mit bewunderndem Blick noch die schwarzen Lackstiefelchen an Philipps Hinterpfoten. Dann rief er aus: »Oh, du dicke Sahnesoße! Man weiß wirklich nicht, wer schöner ist, du oder dein Motorrad.«

»Du sagst es, Kumpel«, erwiderte Philipp und schlug Bodo freundschaftlich auf die Schulter. »Aber jetzt gib acht! Jetzt kommt das Allerschärfste.« Katzenschnell holte er etwas aus der hinteren Satteltasche und hielt es Bodo unter die Nase.

Es war ein kleiner, silberner Käfig, in dem eine lebendige Ratte saß. Sie starrte Bodo aus runden Knopfaugen an und zitterte.

»Da staunst du, Alterchen, was? Das ist das Allerneueste. Eine Proviant-Ratte. Hat nicht jeder!«

Bodo ließ sich nicht anmerken, wie erschrocken er war. »Eine Proviant-Ratte?« wiederholte er. »Das verstehe ich nicht.«

»Na ja, wenn die Dörrsardinen oder die Sahnecracker mal alle sind, dann hat man immer noch seine Proviant-Ratte. Frischer geht's ja nicht mehr.«

Philipp lächelte und verstaute den Käfig mit der Ratte wieder in der Satteltasche. »Wie sieht's denn aus? Wollen wir im ›Krug zum fröhlichen Kätzchen‹ einen Milchshake hinter den Schnurrbart kippen?«

»Ach, weißt du«, antwortete Bodo, »ich habe noch eine Verabredung mit meinem Schneider. Diesen Herbst findet das zehnjährige Jubiläum des Landedelkatzen-Vereins ›Sanfte Kralle‹ statt, und dafür lasse ich mir noch ein Cape bauen.«

»Ist geritzt«, rief Philipp aus, »dann man gutes Schnurren.« Er schwang sich elegant auf sein Motorrad, startete geräuschvoll und sauste davon.

Bodo blieb noch eine Weile stehen und dachte nach. Er hätte sehr wohl dem schwarzen Philipp rechts und links eine Ohrfeige geben können und ihm mit dem Rufe »Du bist ja wohl nicht richtig auf alle vier Pfoten gefallen, du Miezekätzchen!« die Proviant-Ratte entreißen und freilassen können.

Aber er hatte im Laufe der letzten Jahre gelernt, daß es einem Kater in den besten Jahren zur Ehre gereicht, nicht gleich die Krallen auszufahren und zuzuschlagen. Angemessener war es, in Ruhe nachzudenken und dann einen weisen Entschluß zu fassen. So stieg er seufzend auf sein Fahrrad und fuhr heim.

Dort entzündete er ein Feuerchen im Kamin, braute sich einen schönen Sahnegrog mit einem guten Schuß Baldrian und machte es sich vor dem Feuer gemütlich. Lange starrte er in die züngelnden Flammen, um eine Lösung zu ersinnen, wie er der Ratte helfen könnte. Aber es fiel ihm nichts ein. So nahm er sich vor, bis zum Christfest zu warten, und dann bei Philipp ein gutes Wort für die Ratte einzulegen.

Der Herbst verging, und die kalte Jahreszeit kam heran. Kater Bodo ölte sein Fahrrad und stellte es in den dunklen Schuppen. Der rote Ballon war verschrumpelt, und Bodo warf ihn fort. Die Mäuse, deren Lebensunterhalt gefährdet war, weil Bodo keine Radtouren mehr machte, starrten hungrig und ratlos aus ihren Löchern.

Kater Bodo verbrachte die meiste Zeit vor seinem Kamin, ein Plaid auf den Knien, eine echte schottische braun-rot-türkis karierte Wolldecke, die er einmal bei dem Wettbewerb »Kunstvolle Pfotenarbeit« des Landedelkatzen-Vereins »Sanfte Kralle« gewonnen hatte. Während er die Flammen beobachtete, knabberte er ein paar selbstgebakkene bio-dynamische Kekse, und mit träumerischem Gesichtsausdruck, so als wüßte er nicht, was er tat, warf er hin und wieder Keksstückchen in die Richtung der Mauselöcher.

Währenddessen brannte auch in Philipps Bungalow ein Kaminfeuer. Aber der Hausherr saß gar nicht gemütlich davor. Er ärgerte sich, daß er bei dem naßkalten Wetter nicht Motorrad fahren konnte.

Wie langweilig war doch so ein dunkler Winterabend! Auch irgendwelchen Schnitz- oder Krallenarbeiten – Geschenke zu Weihnachten – konnte Philipp gar nichts abgewinnen.

Wäre er doch eine Siamkatze! Man hörte ja so Wunderbares aus den orientalischen Ländern. Eine siamesische Tempelkatze wäre er gern gewesen! Dann würde er jetzt im gleißenden Sonnenlicht vor einem Tempel thronen, kühle Sahne schlürfen und sich vom Volk bewundern lassen.

Wie er noch mit dem geistigen Auge den fremdartigen Tempel betrachtete, schob sich plötzlich eine andere Erscheinung in sein Blickfeld. Goldenes Licht erstrahlte im Zimmer. Zuerst nur zart und matt, wie ein Sonnenaufgang, dann immer heller und leuchtender, bis Philipp geblendet die Augen schloß. Zugleich verbreitete sich starker Lilienduft im Zimmer. Eine Musik erklang, als sängen unzählige Paradiesvögel. Diese Töne waren leise und doch so machtvoll, daß sich Philipps Fell sträubte. Ein Schauer lief über seinen Körper. Er öffnete die Augen und erblickte vor sich eine Gestalt, die aus Licht zu bestehen schien. Es war eine junge Frau, nicht viel größer als er selber, und sie schwebte über dem Fußboden.

Philipp bemerkte, daß sie trotz der Kälte keine Schuhe trug. Zwischen ihren zierlichen Zehen steckten kleine, rosafarbene Blumen. Ihre Beine waren ebenfalls mit Blumen umwunden. Ihr Gewand bestand aus blauem Licht, es war besteckt mit weißen Lilien. Helleuchtendes Haar umfloß die ganze Erscheinung, und um ihren Kopf schwebten weiße Lilien und rosa Rosen.

Ihr Gesicht leuchtete so, daß Philipp ihre Züge nicht erkennen konnte.

Er hörte sie sagen: »Ich grüße dich, Philipp Seidenglanz!« Er brauchte eine Weile, bis er ihr antworten konnte: »Wer bist du, und wo kommst du her?«

»Ich bin die Fee Blumenduft und komme aus dem Reich des Lichts und der Liebe«, ertönte die Antwort. Er erkannte, daß es keine Stimme von dieser Welt war. Trotzdem entgegnete er: »Aber Feen gibt es doch nur im Märchen!«

»Das behaupten die Menschen«, sagte sie, und in ihrer Stimme schwang ein Lächeln. »Es sind die gleichen Menschen, die auch sagen, daß Tiere keine Seele und keine Gefühle hätten.«

Da die Fee nun nichts mehr sagte, sondern schweigend über ihm schwebte, fragte Philipp sehr befangen: »Warum bist du gekommen?«

»Lieber Philipp, sicher weißt du, daß es viele gute Geister gibt, die sich um das Wohl der Menschen und auch der Tiere bemühen. Ich bin die Tierschutzfee für den Bezirk Katzenhausen. Mir wird durch meine Helfer, die Elfen und Gnome, viel Erfreuliches berichtet, aber manchmal auch weniger Erfreuliches. Und in letzter Zeit sind die Hilferufe und Tränen eines Tieres bis zu mir heraufgedrungen, so daß ich dachte, ich bemühe mich persönlich um dieses leidende Wesen. Vielleicht kannst du mir dabei helfen. Du bist doch ein kluger Kater und bestimmt nicht so grausam wie manche Menschen, die Tiere in enge Käfige sperren, in denen sie sich kaum bewegen können, und ihnen nie einen Sonnenstrahl vergönnen.«

Die Fee schwieg wieder, und Philipp spürte, ohne hinzusehen, ihren Blick auf sich gerichtet. Er stammelte: »Ja, natürlich will ich nicht so grausam sein, das wäre ja entsetzlich. Nur – mir fällt überhaupt nicht ein, wer hier in Katzenhausen leiden muß.«

»Denk einmal gut nach«, sagte die Fee. »Sicher wirst du mich dann verstehen. Ich glaube, nun, nachdem wir uns kennengelernt haben, darf ich dich zu meinen Freunden und helfenden Wesen zählen. Das Leiden soll aufhören, und Liebe und Verständnis soll mit uns allen sein.«

Die Fee hob grüßend ihre Hand, und dann verblaßte ihre Erscheinung wie eine ausgelöschte Flamme. Der starke Lilienduft war das einzige, was von ihr blieb.

Philipp saß wie betäubt, ohne sich zu bewegen. Ihm war, als hätte er einen Schlag in den Magen bekommen. Seine Glieder zitterten. Was hatte das Lichtwesen gesagt? Tiere in enge Käfige sperren ... Die Ratte im Käfig, die Proviantratte! Natürlich! Entsetzlich! Er hatte sie ganz vergessen. Er fühlte, wie seine Ohren vor Scham glühend heiß wurden und wie Schmerz und Reue sein Herz zusammenpreßten.

Im nächsten Augenblick riß er einige Kekse aus der kleinen Silberschale, die auf dem Tischchen stand, und lief in den Motorrad-Schuppen. Unterwegs wiederholte er immer die gleichen Worte: »Lieber Gott, laß sie nicht tot sein, laß sie bitte nicht tot sein!«

Er stieß die Schuppentür auf und bemerkte mit Entsetzen, wie kalt, modrig und feucht die Luft war, die ihm entgegenschlug. Er knipste das Licht an. Dort, auf dem Regal in der hintersten Ecke stand der Käfig mit der Ratte. Sie lebte noch! Als sie Philipp sah, zuckte sie zusammen und starrte ihn mit einer Mischung aus Angst und Erwartung an.

Der Kater warf die Kekse durch die Gitterstäbe, und die Ratte stopfte sie mit ihren kleinen Pfoten blitzschnell in den Mund. Sie schluckte sie herunter, fast ohne sie zu kauen.

Wann hatte er ihr zum letzten Mal etwas zum Fressen gegeben? Er konnte sich nicht erinnern. Wie struppig und glanzlos ihr Fell war! Wie hungrig sie sein mußte, daß sie so schnell schlang! Er hatte ihr nicht nur die Freiheit, sondern auch die Würde genommen. Er hätte sich auf den Boden werfen und bitterlich weinen mögen. Mit der Pfote hob er das Türchen des Käfigs an und sagte zur Ratte: »Du kannst gehen, du bist frei.« Die Ratte bewegte sich nicht. Draußen heulte der Sturm auf, und Schneeflocken schlugen an das

Schuppenfenster. Philipp trug den Käfig mit der Ratte ins Wohnzimmer. Er stellte ihn auf den Fußboden und sagte: »Geh ans Kaminfeuer und wärme dich auf. Du kannst ja morgen gehen, wenn du willst.« Dann ging er in die Küche, um Sahnegrog zu brauen. Als er zurückkam, lag die Ratte mit dem Rücken nah an den Flammen und schlief fest.

Der Weihnachtsabend war gekommen. Die Vorweihnachtszeit hatte Kater Bodo nicht untätig gesehen. Er hatte fleißig Haferkekse gebacken, Lesezeichen aus Hälmchen gebastelt und Kratzmatten aus Hanf geflochten. Die Prunkstücke aber waren wie jedes Jahr seine berühmten Geschenkpapiere. Dabei trug er Pflanzenfarbe auf Bögen auf und stempelte mit den Pfoten zierliche Muster in das feuchte Papier, eine Technik, die ihm im Landedelkatzen-Verein »Sanfte Kralle« den Spitznamen »Gutstempler« eingebracht hatte.

In dieses Papier wickelte Bodo Kekse, umschnürte die Päckchen zierlich mit einem Bändchen, daß er aus seinen eigenen Haaren gesponnen hatte, und zog seine zart lavendelfarbenen Ohrenschützer und die rosa Filzstiefelchen an. Dann ergriff er zwei Kekspäckchen – Bodo nahm immer lieber ein Geschenk mehr mit – und stapfte durch den Schnee zum Bungalow von Philipp Seidenglanz.

»Komm herein, Kumpel«, rief Philipp erfreut, als er Bodo sah, »du siehst ja aus wie eine Schnee-Eule.«

Bodo stampfte mit den rosa Stiefelchen auf, die jetzt weiß waren, schüttelte die Flocken aus dem Fell und trat zum Kamin, um sich aufzuwärmen. Vor dem prasselnden Feuer, auf einem winzigen Holzschemelchen saß die Ratte, die sich bei seinem Anblick höflich erhob. Sie machte eine kleine Verbeugung und sagte mit heller, pfeifender Stimme: »Rölfchen Nagezahn.« – »Wie bitte?« fragte Bodo freundlich, aber etwas verwirrt.

»Mein Name ist Rölfchen Nagezahn«, wiederholte die Ratte und verbeugte sich noch einmal. »Sehr erfreut«, entgegnete Bodo, und das war er wirklich. »Mein Name ist Bodo von Schönebrunn.« Er verbeugte sich ebenfalls und überreichte der Ratte Rölfchen ein Paket Kekse.

»Das ist mein Untermieter. Und nun frohe Weihnachten!« sagte Philipp Seidenglanz und streckte die Pfote nach dem zweiten Päckchen Kekse aus. »Jetzt gehe ich in die Küche und braue uns allen einen schönen Sahnegrog mit einem ordentlichen Schuß Baldrian.«

Als Philipp das gesagt hatte, löste sich – von den Tieren unbemerkt – eine kleine Gesalt vom Kaminsims. Es war Nepomuk Goethe, einer jener Gnome, die die Fee ausgesandt hatte, um die Tiere zu beschützen. Er hatte während der Zeit, die er in Philipps Haus verbrachte, manchmal darüber nachgedacht, daß er sich nun wieder einen neuen Namen zulegen könnte. Seinen jetzigen führte er schon seit sechs Wochen – höchste Zeit, ihn abzulegen. Und gerade in dem Augenblick, als die Tiere anfingen, zusammen das Weihnachtsfest zu feiern, war ihm ein ganz herrlicher neuer Name eingefallen.

Über all diese Neuigkeiten war er so aufgeregt, daß er sich ganz stark wünschte, bei seiner Fee zu sein, um ihr alles zu erzählen. Er hatte kaum daran gedacht – klatsch! – da plumste er schon auf ihren Schreibtisch hernieder.

Die Fee Blumenduft hatte gerade eine winzige Daunenfeder in eine weiße Tulpenblüte mit Veilchentinte getaucht, um noch etwas Schriftliches zu erledigen. Als sie den Gnom vor sich sah, rief sie freundlich: »Ich grüße dich, mein lieber Nepomuk Goethe, was bringst du mir Neues?«

»Ich heiße doch gar nicht mehr Nepomuk Goethe, ich heiße jetzt Frederik Belafonte!« schrie der Gnom mit schrillem Stimmchen.

»Um mir das mitzuteilen, saust du mit dieser Geschwindigkeit auf meinen Schreibtisch?« fragte die Fee.

»Nein, nein, nein«, schrie der Gnom, und vor Eifer wurde seine Nase glühend rot, und blaue Flämmchen sprühten aus seinen Ohren. »Philipp Seidenglanz hat soeben Sahnegrog mit Baldrian gekocht!« »Aber das ist doch nichts Neues, das tut er doch jeden Tag«, sagte die Fee, und ein leichter Vorwurf war in ihrer Stimme.

»Ja, ja, ja«, schrie der Gnom wieder und die Flämmchen aus seinen Ohren wurden immer größer. »Aber diesmal hat er drei Gläser vollgemacht.«

Die Fee legte die Daunenfeder beiseite und sah den Gnom schweigend an. Der Kleine rang vor Aufregung nach Luft. Die Fee sagte: »Mein lieber Nepomuk...« »Frederik!« »Also gut, mein lieber Frederik. Nun beruhige dich erst mal. Das zweite Glas Sahnegrog ist sicherlich für Kater Bodo von Schönebrunn. Und das dritte?« Die Fee lehnte sich erwartungsvoll an die weißen Margeriten, aus denen ihr Arbeitsstuhl gefertigt war.

»Das dritte Glas Sahnegrog ist für Rolf Nagezahn«, flüsterte der Gnom, am Ende seiner Kräfte. »Und jetzt sitzen sie am Kamin und feiern Weihnachten.« Er lehnte sich an die Tulpe, die als Tintenfaß diente und schloß die Augen. Die blauen Flämmchen, die aus seinen Ohren gesprüht hatten, wurden blaßviolett und verschwanden.

»Was für eine schöne Nachricht«, flüsterte die Fee, und zwei Freudentränen rollten über ihre Wangen. Sie tropften auf ihren Schreibtisch, der aus Schilf geflochten war, und verwandelten sich in zwei große schimmernde Perlen. Eine davon heftete die Fee Blumenduft an das Westchen des Gnoms. Sie sagte: »Das ist der Dank, daß du so schön aufgepaßt hast!«

Der Gnom lächelte dankbar, schlüpfte in das Kästchen, in dem die Fee ihre Schreibdaunenfedern aufbewahrte, und schlief ein. Die Fee aber nahm ihr großes, aus Blütenblättern gebundenes Buch zur Hand und trug unter dem Buchstaben »S« das Folgende ein: »Seidenglanz, Philipp, zu Katzenhausen, hat die Ratte Rölfchen Nagezahn freigelassen und feiert mit ihr Weihnachten.«

Fritz Betzwieser

Fritz Betzwieser, am 15. Januar 1929 in München geboren, studierte in seiner Heimatstadt Theologie. Zu seinen Lehrern zählte Joseph Bernhart, der große Theologe und Philosoph (»Heilige und Tiere«, »Die unbeweinte Kreatur«). 1955 wurde er zum Priester geweiht, anschließend war er Kaplan in Freilassing und in Neuhausen, danach 7 Jahre lang Leiter eines Lehrlingsheimes. 1965 wurde er Pfarrer der Herz-Jesu-Kirche in München und Konsistorialrat der Ukrainischen Kirche. Kinder brachten ihm eines Tages ein ausgesetztes Kätzchen, das leider mit Versuchstierhändlern und Tierversuchen in Verbindung kam. So wurde Pfarrer Fritz Betzwieser Mitglied des Tierschutzvereines. Der Deutsche Tierschutzbund verlieh ihm die Ehrennadel, weil er sich energisch gegen Tierversuche einsetzt und immer wieder für den Tierschutz plädiert. So auch in diesem Beitrag.

Fritz Betzwieser

Die unbeweinte Kreatur

»Aug' um Aug', Zahn um Zahn«, dieser Maxime stellte der römische Dichter Vergil die »clementia«, zu deutsch »Milde, Schonung, Gnade« gegenüber. Dieses Wort »clementia« wurde zu einem der römischen Schlüsselbegriffe. Vergil definiert es mit »parcere subjectis«, zu deutsch »das zu Füßen Liegende, Untergebene, Schwache schonen, verschonen«. Er spricht dieses Wort in einer Zeit, in der blutige Gladiatoren- und Tierkämpfe in Rom an der Tagesordnung sind und zur Volksbelustigung gehören.

Bald nach Vergil wird Jesus von Nazareth die Barmherzigen selig preisen. Diese Milde und Barmherzigkeit, wie wir sie von Vergil her kennen, sind auch Grundanliegen des Christentums. Was aber muß in dem unbekannten Wissenschaftler vorgegangen sein, der vor etwa 120 Jahren zum erstenmal die Vivisektion durchgeführt hat? Wie wurden hier die Worte Vergils und die Worte Jesu mißachtet, ja, im Namen der Wissenschaft sogar in Brutalität und Grausamkeit gewandelt.

Sagen wir nicht: »Das war einmal.« Nach dem bestehenden Deutschen Tierschutzgesetz darf man an jedem Tier, also auch an einem Wirbeltier, sprich Hund oder Katze, mehrmals ohne Betäubung schmerzhafte Versuche unternehmen. Es sind nicht nur die Ärzte, die gegen Tierversuche sind, sondern auch aus den eigenen Reihen der Wissen-

Der Titel meines Beitrages »Die unbeweinte Kreatur« entstammt dem leider vergriffenen Buch meines hochverehrten Lehrers Joseph Bernhart.

schaftler kommen ernste Bedenken gegen die Praxis der Tierversuche.

Schon vor dem Zweiten Weltkrieg hat der Nobelpreisträger und Wiener Psychiater Julius Ritter Wagner von Jauregg, der ein großer Forscher war, unter der grausamen Situation der Tierversuche sehr gelitten. Er fragte daher am Ende seines Lebens, ob wohl der Gewinn für die Menschen so hoch wäre, daß die entsetzlichen Qualen der Tiere zu verantworten seien.

Der international bekannte Biologe Melchior Westhues stellte fest, daß das Tier Schmerz empfindet und dem Schmerz, wie auch der Angst, hilflos, aussichtslos und schuldlos ausgeliefert ist. Es ist wahr, das Tier ist in seinem Schmerz hilfloser als Sie und ich. Wenn wir Menschen Angst haben, können wir uns Mut machen, wenn wir Schmerzen haben, können wir sagen, sie werden vergehen, und als Christ kann ich sagen, meine Krankheit, meinen Schmerz will ich unter das Kreuz Jesu Christi stellen. Der Philosoph Robert Spaemann drückt dies so aus: »Auf dem Weg in die Gaskammern Psalmen singen – das kann kein Tier. Es ist der dumpfen Angst sprachlos ausgeliefert, und seine Angst ist fast immer Todesangst... Die absichtliche Verwandlung eines solchen Lebens in ein Bündel von Leiden und stummer Verzweiflung ist ein Verbrechen. Was sollte eigentlich sonst ein Verbrechen sein?«

Leider ist es heute eine weitverbreitete Meinung, daß jeder Tierversuch gerechtfertigt sei, wenn ein Wissenschaftler eine Frage stellt. Wozu diese geforderte Freiheit der Wissenschaft in ihrer letzten Konsequenz führen kann, haben wir erst in jüngster Vergangenheit, im Dritten Reich, erleben müssen. Es blieb nicht bei Tierversuchen, man ging zum Versuch am Menschen über. Das Wort vom »unwerten Leben« war durch Gesetze gerechtfertigt. Diese Versuche, die auch von Wissenschaftlern durchgeführt wurden, haben Tausenden von Menschen – Schwachsinnigen, Alkoholikern, Nichtseßhaften, Zigeunern und anderen – das Leben gekostet. Im Namen der Wissenschaft wurde die Atombombe und auch das Zyklon B erfunden und erprobt, das dann in Auschwitz angewendet worden ist. Der Verstand bestimmte das Handeln, das Herz schwieg! Darum sah sich der große deutsche Theologe Gottlieb Soehngen 1945 verpflichtet, in seinem Aufsatz »Der Geist des Glaubens und der Geist der Wissenschaft« wieder darauf hinzuweisen, daß es unbedingt zur Wissenschaft gehöre, nicht nur logisch zu denken, sondern auch ethisch zu handeln. Schon die großen griechischen Philosophen Platon und Aristoteles erhoben die Forderung, daß zur Wissenschaft Logik und Ethik gehören.

Die folgenden Beispiele von wissenschaftlichen Tierversuchen der Gegenwart zeigen, in welch großem Maße die Ethik auf diesem Gebiet außer acht gelassen wird:

Versuch von 1977 – Grundlagenforschung:

Katzen und Hunden wurden Elektroden ins Gehirn eingepflanzt. Die Tiere erhielten Stromstöße und zeigten Fluchtreaktionen. Nachdem sie zehn Tage lang täglich auf diese Art mißhandelt worden waren, wurden die Tiere wieder mittels Stromstoß zur Flucht gezwungen, aber jetzt für jeden Fluchtversuch mit einem besonders starken Stromstoß auf die Pfoten bestraft. Egal wie sich die Tiere verhielten – immer erhielten sie einen Stromstoß. Wissenschaftlicher Zweck des Versuchs: Erforschung der psychischen Schädigung durch »erlernte Hilflosigkeit«.

Versuch von 1979 – Experimentelle Chirurgie:

28 Schafen wurde zuerst mit 85–95 Grad heißem Wasser jeweils ein Hinterbein verbrüht, was Verbrennungen zweiten oder dritten Grades verursachte. Bei jedem Tier wurde eine Woche später am anderen Hinterbein auf dieselbe Weise wiederum eine Verbrennung erzeugt. Währenddessen

wurde eine Substanz injiziert und beobachtet, wie sie sich auf Lymphstauungen im Wundfleisch auswirkte. Man bezeichnet dies als Mehrfach-Chirurgie am überlebenden Tier.

Versuch von 1977 – Verätzung der Speiseröhre:

139 Hunden wurde eine säurehaltige und stark ätzende Lauge in die Speiseröhre geträufelt. Die Hunde lebten unter entsetzlichen Qualen mehrere Wochen, währenddessen die Verätzung sich durch die ganze Speiseröhre hindurchfraß. Manche bekamen schmerzhafte Geschwüre und wurden operiert, so daß sie noch Monate am Leben blieben. (Die Tiere erhielten keine schmerzlindernden Mittel.)

Versuch von 1976 – Prüfung von Chemikalien:

Es wurden 1604 Kaninchen verwendet. In unserem Laboratorium sind die Tiere oft hintereinander an mehreren Versuchen beteiligt. Dazu gehören Augenreizungs-, Hautreizungs- und Ätzteste zur Ermittlung der LD 50. Im allgemeinen erfolgt mindestens einer dieser Versuche mit einer Prüfsubstanz, die für das Kaninchen sehr schmerzhaft ist. (Keine Schmerzlinderung, da dies die Versuchsanordnung stören und die Testresultate beeinflussen würde.)

Versuche von 1977 und 1978:

Zum Test von Sonnenschutzcremes werden Nagetieren Verbrennungen durch ultraviolette Strahlen zugefügt. Die Versuche werden ohne Betäubung und ohne Schmerzlinderungsmittel durchgeführt.*

---

* Die Versuche wurden dem Buch »Alternativen zu Tierversuchen« von Dr. med. Dallas Pratt, Turm-Verlag, Bietigheim, 1983, entnommen.

Im Anschluß an diese Furchtbarkeiten möchte ich daran erinnern, daß in Deutschland täglich dreißig- bis vierzigtausend Tiere auf diese oder eine andere schreckliche Weise zugrunde gehen. In welch grellem Licht müssen uns die so vielen experimentellen Arbeiten erscheinen, die nur fragwürdige Bausteine einer ehrgeizigen Karriere sind. Wie bezeichnend ist auch die Haltung eines deutschen Wissenschaftlers, der bei einem Versuchstierhändler »60 Kilo Katzen« anfordert. Wo bleibt hier die Ehrfurcht vor dem Leben des Tieres, wo bleibt die Liebe?

Die Ehrfurcht vor der Schöpfung ist dem Menschen des 20. Jahrhunderts verlorengegangen. Der große abendländische Theologe Augustinus konnte noch die Krümmung eines Wurmes bewundern. Auch sagte er einmal, daß er nicht eine Fliege töten könnte, um seine Ehre damit zu mehren. Von der Schöpfung schrieb er folgendes: »Wir sehen die Dinge, weil sie sind, aber sie sind, weil Gott sie sieht.« Das heißt, Gott hat sie gerufen, Gott hat die Welt erschaffen, er erhält sie in jedem Augenblick. Er hat nicht nur uns Menschen geschaffen – nein, er hat die ganze Schöpfung ins Dasein gerufen. Er sieht und erhält sie.

Wenn man uns vorhält, daß auch wir die Tiere schlachten, denke ich an die Haltung der Indianer. Häuptling Seattle sagte 1855 in seiner berühmten Rede zum Präsidenten der Vereinigten Staaten von Amerika: »Wenn wir einen Büffel töten, bitten wir ihn um Verzeihung, daß wir ihn töten, weil wir ihn brauchen. Der weiße Mann schießt grundlos Hunderte von Büffeln aus dem fahrenden Zug und läßt sie verenden.« Es ist ein tiefes Geheimnis, daß wir vom Tod anderer leben. Auch das Tier lebt vom Tod des anderen Tieres.

In unserer europäischen Geistesgeschichte der letzten Jahrhunderte ist das Tier zu kurz gekommen. Descartes, der französische Philosoph, nahm an, das Tier sei ein gefühlloser Automat, eine Maschine. Er stellte den Menschen in die

Mitte und übersah dabei, daß wir nur ein Teil der Erde, ein Teil der Schöpfung sind. Seinem bekannten Satz »cogito ergo sum«, »ich denke, also bin ich«, widerspricht der Münchner Philosoph Franz von Baader: »Cogitor ergo sum«, »ich werde gedacht, also bin ich«. Die ganze Schöpfung wird von Gott gedacht, und wir können uns keinen Gott mit der Schöpfung und einen Gott ohne sie denken. Was aber machen wir aus dieser göttlichen Schöpfung?

Auch in der Massentierhaltung kommt diese Herabsetzung des Tieres zum Ausdruck. Drastische Veränderungen sind unbedingt erforderlich. Zur Zeit vegetieren bei uns etwa 50 Millionen Hennen in Legebatterien; Masthähne, Mastschweine und Mastkälber müssen in dunklen, fensterlosen Räumen, auf Gitterrosten stehend, so schnell und billig wie möglich Fleisch produzieren. Viele der Tiere können sich in ihrem ganzen Leben nicht einmal hinlegen oder nur um die eigene Achse drehen. Sie weisen deshalb Gesundheitsschäden und schwere Verhaltensstörungen auf, so daß sie, zumindest teilweise, mit Pharmaka behandelt werden müssen.

Zwei Erlebnisse mit Tieren aus der letzten Zeit möchte ich erwähnen: Kürzlich sah ich in der Münchner Maximilianstraße einen Mann mit seinem Blindenhund an der Ampel stehen. Er wartete, bis der Hund ihm das Zeichen gab, daß er bei »Grün« die Straße überqueren konnte. Während des Wartens beugte sich der Blinde über seinen Hund und küßte ihn. Der Hund reagierte aber gar nicht auf diese Zärtlichkeit. Er wartete angespannt, bis die Ampel »Gehen« signalisierte. Das Tier war sich seiner Verantwortung bewußt und ließ sich nicht einmal durch eine Liebkosung von seiner Pflicht ablenken. Wie viele Hunde in den Versuchslaboren und bei den Versuchstierhändlern erfahren nie eine zärtliche Zuwendung. Aber alle Tiere brauchen doch unsere Zuneigung und Hilfe. Durch unsere Liebe können wir jetzt schon den Tieren ein Ahnen vom kommenden

Paradies schenken. Der deutsche Philosoph Karl Christian Krause († 1832) schreibt in seinem Buch »Das Urbild der Menschheit«: »In kunstreicher Erziehung und Veredlung der Tierwelt, in zarter Teilnahme an ihren Leiden und Freuden, in reiner uneigennütziger Liebe zu ihnen spiegelt sich die gottähnliche Vollendung der Menschheit. Die Tiere sollen sich im Verhältnis ihrer Nähe oder Ferne von der Menschengattung gleichsam als Unmündige, um die liebende, elterlich sorgende Menschheit versammeln, daß sie von ihr die Wohltaten des höheren Lebens empfangen.«

Im Garten meines Münchner Pfarrhauses leben mehrere wilde Katzen. Sie werden gefüttert und haben hier eine Heimat gefunden. Vor einiger Zeit wurde eine von ihnen vor dem Haus überfahren. Man erzählte mir, daß ein Mädchen vorbeikam und die sterbende Katze auf seinen Anorak legte. Bald kamen die anderen wilden Katzen und saßen im Halbkreis um die Katze herum. Tiere sind eben empfindsame Wesen.

Wie arm wäre die Schöpfung ohne die Tiere. Gott hat sie erschaffen und dem Menschen zur Freude und zum Nutzen anvertraut. Mißbrauchen wir dieses Vertrauen nicht! Es ist sicher nicht Gottes Wille, daß die Tiere in unseren Versuchslaboren grausam zu Tode gequält werden. Wir machen uns mitschuldig, wenn wir dazu schweigen. Nicht nur die Ehrfurcht vor dem ungeborenen menschlichen Leben, sondern auch die Achtung vor dem Leben der unbeweinten Kreatur soll unser Handeln und Denken bestimmen.

Lernen wir vom Heiligen der Tiere, dem hl. Franziskus, der das verängstigte Lämmlein an seine Brust gedrückt hat. Im Sonnengesang nennt er die Sonne seine Schwester und an anderer Stelle den Wolf seinen Bruder. In einer Geschichte wird von dem großen Heiligen berichtet, daß er einem Taubenfänger die Tiere wieder abbettelte, da er den Gedanken an das Leid der Tauben nicht ertrug, sondern wollte, daß sie nach dem Geheiß der Schöpfung lebten.

Uns wurde die Schöpfung anvertraut, nicht, daß wir sie zerstören, sondern daß wir sie bewahren, daß wir sie nicht nur als Natur sehen, sondern als Schöpfung aus der Hand unseres Vaters im Himmel. Denken wir an das Wort des hl. Paulus: »Die Schöpfung seufzt und harrt auf das Offenbarwerden der Herrlichkeit an den Söhnen Gottes.« Durch uns soll die Schöpfung erfahren, durch uns sollen alle Menschen und auch die Tiere erfahren, daß wir erlöst sind und daß wir auf dem Weg zum Neuen Himmel und zur Neuen Erde sind.

Jochen Birr

Jochen Birr, Jahrgang 1939, ist Chefredakteur der Zeitschrift »Ein Herz für Tiere«, inzwischen die größte Tierzeitschrift der Welt. Das seit Herbst 1982 monatlich erscheinende Blatt versteht er vor allem als die Möglichkeit, die mit der wachsenden Zahl der Heimtiere mitwachsende Flut von Problemen und Mißverständnissen zwischen Mensch und Tier lösen zu helfen. Ein weiterer Schwerpunkt der Redaktionsarbeit ist neben engagiertem Eintreten für bessere Tierschutzbedingungen der Einsatz für bedrohte Tierarten – bei uns genauso wie überall in der Welt. So hat »Ein Herz für Tiere« auf Sri Lanka eine

Schildkröten-Station gegründet und finanziert, in der inzwischen jährlich mehrere tausend, sonst auf Märkten verkaufte Seeschildkröten-Eier ausgebrütet werden, um die Tiere dann ins Meer zu setzen. Birr ist außerdem 2. Vorsitzender des vom World Wildlife Fund und »Ein Herz für Tiere« gegründeten Panda-Clubs, einer Naturschutzorganisation für Kinder und Jugendliche. Der nachstehende, bisher unveröffentlichte Beitrag war ursprünglich für eine Reihe »Wildtiere im Hausgarten« gedacht.

Jochen Birr

Ein Urvieh macht Karriere

Von Freude, Nutzen und Gefahr, sich von einem Igel verführen zu lassen

Seine Visitenkarte ist meist tragisch – und alltäglich: Nur im Vorbeifahren nehmen die Menschen zur Kenntnis, daß Igel in ihrer Nachbarschaft leben. Was sie von den kleinen Stachelrittern sehen, ist ihr plattgewalzter Balg auf Autobahnen und Landstraßen – ein trauriger kleiner Fleck, aus dem sechzehntausend Stacheln ragen, die sich irgendwann in der Nacht mutig und sinnlos dem Dröhnen der Reifen entgegengereckt hatten.

Die über Millionen Jahre erworbene Schutzreaktion, sich blitzschnell zur waffenstarrenden Kugel zusammenrollen zu können, half gegen Fuchs und Luchs, gegen Uhu und andere Greifer; auf der warmen nächtlichen Straße aber, übersät mit einem lockenden Schlemmermahl von Insekten, verursacht der anachronistische Instinkt nur noch den sicheren Tod. Eine Zählung in Dänemark ergab auf 1000 Straßenkilometern jährlich 9500 überfahrene Igel.

Igeldämmerung? Keineswegs, obwohl Gebüsche und Hecken immer seltener werden, und Insekten immer häufiger von Schädlingsgiften verseucht sind. Irgendwie haben die robusten Kleintierfresser – außer Insekten vertilgen Igel auch Kröten, Echsen, Schlangen, Vögel und Mäuse – das Kunststück fertiggebracht, in genügender Anzahl zu überleben – bedroht zwar, doch nicht gefährdet.

In beiden deutschen Staaten, die übrigens beide von der Art der West- oder Braunbrust-Igel bewohnt werden, liegt das – wie fast überall in Europa – sicherlich auch daran, daß Igel ganzjährig geschützt sind, schon seit Jahrzehnten:

»Waldhüter« nannte sie Alfred Brehm, der große Vermenschlicher der Tiere – im Gegensatz zu den »Waldverderbern«. Ein gutes Zeugnis stellt er ihnen aus: »Der Igel ist ein drolliger Kauz und dabei ein guter furchtsamer Kerl, welcher sich ehrlich und redlich, unter Mühe und Arbeit durchs Leben schlägt.« Kann sein, daß dieser 120 Jahre alte Unbedenklichkeitsnachweis dem »Schwein der Kerbtierfresser« (Brehm) das Leben gerettet hat.

Heute braucht kaum noch ein Igel den alten Persilschein. Die Stachelträger sind »in« – auf für sie schon beinahe wieder bedrohliche Weise. Kaum naht der Herbst, die Jahreszeit, in der Igel sich ihre Schlafplätze für die Kälteperiode suchen, erwacht in vielen Menschen der Wunsch, den Tieren bei ihrer Suche zu helfen. Und besser noch: ihnen die Notwendigkeit dazu abzunehmen. Hinein also ins warme Haus, in den kalten oder warmen Keller mit den Biestern; ein Kasten oder ein Karton wird schon ausreichen und zu fressen gibt's, was Hund und Katze übriglassen.

Das ist nicht einmal so falsch, denn mit Hunde- und zumal Katzen-Fertigfutter sind Igel bestens bedient. Alles andere aber ist kein Winterhilfswerk, sondern bestenfalls ein Bärendienst zum frühen Tod des Umhegten. Seit Grzimek 1971 im Fernsehen dazu aufrief, jedem Jungigel, der im Herbst unter 700 Gramm wiegt, einen Platz bei Menschen einzuräumen, hat der wohlgemeinte Unfug sicher Tausenden von Igeln das Leben gekostet.

Den warmen Winter im Wohlleben büßen die auf Kälte und Schlaf programmierten Tiere mit höherer Krankheitsanfälligkeit, Verhaltensstörungen und – bei häufig falscher Ernährung und zu geringem Auslauf – mit irreparablen Verkrüppelungen. Genaue Untersuchungen dazu veröffentlichte im letzten Jahr die Wildbiologische Gesellschaft in München. Ihre Fachleute raten: »Ab November, aber sicher nicht davor, kann es bei Jungigeln, die unter 500 Gramm wiegen, kritisch werden. Dann kann man sie reinnehmen, auf 800 bis 900 Gramm füttern und in einem kühlen Raum (nicht über 18° Celsius) überwintern lassen.« Wer mehr darüber wissen will, sollte sich an den besonders rührigen und engagierten »Arbeitskreis Igelschutz Berlin e. V.« wenden (Fasanenstr. 69, 1000 Berlin 15).

Der Reiz, den Igel als absonderliche, stachlige, wilde »Kuscheltiere« auf Menschen ausüben, ist allzu verständlich. Zu selten sind Begegnungen mit Tieren in freier Wildbahn geworden; der Tierfreund und der kleine Naturforscher, die in vielen von uns stecken, kommen zu kurz. Da ist Hilfe möglich.

Zwischen Zäunen und Hecken, zwischen Häusern und Schuppen sind Igel inzwischen die Gartentiere an sich. An die Menschen und ihren Lärm haben sie sich längst gewöhnt – sie schlafen, wenn wir wach sind, rund achtzehn Stunden am Tag. In der Nacht erst beginnt das richtige Igelleben – am späten Abend und dann noch einmal um Mitternacht herum. Die Ausgehzeiten, die Igel sich angewöhnt haben, kommen ihren feinen Ohren entgegen: schrille, laute und plötzliche Geräusche sind nach Sonnenuntergang selten, jeder Mausepieps aber ist zu hören.

Igel lieben Hecken und Gebüsch. Sie fühlen sich wohl mit einer Deckung nach oben, mit Unterschlupfen, mit Gängen, die nicht einsehbar sind und doch mit Sicherheit zu regelmäßiger Atzung führen. Auch Igel sind Gewohnheitstiere, die sich führen und verführen lassen. Wer im Garten eine Hekke anpflanzt, unter der auch der Boden mit Vegetation bedeckt ist, mit Laub und Zweigen, toten Ästen, kurz einem kleinen Dschungel, das ein Dach bildet, Höhlen, die ein Igel auspolstern kann, ausstopfen mit trockenem Gras, der wird früher oder später Igel anlocken. Freilich: Festhalten darf sie niemand, auch im schönsten Garten nicht. Dem Igel muß die Freiheit gegeben werden – zu bleiben oder abzuwandern. Die Naturschutzgesetze des Bundes und der Länder bestimmen in seltener Einmütigkeit, daß Menschen sich nur zwischen dem 1. Oktober und dem 28. Februar einen Igel »aneignen« dürfen, um ihn im Haus zu halten. Die Absicht dabei hat zu sein, ihn durchzufüttern oder schlafen zu lassen, um dem Wildtier im nächsten Frühjahr die Freiheit wiederzugeben.

Ein so behandelter Igel garantiert ein Erfolgserlebnis: Er wird nie aus einem Revier abwandern, in dem er Unterschlupf und Nahrung findet. Allerdings ist ein Igel-Revier viel größer als der normale Hausgarten. Es erstreckt sich zwei- bis dreihundert Meter nach allen Seiten. Deshalb muß unterm Zaun Platz für einen Igeldurchschlupf sein, nicht einmal besonders groß: Igel sind wahre Houdinis.

Sein großes Jagdrevier braucht der kleine Kerl: im normalen Garten reicht das Nahrungsangebot nicht aus – Insekten, Würmer, Schnecken, ein Jungvogel aus dem Nest, ein unvorsichtiges Mäuslein müssen für den Vielfraß in ausreichender Menge vorhanden sein, Tagesration bis zu 100 und sogar 200 Gramm, damit im Spätherbst das nötige Einschlafgewicht erreicht ist.

Was der Hausgarten und die Gärten der Nachbarn nicht mehr bieten, können wir dem Igel – manchmal Familie Igel – zusätzlich hinstellen: Ersatzfutter. Igel sammeln keine Vorräte, sie kommen nur mit dem Speck durch den Winter, den sie auf den Rippen haben. Für den Notfall – und im Winter bei nichtschlafenden Igeln – reicht getrocknetes Igelfutter aus der Zoohandlung. Als Zusatznahrung ist das allemal geeignet, als einzige Nahrung keineswegs zu empfehlen. Alter und Lagerung senken den Nährwert der getrockneten Brocken auf das Niveau von Ballaststoffen. Empfehlenswert ist dagegen Katzenfertigfutter aus der Dose, angegartes oder rohes Rind- oder Hühnerfleisch (niemals Schwein!), gelegentlich gekochter Fisch, mit Eigelb vermischt und einmal pro Woche Multivitamin-Tropfen oder zumindest Nährhefe, um den Vitamin-B-Bedarf der Tiere zu decken.

Ob richtig gefüttert wurde, kann jeder Igel-Betreuer sofort erkennen. Fast unmittelbar nach der Nahrungsaufnahme entleeren sich die Tiere, nur wenige Menschenschritte vom Futterplatz entfernt – ungefähr zwei Zentimeter lange, schwärzliche, zigarrenförmige Röllchen mit spitzen Enden signalisieren eine gesunde Verdauung. Ausgelaufene Kotpfützen dagegen sind Alarmsignale. Sie finden sich zum Beispiel sofort dann, wenn aus Unkenntnis über den Verdauungsapparat des Igels das berühmte »Schälchen Milch« für den nächtlichen Gast bereitstand. Er schleckt's zwar gern auf, bekommen tut's ihm aber nicht, und mancher Igel stirbt sogar daran. Erstaunlich, daß sich dennoch lange Zeit die Mär von den Igeln hielt, die schlafenden Kühen die Milch aus dem Euter saugen und dabei sogar Maul- und Klauenseuche übertragen.

Igel gewöhnen sich schnell an bestimmte Futterplätze. Unser erster Igel, ein Herr namens Nikolaus, der sich später als Dame entpuppte – er/sie wurde uns als hoffnungslos unterernährtes Baby an einem 6. Dezember gebracht –, brauchte nur einen Tag, um im Frühjahr danach die ihm gehörende Futterschale zu finden. Wie alle Igel liebt Nikolaus Deckung. Am liebsten schnürt er unter dichtem Gebüsch, das nur wenige lichte Stellen hat, zu seinem Futterplatz. Wo es nicht anders geht, rennt er im Schweinsgalopp über eine Lichtung, um dann wieder gemächlich, die Schnauze suchend und hörbar Luft einschnuppernd am Boden nach Delikatessen zu wittern. Allerdings: Nikolaus war und ist ein Igel, der sich mit uns sehr gut auskennt.

Und das wird jeder Igel, der mit Menschen in engerer Gemeinschaft lebt, ziemlich rasch: ein sehr raffinierter Igel. Nikolaus weiß genau, welchen Spaß er den seltsamen Igeln auf zwei Beinen machen muß, um dafür mit ganz bestimmten Leckerbissen belohnt zu werden. Igel werden sehr zahm. Nikolaus läßt sich, selbstverständlich, ohne seine Stacheln aufzustellen, über den Rücken streicheln. Er kommt sogar, manipulierbar wie er ist, wenn wir ihn rufen: eine eßbare Belohnung muß dann allerdings zur Hand sein.

Um sein Revier zu vergrößern, pflanzten wir dort, wo Nikolaus ins Traben kam, niedrige Büsche – auch in der Hoffnung, ihm jetzt an Stellen im Garten begegnen zu können, wo wir ihn besser beobachten konnten. Besonders erfolgreich waren wir mit einem Kriechwacholder, der mit seinen langwachsenden Wedeln gleich ganze Igel-Alleen bildete. An ihrem Ende steht jetzt auf der Wiese eine flache Vogeltränke. Wenn wir Nikolaus abends nach dem Aufstehen sehen möchten – dort ist der erste Treffpunkt.

Die für die Igelstraßen angepflanzten Gehölze haben den Garten verändert – zu seinem Vorteil. Dunkles Immergrün kontrastiert mit Rhododendren und Laubgewächsen und zieht sich als Kette kleiner Inseln über die Wiese. Unser Garten ist nicht mehr so leicht überschaubar – und durchschaubar schon gar nicht mehr. Er scheint größer geworden zu sein und ist doch nur reizvoller: Nikolaus, der Igel, ein Gartenarchitekt.

An verschiedenen Stellen des Garten stehen unter Büschen kleine Igel-Burgen, leere Holzkisten und ausgediente Katzen-Toiletten, zugedeckt mit Reisig, ausgestopft mit Laub und Stroh. In diesem Winter waren alle bezogen: Nikolaus hatte Verwandtschaft/Bekanntschaft einquartiert – erstaunlicherweise auf recht engem Territorium, ohne daß es den Sommer über zu heftigem Streit gekommen wäre.

Wer »seinem« Gartenigel nicht so leicht nachspüren kann wie wir unserem Nikolaus, wird ihn jedoch sicherlich zu hören bekommen. Die unbekümmerten Stachelritter sind laute Burschen. Sie rascheln durchs Unterholz und im Laub, sie fauchen und brummen beim Kampf um die Weibchen und beim Liebesspiel, sie quietschen und scheppern mit Futterschüsseln, ohne sich durch ihren eigenen Lärm stören zu lassen. Und ein weiteres Geräusch, das sie machen, kann sogar ihr Leben retten: Igel husten.

Sie sind anfällig für Lungenwürmer und Lungenhaarwürmer, die über verschiedene Schneckenarten als Zwischenwirte in den Igelorganismus gelangen. Durch ihr lautes Husten machen sie auf die Krankheit aufmerksam, auch tagsüber, und übrigens so laut, daß wir das erste Mal an einen besonders tückischen Bronchialkatarrhs des Nachbarn glaubten. Wenn Igel so husten, müssen sie behandelt werden – mittels einer Spritze beim Tierarzt oder mit im Trinkwasser aufgelösten Tabletten. Die genaue Dosierung muß dabei unbedingt vom Fachmann festgelegt werden.

Igel mit Wintervilla und Sommerhaus, mit Zusatzfutter und Medikamenten, mit eigener Tränke und genügend Auslauf im eigenen Revier – sie werden dem Hausgarten treu bleiben und den Menschen neben sich sehr viel von der Faszination des Lebens freier Tiere vermitteln können – solange ein Igel-Leben währt: etwa zehn Jahre.

Gisela Bulla

Gisela Bulla, promovierte Archäologin und Schriftstellerin (»Katzen«, 1980, »Mit Katzenkorb und Vogelkäfig«, 1983, zusammen mit Sina Walden: »Endzeit für Tiere«, 1984, »Katzenlexikon«, 1986), hat sich seit Jahren dem Tierschutz verschrieben. Sie gründete 1981 in München den »Bund der Katzenfreunde« und ist seit 1984 die erste Vorsitzende von »Animal 2000 – Tierversuchsgegner Bayern e. V.«. Die Archäologie kam zu kurz dabei, aber da geht's ja auch nur um tote Gegenstände, Artefakte genannt.

Gisela Bulla

Angel von Sant'Angelo

Eine Handvoll Katze, nein, zwei davon hätten auf meine Hand gepaßt. Zehn Tage alt, vierzehn? Offene Äuglein, dunkelblau, die nicht viel zu sehen scheinen, das dünne Fellchen schmutziggrau, der Bauch rosarot und kahl. Und piepst wie ein Vogel, der aus dem Nest gefallen ist.

Ischia 1980, Anfang September. Goldene Sonne, blaugoldenes Meer, satte Wärme. Ein Häuschen am Hafen, weißgekalkt, bizarre Architektur. Eine hohe schmale Treppe zum ersten Stock, da scheint der Eingang zu sein. Unten ein Hof, von einem Mäuerchen begrenzt, zur Straße kaum 40 Zentimeter hoch, auf der anderen Seite gut ein Meter fünfzig. Und auf diesem Hof, an den hinten ein Schuppen grenzt, der voller Gerümpel liegt, haben die beiden Italienerinnen, Mutter und Tochter, ein Kätzchen gefunden, wenn ich sie richtig verstehe, mutterseelenallein. Die Mutter hält, neben dem Mäuerchen stehend, das Katzenbaby im Arm und versucht, ihm Milch einzuflößen. Die Tochter erklärt mir in holprigem Englisch, daß sie das Kleine nicht mitnehmen können, morgen früh, wenn sie aufs Festland zurückfahren, denn zu Hause warten bereits sechs eigene Katzen auf sie.

Andere Passanten werden aufmerksam, bleiben stehen, diskutieren mit südlichem Temperament. Eine Frau bringt ein Blechkästchen, silberfarben, mit Verzierungen am Rand, ausgelegt mit Zeitungspapier. Wir legen das Kätzchen in das improvisierte Katzenbett, es kuschelt sich zusammen, scheint satt zu sein jetzt und zufrieden. Ich versuche verzweifelt herauszubekommen, ob es irgend jemandem gehört, wo die Katzenmutter ist.

Plötzlich steht eine alte Frau vor uns, winzig, erregt, gestikulierend. Es ist die Bewohnerin des bizarren Häuschens. Ihr gehört die Katze nicht, böse Leute haben ihr gestern einen ganzen Wurf in den Hof gelegt, heimlich, weil die Leute auf der Insel glauben, es bringe Unglück, kleine Katzen zu töten. So setzen sie sie lieber aus. Und sie weiß, wer es war, und hat die Kleinen eingesammelt und zurückgebracht, gerade eben. Nur dieses eine, das hat sie nicht finden können. Aber morgen bringt sie es weg, zu den anderen.

Aber das Kleine kann doch nicht hierbleiben, allein, die ganze Nacht, sage ich zu der Tochter. Ich nehm's mit in mein Hotel über Nacht und füttere es. Sie erklärt's, so scheint mir, der Alten. Aber die will nicht, wird ganz zornig, reißt mir das Blechkästchen samt Katzenkind aus der Hand, fuchtelt und droht und schreit herum.

Gehen wir, sagt die Tochter, gehen wir, nimmt mich am Arm und zieht mich fort. Auch die Mutter ist für Aufbruch, die anderen zerstreuen sich. Ganz benommen gehe ich mit, zur Piazza, trinke einen Capuccino mit ihnen.

Ich versteh's nicht, sage ich immer wieder, warum gibt die alte Frau die Katze nicht her? Hätt' ich ihr Geld anbieten sollen? Das Katzenbaby kommt um dort, es überlebt die Nacht nicht.

Doch, die beiden beruhigen mich, es hat Milch gehabt, ist satt, wird schlafen in seinem Bettchen. Ich soll mir keine Sorgen machen. Und morgen ist es wieder bei seiner Katzenmutter. Und wird wieder ausgesetzt, werf' ich ein. Kopfschütteln, beschwörende Gesten, Achselzucken. Wer weiß, nitschewo, mañana, man wird sehen.

Mein zweiter Tag auf Ischia. Wär' ich doch, zum Teufel, lieber zu Hause geblieben. Schöne Erholung. Wie soll ich schlafen, wenn ich ständig das jammervolle Piepsen höre, das Piepsen des einsamen Katzenbabys, das sich fürchtet, friert, hungert.

Am nächsten Morgen steht mein Entschluß fest. Ich hol' mir das Kätzchen, hab' erst zwei daheim, ein drittes wird auch noch satt. In aller Frühe stehe ich auf, notorische Langschläferin sonst, gehe ohne Frühstück zum Hafen. Der Wind ist frisch, das Meer unruhig. Kurz vor der Piazza fallen die ersten schweren Regentropfen.

Atemlos und noch relativ trocken erreiche ich ein Café. Nur Einheimische sind dort zu dieser Stunde. Sie zeigen mir: eine Windhose über der See. Ich zeige ihnen: eine Katze auf einer Tamariske.

Einer, ein Seemann, denke ich, nimmt die Herausforderung an. Hinaus in den Wolkenbruch, am Stamm hoch wie an einem Seil. Die Katze flüchtet höher, er hinterher. Seine Freunde feuern ihn an, schließen schon Wetten ab, ob er's schafft oder nicht. Schließlich, die Katze gibt nach, läßt sich herunterpflücken vom Wipfel, ins Café schleppen, rast zur Wirtin hinter der Kasse, die sie lachend hochnimmt und trockenrubbelt. Gerettet.

Und mein Kätzchen? Ich wage nicht, daran zu denken, denke an nichts anderes, lächelnd, redend, Kaffee trinkend, rauchend. Das stirbt an Herzschlag, denk' ich. Das ist längst verhungert. Und ich hab' schuld. Ich hätte die Alte ... Ja, was? Bestechen sollen, austricksen (wie?), angreifen? Oder die Polizei? Die kümmert sich auch gerade um Katzen. Obwohl, Touristen sind wichtig für die Insel. Vielleicht ...

Lieber Gott, bitte hilf. Hilf der kleinen Katze. Hilf mir, sie zu retten. Hab' ich laut gebetet? Oder warum schauen die Leute mich so erstaunt an. Schnell eine Zigarette anzünden, die wievielte? Anbieten, lächeln und gleichzeitig rausspähen, ob es nicht endlich aufhört zu gießen.

Fünf Minuten später scheint die Sonne. Ich zahle, zwinge mich, langsam zu gehen, wie ein Tourist, der Äonen Zeit hat. Schlendere zu dem Haus, begegne der Tochter von gestern, ein Kuchentablett auf dem Arm, Lächeln, freundliche Zurufe. Biege um die Ecke, sehe das Haus. Und zwei Touristen davor, ein Junge und ein Mädel, höchstens zwanzig, die beiden, lange Beine, blondes Haar. Aus Skandinavien? Sie beugen sich über das Mäuerchen, sagen etwas zueinander. Mein Herz setzt aus, holt rasend das Versäumte nach. Das heißt, das kann doch nur heißen . . .

Sie haben sich abgewendet, kommen mir entgegen. Ich: »Entschuldigung, haben Sie da eben eine kleine Katze gesehen?« Er, sichtlich beeindruckt (kann die etwa hellsehen?): »Ja, eine kleine Katze.« Ich: »Würden Sie bitte mit mir zurückgehen und sie mir holen?« Er, hilfsbereit: »Gewiß doch, gern.«

Wir stehen vor dem Hof. Er springt sportlich über das Mäuerchen, und ich, von oben, sehe, wie das winzige Kätzchen, nur Haut und Knochen, im Dreck herumstolpert. Kein Katzenkinderbett im Blechkasten weit und breit. Ach, darauf war die alte Frau scharf, mir fällt meine Großmutter ein, die hatte eine ganze Sammlung von leeren Kaffee-, Keks- und Teedosen, schön geputzt und aufgereiht in der Vitrine. Hätt' ich doch hellsehen können, gestern, ich hätt' sie ihr ja geschenkt und noch ein paar Lirescheine dazu.

Er nimmt das Kätzchen hoch, hält es mir hin: »Wollen Sie es wirklich?« Ich, lächelnd: »Ja, wirklich.« Die Übergabe. Er springt auf die Straße, sie nickt ein Aufwiedersehen. Und ich halte diese Winzigkeit atmenden Lebens im Arm, zitternd, es lebt, eilig, es piepst vor Hunger. Die dünnen Pfötchen strampeln ziellos in der Luft. Schnell zurück ins Café.

Dort inzwischen Szenenwechsel. Sonnentische, Sonnenschirme, Touristen, Kellner. Ich bestelle irgend etwas plus Milch. Und hole schnell eine Einwegspritze aus der Apotheke am Platz und füttere mein Kätzchen, mein kleines, schmutziges, mageres, verlassenes Kätzchen, das Hunger hat, sich anstrengt zu begreifen, wie das funktioniert mit diesem komischen Plastikding, und gierig saugt und schluckt.

Ja und dann noch die vielen netten Leute, die mir erklären, das bringen Sie nie durch, und die wenigen, die mir gratulieren, daß ich *das* tue. Was tue ich denn? Ich füttere es. Soll ich es verhungern lassen?

Und dann der Moment, wo ich das Kind im Hotelzimmer hatte, mein Nachthemd aus dem Bett riß, als weiche Unterlage für den Stuhl mit dem Sitz aus Flechtwerk, es drauf legte – und plötzlich summt ein Bienenschwarm los. Und war gar kein Bienenschwarm, sondern der Winzling, der wohlig schnurrte.

Und dann die Angst, als das Kleine beim Laufen beide Hinterbeine hinter sich herzog wie eine Schleppe. Jetzt ist es auch noch gelähmt! Aber es war nur die Schwäche, keine Lähmung.

Und die erste Nacht, wo ich, doof wie Menschen sind, ihm ein Bettchen machte auf seinem Stuhl, neben meinem Kopfende. Und sowie ich das Licht ausgeknipst hatte, taptaptap, kam das Katzenkind zu mir ins Bett und kuschelte sich in die Halskuhle. Klar, daß man sich da auch nicht einmal umdrehen darf in der Nacht. Diese winzigen Knöchelchen.

Und morgens gegen vier, ja, so eineinhalb Stunden hatte ich vielleicht doch geschlafen, insgesamt, da krabbelt es auf einmal zielbewußt unter das Laken und setzt sich auf meinen Bauch und macht seine Lusche, kleines Geschäft, in Hochdeutsch, wie bei der Katzenmama. Ich war also akzeptiert. Allerdings müssen Katzenmütter in solchen Fällen keine Bettlaken auswaschen . . .

Und die große Freude, als es mir eine Woche später zum erstenmal entgegengelaufen kam, mit hocherhobenem Schwänzchen, und vor lauter Eifer weit übers Ziel hinausschoß, so daß ich es im Flur wieder einfangen mußte. Keine Spur von Lähmung. Der doch nicht, oder die?

Also, einen Namen mußte »es« endlich haben, aber das

Geschlecht konnte ich bei den Größenverhältnissen nicht feststellen. Deshalb verfiel ich in einer meiner routinemäßig schlaflosen Nächte auf Angel, das paßt für Bub und Mädel, vor allem, wenn man aus Sant'Angelo stammt.

Und dann der Auflauf im Flughafen von Napoli, als ich endlich einen Sitzplatz hatte und im dicksten Gewühl seelenruhig anfing, mein Katzenkind zu stillen, mit Einwegspritze und Dosenmilch. Das war inzwischen so tüchtig, daß es mit beiden Pfötchen die Spritze runterdrückte, damit es schneller ging, und dabei lief natürlich immer die Hälfte daneben, so daß sein Hals ganz verklebt wurde und noch dünner aussah, wie von einem zerrupften Vogel. Und der kleine Kopf, viel zu schwer für diesen Hals, tickte wie bei einem Küken, das Körner aufpickt.

Und der Taxichauffeur in München, der, ich mußte das Baby schon wieder stillen, spitz bemerkte: »In Indien verhungern die Kinder.« »Ich war nicht in Indien«, sagte ich. »Aber wenn ich mal hinkomme, bringe ich höchstwahrscheinlich ein Baby mit. Ein Menschenbaby.«

Und die Enttäuschung daheim, als meine beiden Großen, die Kater Nello und Kolja, den Kleinen einfach entsetzlich fanden und anfauchten und anscheinend für eine Ratte hielten, so daß ich sechs Wochen lang die Freude hatte, Känguruhmutter zu spielen und ihn mit mir herumzuschleppen, wohin ich auch ging.

Aber inzwischen hat er sie längst ums Pfötchen gewickelt. Und als er acht Wochen alt war, apportierte er zum erstenmal ein Bällchen, das ist auch heute noch sein Lieblingsspiel. Ich hab's ihm nicht beigebracht, hätt' gar nicht gewußt, wie. Und eines Tages bestätigte sich der Verdacht, daß Angel ein Halbsiamkater (also Kater bestimmt!) war, als er seine richtige Erwachsenenstimme bekam. Kennen Sie Siamstimmen? Schön sind sie nicht, aber, nun ja, unvergeßlich und, ja, sehr charaktervoll.

Natürlich war er da längst nicht mehr schmutziggrau, das

war nur der Dreck von dem Hof, den ich zentimeterweise mit angefeuchteter Watte abgelöst habe, sondern schwarzweiß, mit einer schönen, steil zugespitzten weißen Blesse und einer winzigen weißen Schwanzspitze. Und die intelligenten Augen, denen nichts entgeht, sind grün, hellgrün, ohne einen Gelbschimmer.

Apropos Intelligenz, das wäre eine Geschichte für sich. Jedenfalls gibt es nichts oder nur sehr wenig, was Angel, dieser Angel, nicht kann oder nicht begreift. Türen öffnen? Kein Problem. Ball abfälschen? Jederzeit. Burgen bauen? Aber gern. Na ja, Sie verstehen schon, ein Quirl, ein ... Ach was. Ich liebe ihn halt. Er mich auch, bilde ich mir ein. Jedenfalls streichelt er mich, ganz sanft, im Gesicht. Und gibt mir Küßchen. Auf den Mund. Natürlich, ich hab' auch schon von Hygiene gehört, und manchmal, wenn ich viel Zeit habe, bade ich sogar. Aber was, zum Teufel, hat das mit Liebe zu tun?

Gottfried von Einem

Gottfried von Einem hat Lieder, Ballette, Symphonien und Kammermusik komponiert. Und die Opern »Dantons Tod«, »Der Prozeß«, »Der Zerrissene«, »Kabale und Liebe«, »Jesu Hochzeit«, »Der Tulifant«.
Er wurde 1918 in Bern geboren, ist Österreicher und war in erster Ehe mit Lianne von Bismarck verheiratet. Seine zweite Frau ist die Schriftstellerin Lotte Ingrisch. Mit ihr lebt er gleich hinter der Stefanskirche in Wien, hauptsächlich aber im niederösterreichischen Böhmerwald, in einem alten Holzfällerhaus.
Dem gemeinsamen Haushalt gehörten und gehören 9 Schafe, 9 Katzen, 1 Ziegenbock und 1 Taube an.

Gottfried von Einem

Meine Tochter Sabinettchen oder Pater Semper Incertus

Eines Tages wurde Gättchen, meine kleine Frau, schwanger. »Du Hure«, sagte ich. Sie schnurrte. »Pst«, sagte meine andere Frau, die gesetzliche. »Die Nachbarn glauben sonst ...« »Sollen sie!« sagte ich und ging schlafen. Gättchen legte sich, als wäre überhaupt nichts geschehen, zu mir ins Bett und schmiegte zufrieden das rosige Schnäuzchen in meine Hand.

Sie war nicht einmal hübsch. Eine weißscheckige Landkatze, und sie sah immer ein bißchen räudig aus. Das kam wohl daher, daß sie – kaum auf der Welt – schon ertränkt werden sollte. Vorübergehende Spaziergänger retteten sie, und natürlich landete sie bei uns. Wir hatten damals zwei Kater, Wui Wui und Mümmy, und Wui Wui war gerade von einem Auto totgefahren worden. Mümmy nahm Gättchen wie eine männliche Mutter an. Er putzte sie, unterwies sie im Mäusefang, und später machte er ihr mit großer Zartheit den Hof.

Eines Nachts kam Gättchen in meinem Bett in die Wehen. Hastig brachte ich sie zu meiner zweibeinigen Frau; schließlich war mein Bett frisch überzogen. Die Zweibeinige verklärte sich geradezu, da sie sich einbildete, der tote Wui Wui käme vielleicht auf diesem nicht ungewöhnlichen Wege zu ihr zurück.

Ich schlief längst, als jemand vorsichtig meine Tür aufstieß. Als ich die Augen öffnete, sprang Gättchen, einen kleinen Pelz im Maul, mit einem triumphierenden Satz auf mein Bett. Als wäre es die selbstverständlichste Sache der

Welt, legte sie mir ihr Neugeborenes auf die Brust. Dann schnurrte sie kurz, kroch unter meine Achsel und schlief sofort ein.

Wer wagt sich schon mit einer solchen Winzigkeit auf der Brust zu bewegen? Den Rest der Nacht lag ich starr da und hatte Muße genug, über einen hübschen Namen für unsere Tochter nachzudenken. »Sie heißt«, erklärte ich am Morgen der Zwei- und der Vierbeinigen, »Sabinettchen.«

Wir waren eine glückliche Familie. Ich habe Wui Wui, Mümmy, Gättchen und Sabinettchen einen ganzen Liederzyklus gewidmet. Wer sie wohl totgefahren hat, eins nach dem andern? Und jedes Auto hat doch eine Bremse, und die Geschwindigkeiten auf Dorfstraßen sind beschränkt. Aber so wahr ich hexen kann, ich warf einen Fluch auf die Mörder! Mörder, jawohl!

Stephanie Faber

Stephanie Faber, im Frankenland geboren, gelernte Journalistin, machte durch ihre acht Bücher zum Thema »Gesundheit und natürliche Kosmetik« von sich reden. Sie hat sich zu einer vehementen Kritikerin der Kosmetik-Industrie entwickelt, schlußfolgernd auch zu einer engagierten Tierversuchsgegnerin und Tierschützerin. Mit ihrem Mann, ihrem Hund Wassilij und den Katzen Mimie, Flori und Ratzi lebt sie auf einem Bauernhof bei München.

Stephanie Faber

Tête de veau

»Es schmerzt mich, daß es nie zu einer Erhebung der Tiere gegen uns kommen wird, der geduldigen Tiere, der Kühe, der Schafe, aller Tiere, die in unsere Hand gegeben sind und ihr nicht entgehen können.«

Elias Canetti

Mordgedanken beim Betrachten eines schlafenden Hundes: Ich stelle mir seinen Körper in küchengerechter Aufteilung nach Schlachtstücken vor. Den starken Rücken: ein gut durchwachsener Halsgrat, mit Kotelettstück; die entspannten Schenkel, angerichtet als gespickte Schlegel auf glacierten Orangen; Kopf und Beine, mit Ausnahme des Gehirns, Güteklasse IV, zum Kochen für die Brühe. Wer würde schon Hund essen? Kein zivilisierter Mensch der westlichen Welt ißt Hund, Kanarienvogel oder Affe. Die hat der liebe Gott zu unserer Freude gemacht. *Man* ißt nur solche Tiere, die unter dem Gesichtspunkt menschlichen Nutzungsdenkens tabufrei zum Schlachtvieh erklärt sind. Ohne Vorbehalte zum Verzehr geeignet.

Vielleicht trägt man das Wichtigste dreißig oder vierzig Jahre in sich, bevor man es artikuliert und zu sagen wagt. Ich glaube, jedes Kind ist von Natur her überzeugt und seiner Sache sicher, Tiere dürfen nicht getötet und gegessen werden. Allzu bekannt die ängstliche Kinderfrage, ob das Häschen im Ofen auch bestimmt nicht das Häschen aus dem Garten sei? Nein – lügen eiskalt alle Muttis, es ist kein Häschen, es ist ein Braten. Und auch das in Klarsichtfolie verpackte Suppenstück hat gar nichts mit der freundlichen Kuh auf der Weide zu schaffen. Wie würde Mutti auch dastehen, wenn sie die Wahrheit sagte? Welches Kind möchte schon eine potentielle Tiermörderin zur Mutti? Die Verdrängung durch Erziehung wird mit zunehmendem Alter perfektioniert: Es essen alle tote Tiere, die *man* lernt Fleisch und nicht totes Tier zu nennen. Was alle tun, kann ja nicht verkehrt sein. Die Erfahrung des Kindes lehrt, daß das, was nicht alle tun, verkehrt ist. Und *man* muß sich so verhalten wie die anderen, sonst wird man nicht ernst genommen. Das ehemals wahre Gefühl, das mit Hilfe der Gesellschaft früh abgewürgte schlechte Gewissen, weicht der hilfreichen Einsicht, manche Tiere seien eben dazu geboren, getötet und gegessen, andere hingegen geliebt, gestreichelt und literarisch besungen zu werden. Andere werden geliebt, gestreichelt, literarisch gewürdigt und trotzdem getötet und aufgegessen.

Auf dem Höhepunkt dieser Verdrängung kann man Feinschmecker werden. Bevor mir meine Verdrängung bewußt wurde, mußte einiges geschehen, bis die klaren Gedanken der frühen Kindheit sich wieder zeigen wollten. Sah ich einen Tiertransportwagen auf dem Weg zum Schlachthaus, vermied ich, in die dunklen Rasterspalten der Latten zu sehen, wo einen doch nur der Anblick dicht gedrängt stehender Schweine oder Kälber erwarten konnte; aber ich steuerte schon zum Metzger, das Fleisch fürs Wochenende abzuholen. Wehmütig betrachtete ich die Lämmer auf der Weide, nicht begreifend, daß meine Wehmut nicht die ihre war. Milchlamm gehörte zu meinen Lieblingsgerichten. Wie schön, die romantische Abendstimmung im bäuerlichen Obstgarten mit friedlich weidenden Rehen, und Rehragout gab es häufig.

Und eines Tages sollte es Tête de veau geben. Nach Savarin mußte der in vier Teile zerhackte Kopf nach vierundzwanzigstündigem Wässern zwei Stunden kochen. Der

Metzger hatte versäumt – wollte ich es versäumen? –, den Kopf in vier Teile zu zerlegen. So lag der ganze Kopf vor mir, unzerhackt. Das Gehirn und die Zunge waren separat mitgeschickt worden. Ich breitete sie neben dem Kopf aus. Ich konnte mich nicht recht entschließen, was ich von diesem Arrangement halten sollte. War es mit den Augen der Köchin zu sehen, die nun rasch tätig werden muß? Das Gehirn und die Zunge parieren, den Kopf wässern, den Sud ansetzen? Oder ist es etwa Kunst, dieses Arrangement? Die bleiche Zunge, feinporig die Spitze, das blutige Gehirn mit labyrinthischen Verästelungen, mächtig die Zähne, die exakt aufeinanderschließenden Kiefer. Hätte Bacon ein Stilleben gemacht? Oder sollte ich den Kalbskopf besser literarisch sehen? Welche Augen bargen einst die blutigen Augenhöhlen? Wer beschrieb den samtweichen Blick, den letzten Schrei, den schweren Schlag? Canetti? Tolstoi? Kundera? Schnell stecke ich den Kopf in den Topf. Setze den Deckel darauf. Köchin wollte ich nicht sein in diesem Fall, auch der Fluchtversuch in die Kunstbetrachtung gab meiner Verdrängung keine sedative Nahrung. Es wurde mir endlich bewußt, daß Fleisch totes Tier ist. Und der Kopf des Kalbs eines mit Gewalt zu Tode gebrachten Tieres. Reststück einer Tierleiche. Am darauffolgenden Tag begrub ich den Kopf im Garten.

Zaghafter Beginn des Lebens ohne Tierleichen. Mit dem Bewußtsein leben, daß gewaltsam zu Tode gebrachte Tiere ermordete Tiere sind, erschwert die Kommunikation mit fleischessenden Freunden. Widerstrebender Gedanke, von ihnen *Vegetarierin* genannt zu werden, einer Gruppe zugeordnet zu sein, die man Pflanzenköstler nennt. Welch unappetitliche Wortschöpfung. Anhängerin der Pflanzenköstler zu sein. Anhängerinnen kann ich nicht ausstehen. Früher nannte man Vegetarier wenigstens noch Pytagoräer. Das klingt doch schon viel besser, und vor allem weiß niemand, was es ist. Jetzt muß ich mich auf Apologien gefaßt machen und gründlich überlegen, wie ich den neuen Zustand anderen erklärbar mache und dabei die Anhängerin der Pflanzenköstler elegant umschiffe. Ich überdenke nochmals meine Vorurteile: Vegetarier, insbesondere Vegetarierinnen, sind nicht chic, nicht lustig, sehen niemals aus wie das blühende Leben, mit ihrer unausgesprochen vorwurfsvollen Haltung sprengen sie jede gemütliche Runde, verderben anderen die Laune beim Essen, kauen häßlich, trinken keinen Tropfen Alkohol, tragen Gesundheitssandalen, gehen früh ins Bett, kurz, sie sind total unsexy. Wo und wann sind mir Vegetarier begegnet? Paßt die Beschreibung auf Leonardo, auf Isaac B. Singer, auf Sissi, Buddha und Albert Schweitzer? Bernard Shaw: *»Tiere sind meine Freunde. Ich esse meine Freunde nicht.«*

Vorsichtig gehe ich die Argumente gegen Tiermord mit Bildern aus der Massentierhaltung an. Blutig gescheuerte Körper, verwachsene, wunde Füße, kurzes Dasein in der Mastfolter, brutaler Transport auf das vollautomatische Tötungsfließband. Fleisch: höchstmengengeprüft. Dieses Fleisch kann *man* nun wirklich nicht essen, das sieht jeder ein. Auch der Präsident des Tierschutzvercins meint das. Es ist ungesund, deshalb ißt er nur Rind aus Argentinien, da weiß er, was er hat. Froschschenkel und Schildkrötensuppe sind ohnehin nicht mehr in. Ja, am besten zieht man selbst die Hühner, Gänse und Enten, ernährt sie gesund auf biologischer Basis und tötet sie im Spätherbst. Nur wer Tiere selbst tötet, hat auch das Recht, sie zu verzehren, erklärt mir ein Psychotherapeut, der schon mal in Indien war. Er hat gelernt, wie man ein Schwein absticht, seitdem schmeckt's ihm wieder. Das Recht zu töten wird aus dem Besitz abgeleitet.

So komme ich nicht weiter, ich muß neue Argumente finden. Bruder Tier. Du bist sanft und voller Vertrauen. Deine Bereitschaft, mir in Freundschaft entgegenzukommen, steht außer Zweifel. Endlich lerne ich, mit Dir zu leben und nicht gegen Dich. Nicht Du brauchst meine Hilfe, ich mußte Deine Unschuld erfahren, um meine Schuld zu begreifen.

Weitere Suche nach besseren Argumenten gegen Tiermord. Die Affen sind dem Menschen am ähnlichsten, sagen die Vivisektoren zur Verteidigung der Tierfolter zum angeblichen Wohl der Menschheit. Affen sind Vegetarier. Ob man früher die Ernährungsweise der Affen pytagoräisch oder vegetarisch nannte? Im Brockhaus steht: »Der Körperbau des Menschen (Gebiß, Darm) kennzeichnet ihn als Gemischtesser mit Neigung zur vorwiegenden Pflanzennahrung.« Mit dem Affenargument komme ich natürlich nicht weit. Wir sind doch schließlich keine Affen. Nur medizinisch sind wir wie Affen. Ich brauche einen überzeugenden geistigen Überbau. Und den werden wohl die Religionen liefern, wo sonst könnte der Unterschied zwischen Mensch und Affe deutlicher manifestiert sein als in unserer großen abendländischen Gottesvorstellung? Heißt nicht das Fünfte Gebot: »Du sollst nicht töten!« Eindeutig ist es gesagt. Es muß nicht erklärt werden, wer getötet werden darf und wer nicht. Das Tötungsverbot ist absolut. Es gilt in ungefragter Selbstverständlichkeit. Wie konnte das Gebot nur abhanden kommen? Wo strömt mehr Blut als in der christlichen Kirchengeschichte: Religionskriege, Inquisition, Hexenverbrennung, Mord und Totschlag.

Die Rechtlosigkeit der Kreatur ist im Alten und Neuen Testament grundlegend verankert. Unter dem Gesichtspunkt der Nutzbarmachung von Tieren enthält die Bibel außer einigen jämmerlichen Stellen, wo sich der Gerechte seines Viehs erbarmen solle, und der Auflage, dem dreschenden Ochsen das Maul nicht zuzubinden, kaum einen Satz, wo von einem grundlegenden Recht der Tiere auf Schutz vor der Roheit des Menschen oder gar auf brüderliches Mitgefühl außerhalb des Nutzungsgedankens die Rede wäre. Der Mensch ist die Krone der Schöpfung, er ist Gott ähnlich. Seine hervorragende Sonderstellung sucht keine Einheitlichkeit zwischen Mensch, Tier und Natur, sondern zwischen ihm und Gott. Statt sich in harmonischem Einklang mit der Natur zu fühlen, betet er zum Himmel, um sich mit metaphysischen Argumenten so weit wie möglich vom Tier zu unterscheiden. Er hat Angst, sich mit der Tierseele zu verbinden, könnte er doch dabei Gott aus den Augen verlieren. Als Krone der Schöpfung darf ihm das auf gar keinen Fall passieren.

Die anthropozentrische Willkür wird auch beim vergleichenden Lesen des Alten Testaments und der Thora deutlich. Wenn es darum geht, sich der Tiere zu bedienen, weiß auch das mosaische Gesetz Rat. Säuberlich aufgeteilt in rein und unrein werden hier die Tiere. Wobei man sich fragt, wie Er nur etwas Unreines habe schaffen können? Unter dem Aspekt der Nutzbarmachung darf man gewisse Tiere essen, manche mit Klauen, manche ohne, Fische nur mit Schuppen, ob kriechend oder fliegend, der Mensch besitzt die absolute Vorrangstellung und uneingeschränkte Entscheidungsgewalt, Tiere für rein oder unrein zu erklären und leitet das Recht zur Ausbeutung aus ihren Körpermerkmalen ab.

Drittes Buch Moses: *»Der Ewige rief Mose zu und redete mit ihm aus dem Stiftszelte und sprach: Sprich zu den Kindern Israels und sage ihnen: Wenn jemand von euch dem Ewigen ein Opfer darbringen will, so könnt ihr vom Vieh, nur vom Rindvieh oder vom Kleinvieh, eure Opfer darbringen. Wenn sein Opfer ein Ganzopfer vom Rindvieh ist, so muß er ein männliches, fehlerfreies darbringen; an den Eingang des Stiftszeltes soll er es bringen, damit es ihm wohlgefällig aufgenommen werde vor dem Ewigen. Und er stemme sich mit der Hand auf den Kopf des Ganzopfers; so wird es ihm wohlgefällig aufgenommen werden und ihm Sühne erwirken. Dann schlachte er das junge Rind vor dem Ewigen, und die Söhne*

Arons, die Priester, sollen das Blut ringsum an den Altar, der am Eingang des Stiftszeltes ist, sprengen. Dann ziehe er dem Ganzopfer das Fell ab und zerlege es in seine Teile.«

Warum will der Ewige nur so viel Blut sehen? Ob es bei diesem Zeremoniell den Kindern unter Israels Kindern wohl schlecht wurde? Hier finde ich auch keine neuen Argumente gegen Tiermord. Ich muß mich nach anderen Ewigen umsehen, die besser in meine Vorstellung von Gewaltlosigkeit passen. Das jüdisch-christliche Gemetzel liegt mir gar nicht. Wo ist denn nur ein *lieber* Gott? Welcher Gott verurteilt die Unterwerfung der Tiere und der Natur? Ich suche keine Anleitung, Tiere mit dem Segen von oben zu töten, und sehe nicht ein, weshalb unschuldige Tiere aus dem Paradies vertrieben werden. Wie viele Generationen von Theologen haben sich wohl abgemüht, diese Anschauung als eine höhere Form der Gerechtigkeit und Weisheit Gottes zu sehen? Fänden die Tiere, die Wässer und Bäume nicht das Paradies auf Erden vor, wenn es keine Menschen gäbe? Wozu muß die Kreatur für Adams einmalige Dummheit büßen?

Erinnerungen an die frühe Kindheit: Sommerferien im Pfarrhaus. Am Sonntag spricht der Onkel in der Kirche über die Erbsünde. Draußen scheint die Sonne, in der Kirche ist es kalt, ich verstehe nicht, worüber der Onkel spricht, und betrachte die Bilder in den bunten Kirchenfenstern. Nach der Messe darf ich in der Sakristei die schweren Brokatgewänder des Onkels anfassen. Er will wissen, was ich von seiner Predigt verstanden habe. Aber ich kann nicht sagen, was Erbsünde ist, ich spreche das Wort *Erbs*ünde aus, weil ich meine, *Erbs*ünde habe etwas mit Erbsen zu tun. Der Onkel setzt mir auseinander, daß wir alle eine große Schuld tragen, die mit Erbsen gar nichts zu tun hat. Ich will ihm eine Freude machen und male ein Bild, auf dem wir alle mit der Erbsünde zu sehen sind. Auch der Hund Ido, mein Spielgefährte, ist dabei. In jede Gestalt setze ich ein erbsengroßes schwarzes Pünktchen. So stelle ich mir die Erbsünde vor.

Manchmal kommt der Bischof zu Besuch ins Pfarrhaus. Er hat einen mächtigen Bauch, der von einem schillernden Band umschlungen ist. Um den Hals trägt er eine Kette, daran hängt ein Kreuz, das bis zu seinem Bauch reicht. Wenn der Bischof lacht, hüpft das Kreuz auf seinem Bauch. Ich fürchte die Besuche des Bischofs. Nicht eigentlich seinetwegen, sondern wegen des Schweins und der Gänse, die geschlachtet werden, weil der Bischof zu Besuch kommt. Geschlachtet wird beim Nachbarn, und wenn es soweit ist, kommt meine Freundin Elisabeth, die Tochter des Nachbarn, zu mir. Sie kann die Schreie des Schweins nicht hören. In meinem Zimmer stecken wir die Köpfe unter die Bettdecke, bis alles vorüber ist.

Auf der Suche nach Argumenten gegen Tiermord landet jeder beim Hinduismus, Jainismus und bei den Buddhisten. Lange vor Moses, Buddha und Christus sangen die Hindus die Lieder der Gewaltlosigkeit. Hindu-Ethik: Reinheit, Wahrheit, Gewaltlosigkeit, geschwisterliches Gefühl gegenüber aller Kreatur, auch in ihrer winzigsten Gestalt. Gott ist in allem, im Baum, im Fluß, im Elefanten, in der Ameise. Ahimsa: Gewaltlosigkeit gegenüber allem, Mensch, Tier und Natur. Gott sitzt nicht oben über den Wolken, er ist eine bleibende, immerwährende Realität. Es gibt keinen zentralen Gott, aber gleichzeitig 330 Millionen Götter. Das leuchtet mir ein. Wenn ich zusammenzähle, was ich als göttlich empfinde, komme ich auch schon in die Tausend. Warum nur konnte die älteste Religion nicht die modernste werden?

Auch im Buddhismus, besonders im tibetischen Buddhismus, haben Tiere Grundrechte, die menschlichen Rechten nicht untergeordnet sind. Zum Beispiel das Recht auf Leben. Nach Buddha haben Tiere Seele, die wiedergeboren wird. Tiere werden nicht in Tempeln abgeschlachtet, sondern vor Metzgern gerettet: »In der Umgebung des Tempels«, schreibt Lama Lobsang Rampa, »hörte das Gemurmel der Pilger nie auf, die von weither gereist kamen, um die heiligste Stätte des Buddhismus zu besuchen. Sie brachten dort ihre Gaben dar und hofften, eine heilige Sendung zu erhalten. Manche führten Tiere mit, die sie vor Metzgern bewahrt und um ihr kärgliches Geld gekauft hatten. Es bedeutet sehr viel, das Leben von Tieren oder Menschen zu retten, und es ist ein großes Verdienst.«

Ich lebe nicht unter Tibetern und Hindus, sondern im schweinsbratenseligen Oberbayern. Bei uns erwartet Tierbefreier nicht das Lob Gottes, sondern strafrechtliche Verfolgung. Versuche mich zu organisieren. In der kleinstädtischen Einkaufsstraße vermeide ich, an den Schaufenstern der Metzgerei vorüberzugehen. Wenn ich die Straße zu früh überquere, um dem Anblick der Tierleichen auszuweichen, lande ich vor dem Schaufenster der Pelzhandlung. Ich muß bis auf einen Meter Abstand zum Metzgereischaufenster, erst dann über die Straße, so habe ich die richtige Linie, beiden Schaufenstern zu entgehen. Eine Straße in der Kleinstadt betrete ich nie. Dort gibt es keine Schaufenster, Institute haben leider keine Schaufenster. Hinter verschlossenen Türen sterben Hunde, Katzen und Meerschweinchen. Testaufträge: Haarspray, Schuhspray und Klarspüler für die Waschmaschine.

Suche weiter nach Argumenten gegen Tiermord. Wer weiß Antwort auf die Frage, wie man wohl aus steinernen Herzen menschliche Herzen machen kann?

O. W. Fischer

O(tto) W(ilhelm) Fischer wurde 1915 in Klosterneuburg bei Wien geboren und zählt als Verkörperung österreichisch-wienerischen Charmes zu den beliebtesten Film- und Theaterschauspielern der Nachkriegszeit. Er und seine oftmalige Partnerin Ruth Leuwerik galten als das *Traumpaar auf der Leinwand der 50er und 60er Jahre. Zu seinen bedeutendsten Filmerfolgen zählen: »Ein Herz spielt falsch« (1953), »Solange du da bist« (1953), »Ludwig II.« (1955), »Helden« (1958), »Es muß nicht immer Kaviar sein« (1961) und »Axel Munthe, der Arzt von San Michele«. Seit Jahren lebt O. W. Fischer von der Öffentlichkeit zurückgezogen in der Schweiz, wo er sich intensiven philosophischen Studien widmet.*
Der nachfolgende Auszug entstammt seinem neuesten Werk »Auferstehung in Hollywood«.

O. W. Fischer

Muschis Tod

Muschila
Muschi
mein Musch
in der Nacht
gestern
als Du noch
neben mir lagst
gelähmt und Geheimnis
im Letzten
die Hoheit
die triumphierte in
äußerster Demut
Säbelbeinchen
ein schwerer Körper
und o
dieses holde
Madonnengesichtchen.
Nie weichende Sehnsucht
der Gottheit blieb nahe.

Wo bist Du jetzt.

Immer höher und höher. Und doch
ganz *ohne* Höhe
ist das SECRETUM:
Geheime Zusammenkunft –
Audienzen

bei den Verwandten
ein lächelndes Treiben
mit lüftenden Masken.

Und hinter *allen*
stell Dir nur vor
hinter dem *allen*
fand' ich mich selber
immer dieselbe.

Muß ich noch sagen
daß leise es regnete
bei dem Begängnis
kaum spürbar
im leuchtenden Blau
eines Himmels.
Muß ich heute fragen
was wißt Ihr vom Tier.

Adler und Löwen und
Bären aus Stein
setzt über Euch Ihr
in Wappen Emblemen
Fragt Eure Seelen
dann wißt ihr WARUM.

Ich bereite ihr Grab.

Hier sollen die süßesten
Blumen
der ländlichen
Heimat
ihr *Da*-Sein bewahren.

Hermann Gmeiner

Hermann Gmeiner wurde 1919 in Alberschwende in Österreich geboren. Er entstammt einer Vorarlberger Bauernfamilie und hat seine Mutter früh verloren. Nach dem Zweiten Weltkrieg studierte er an der Innsbrucker Universität Medizin. Er lernte die große Not im Stich gelassener Jugend kennen und gründete 1949 das erste SOS-Kinderdorf in Imst in Tirol. Seine SOS-Kinderdorf-Idee hat weltweite Anerkennung gefunden. In Würdigung seiner Verdienste wurde er zum Ehrenmitglied der Österreichischen Akademie der Wissenschaften ernannt, erhielt den Ehrendoktor zweier Universitäten und zahlreiche Auszeichnungen. »Millionen Freunde in aller Welt«, sagt Hermann Gmeiner, »haben mir geholfen, über 200 SOS-Kinderdörfer zu gründen. Das ist eine Sensation des Guten! Das Lachen der fast 30 000 SOS-Kinderdorf-Kinder in aller Welt ist der Dank für unsere Arbeit.«

Hermann Gmeiner

Unsere Zita

In den fünfziger Jahren, den Anfangsjahren unserer Arbeit, war der Schäferhund Zita der Dorfhund im SOS-Kinderdorf Imst.

Damals kam fast jeden Tag ein neues Kind ins SOS-Kinderdorf. Zita war bei der Begrüßung immer dabei. Sie beschnupperte den Buben oder das Mädchen und wich solange nicht von der Seite des Kindes, bis es in seinem neuen Haus – bei seiner neuen Familie – war.

Zita war immer bei den Kindern: beim Spielen im Wald, beim Arbeiten im Dorf, bei den Ausflügen in die Berge. Auch auf dem Weg zur Schule begleitete Zita die Kinder bis an den Rand der Stadt Imst.

Nach Einbruch der Nacht machte Zita mit mir oder mit dem Dorfmeister die Runde ums Dorf. Mütter und Kinder fühlten sich sicher. Zita wachte über alle.

Eines frühen Abends im Winter, es war eiskalt und schon dunkel, bellte Zita ohne aufzuhören. Das Bellen hörte sich anders als üblich an und erklang hinter dem Haus »Weihnacht«, das ganz dicht am Wald steht. Der SOS-Kinderdorf-Mutter des Hauses »Weihnacht« wurde das Bellen einfach zu viel. Etwas Angst hatte sie auch. So lief sie zu mir und bat mich, nachzuschauen.

Mit der Mutter und dem Dorfmeister ging ich dann in den Wald hinein. Keine hundert Schritte hinter dem SOS-Kinderdorf-Haus »Weihnacht« fanden wir Zita. Sie saß neben einem kleinen Buben und jaulte unaufhörlich. Der Bub hatte sich beim Schulschwänzen verirrt. Zita rettete ihm vielleicht das Leben. Er konnte ein wenig später seinen glücklichen Eltern übergeben werden.

Eines Tages hatte Zita Junge, und schon zwei Wochen nach der Geburt benahm sie sich auf einmal wie verrückt. Sie rannte zwischen mir und der Hundehütte hin und her und bellte und winselte. Manchmal nahm sie eines ihrer Jungen in die Schnauze und zeigte es mir. Es dauerte eine Weile, bis ich begriff. Schließlich kam ich zu Zita in die Hundehütte und bewunderte und streichelte ihre Jungen. Zita schleckte mir dabei das Gesicht. Nachher war sie wieder glücklich und ein ganz normaler Hund.

Horst Hagenlocher

Dr. Horst Hagenlocher, geboren 1924, hat sich nach dem Studium der Veterinärmedizin an der Tierärztlichen Hochschule Hannover 1949 in Horb, am Rande des nördlichen Schwarzwaldes als praktizierender Tierarzt niedergelassen. Seit 1977 ist er auch Stadttierarzt von Nagold und betreibt mit einem Partner eine umfangreiche Groß- und Kleintierpraxis. Seit langem ist Horst Hagenlocher in der tierärztlichen Berufspolitik tätig, so als Präsident des Bundesverbandes praktischer Tierärzte und seit 1983 als Präsident der Dachorganisation aller tierärztlichen Organisationen in Europa, der Europäischen Tierärzteföderation. Außerdem ist Horst Hagenlocher Träger verschiedener Auszeichnungen, u. a. des Bundesverdienstkreuzes 1. Klasse. Er lebt mit Frau und vier Kindern in Nagold-Hochdorf.

Horst Hagenlocher

Der Ehering im Kuhmagen oder: Aus dem Alltag eines Landtierarztes

Dienstag, 17. Juli

Heute war ein Tag, wie er in der tierärztlichen Praxis nur selten vorkommt: hektisch und mit zwei bemerkenswerten Ereignissen, die ein bißchen Würze in den sonst doch auch bei Tierärzten so grauen Alltag gebracht haben. Denn entgegen einer weitverbreiteten Meinung besteht auch die tierärztliche Groß- und Kleintierpraxis zum weit überwiegenden Teil aus Routinearbeiten, denen man mit dem besten Willen nichts Besonderes abgewinnen kann, die aber nichtsdestoweniger den Wert des tierärztlichen Service ausmachen, den wir Praktiker dem Tierhalter anbieten und leisten: in der Großtierpraxis Flächenimpfungen zu diagnostischen oder prophylaktischen Zwecken wie etwa die Tuberkulinisierung, bei der den Rindern eine winzige Menge Tuberkulin-Extrakt aus abgetöteten Tuberkulosebakterien in die Haut eingespritzt wird und wo bei Vorliegen einer Infektion an der Impfstelle eine starke Schwellung eintritt. Man hat auf diese Art und Weise übrigens den gesamten Tierbestand in der Bundesrepublik Deutschland in den fünfziger und sechziger Jahren bei einer Anfangsverseuchung von bis zu 60% saniert, gewiß eine respektable Leistung, die zu einer erheblichen Verbesserung des Gesundheitszustandes und damit zu einer Verminderung der Gefahr für die Menschen, die Produkte solcher Tiere verwenden, geführt hat. Das sollte man gerade heute, wo nur noch von Gefährdungen der menschlichen Gesundheit durch tierische Produkte gesprochen wird, deutlich machen. Aber auch Schutzimpfungen gegen Maul- und Klauenseuche (MKS) beim Rind sind solche großflächigen Prophylaxemaßnahmen, die zu einem nahezu vollständigen Verschwinden dieser für die Tierbestände so gefährlichen Krankheit geführt haben. Das ist natürlich harte Arbeit mit einer erheblichen Gefährdung des Impftierarztes, gerade heutzutage in den modernen Ställen, wo sich die Tiere meist unangebunden bewegen können. Wir führen diese Tätigkeiten durch, da wir ihren Sinn einsehen und weil wir ganz gut dafür bezahlt werden. Eine Befriedigung, wie sie sich etwa bei erfolgreich durchgeführten schwierigen Operationen oder Geburtshilfen einstellt, kann man hier aber nicht erwarten.

Zunächst ein Anruf von Willy Schuh, einem Nebenerwerbslandwirt aus Steinenbronn, der noch ein paar Kühe besitzt und erst vor einigen Wochen geheiratet hat. Diese Betriebsform der Nebenerwerbslandwirtschaft nimmt leider in unserer Gegend immer mehr ab. Verständlicherweise würde ich sagen, und dennoch ist dies für uns Tierärzte bedauerlich. Verständlich deshalb, weil es für jemanden, der tagsüber hart arbeitet – bei uns sind die meisten Nebenerwerbslandwirte in der Autoproduktion beschäftigt – fast unzumutbar ist, nach Feierabend der harten Arbeit eines Landwirts nachzugehen, noch mehr gilt dies für die Frau dieses Nebenerwerbslandwirts, die noch mehr als dieser gefordert ist. Bedauerlich für uns Tierärzte, weil dadurch gerade die Kundschaft ausstirbt, die auf die tierärztliche Leistung besonders angewiesen ist und sie deshalb auch besonders dankbar entgegennimmt. Vorbericht von Herrn Schuh: Eine Kuh frißt nicht mehr, gibt plötzlich wenig Milch, stöhnt und macht einen »Buckel«. Eigentlich kann man in einem solchen Fall die Diagnose schon am Telefon stellen: Fremdkörpererkrankung. Dabei durchsticht ein spitzer Fremdkörper, meistens Nägel oder Drahtstücke, die Wand des Magens, in dem er liegt, in der Regel die Wand des sog. Netzmagens (Wiederkäuer haben vier Mägen, die miteinander in Verbindung stehen), weil dieser Magen am tiefsten liegt und die metallenen Fremdkörper nach unten sinken. Verständlich, daß dieses Ein- oder Durchstechen sehr schmerzhaft ist und zu einer zunächst örtlichen Entzündung führt, welche sich aber sehr rasch ausdehnt und dann eine Peritonitis (Bauchfellentzündung) hervorruft, gegen die beim Rind auch mit den neuartigen Medikamenten meist nicht viel ausgerichtet werden kann. Der Weg eines solchen Fremdkörpers kann aber auch anders verlaufen: mal in die Leber oder Milz, wo es zu Abszessen kommen kann, die – im Fall der Leber – häufig zum Tode führen, mal in den Herzmuskel, der nur wenige Zentimeter vom Netzmagen entfernt ist, getrennt durch das Zwerchfell. Der Herzbeutel wehrt sich sehr intensiv gegen den Eindringling, indem er einen Abwehrwall aus Leukozyten und anderen Produkten des körpereigenen Abwehrsystems bildet, doch meist ohne Erfolg. Es kommt zu lebensgefährlichen, ja meist tödlichen Reaktionen bzw. Beeinträchtigungen der Herzarbeit, leicht feststellbar übrigens beim Abhören des Herzens, die durch die Entzündung hervorgerufenen Nebengeräusche sind nur selten zu überhören. Hier gibt es nur eine Entscheidung: Schlachtung des Tieres, um eine mögliche Verwertung des Fleisches zu ermöglichen. Sie kommt dem andernfalls mit Sicherheit eintretenden Todesfall zuvor. Nun, im Fall der Kuh des Herrn Schuh kann eine Beeinträchtigung des Herzmuskels ausgeschlossen werden, das ergibt meine Untersuchung im Stall, und es stehen uns zwei Möglichkeiten offen: entweder die sog. konservative Behandlung, bei der das Tier neben diätetischen Maßnahmen mit Arzneimitteln, meist mit Antibiotika behandelt und ein Magnet, der den Fremdkörper anziehen soll, eingeführt wird. Die Erfolge sind meist nicht schlecht, obwohl der Fremdkörper natürlich nicht verschwindet. Aber die Entzündung wird oft lokalisiert und der Fremdkörper wandert nicht weiter. Eigentlich wird diese Methode immer häufiger angewendet. Das hat dazu geführt, daß die zweite Möglichkeit, die operative Entfernung des Fremdkörpers, immer mehr in den Hintergrund tritt. Ich kann mich noch gut an die Anfänge meiner Praxistätigkeit erinnern, die nun schon über 30 Jahre zurückliegen: Damals war die sog. Fremdkörperoperation noch etwas Neues, fast Sensationelles, und es ist nicht übertrieben, wenn ich sage, daß ich damals durch diese Operation, die in unserer Gegend weitgehend unbekannt war, sozusagen im Handstreich eine gutgehende Praxis aufgebaut habe, an einem Ort, an dem bisher kein Tierarzt saß. Es mögen über 1000 derartiger Operationen gewesen sein, die ich innerhalb weniger Jahre durchführte, mit überwiegend gutem Erfolg, obwohl es auch hier Fälle gab, die nicht gut ausgegangen sind.

Auf diese Möglichkeiten aufmerksam gemacht, entschieden sich die Tierbesitzer – entgegen meiner Erwartung – für eine Operation. Nun, mir sollte es recht sein und nach kurzer Vorbereitung begann ich mit der Arbeit, nur unterstützt von der Frau des Landwirts – er selber war zur Arbeit gefahren – und zwei Nachbarn. Es ist bemerkenswert, unter welch widrigen Umständen ein Tierarzt auch heute noch seine Arbeit verrichten muß. Es stehen ihm weder sachkundiges Hilfspersonal, noch entsprechende Räume zur Verfügung. Meist werden solche Operationen im Stall durchgeführt und dennoch sind die Ergebnisse erstaunlich gut. Auch hier mußten wir in einem engen, dunklen, nur durch eine Handlampe erleuchteten Stall arbeiten und das bedeutet: Rasieren der Haare an der Operationsstelle, d. h. der linken Flanke, weil dies die einzige Stelle ist, die nicht durch den großen Rippenbereich abgeschirmt und dadurch unzugänglich wird, Reinigen, Desinfizieren und örtlich Betäuben. Beim Einstechen der langen und nicht ganz dünnen Kanülen müssen die Abwehrreaktionen der Tiere einkalkuliert werden, wer nicht aufpaßt, läuft Gefahr, durch Fußtritte der

Kuh, die mit erstaunlicher Schnelligkeit und Heftigkeit geführt werden, malträtiert oder gar verletzt zu werden. Dies gilt allerdings nur für die Anfangsphase, solange das Operationsfeld noch nicht schmerzfrei ist. Dies ist nach zehn Minuten der Fall, und wir beginnen mit der üblichen Arbeit: ein ca. 30–40 cm langer Schnitt durch Haut, Unterhaut, Muskulatur bis auf das empfindliche Bauchfell, das ebenfalls durchtrennt wird. Nun liegt er vor uns, der Magen, in den ich mit der Hand, mit dem Arm eingehen muß. Aber es ist nicht der Netzmagen, in dem ich den Fremdkörper vermute, sondern der Pansen, der als einziger Magenteil von außen zugänglich ist. Er zeigt noch keine Erscheinungen einer Peritonitis, kein schlechtes Omen. Der Magen wird aufgeschnitten, so daß man bequem mit dem Arm eingehen und vorher noch eine Menge Mageninhalt, oft 1–2 Eimer voll, entfernen kann. Eine Gummimanschette verhindert eine Verschmutzung der Umgebung und der Bauchhöhle. Alles läuft normal. Nach der Entfernung eines Teils des Mageninhalts gehe ich ganz in den Pansen ein und suche den nur handbreitgroßen Übergang zum Netzmagen, der sich an der spezifischen Struktur der Magenwand sehr leicht erkennen läßt. Nun im Netzmagen, in der Haube, wie er auch oft genannt wird, beginnt die Suche nach dem vermuteten Fremdkörper. Zentimeter um Zentimeter der inneren Magenwand werden abgetastet und schon nach kurzer Zeit ist der Übeltäter entdeckt: Ein ca. 5 cm langer Nagel, dessen spitzer Teil die Magenwand bereits durchbohrt und für eine schmerzhafte Entzündung der Umgebung gesorgt hat. Nur wegen des Kopfes, der noch im Mageninnern ist, konnte der Fremdkörper nicht – bedingt durch die rhythmischen Kontraktionen des Magens – ganz aus dem Mageninnern verschwinden, zum Glück für die Kuh und uns. Das kurze Stöhnen beim Herausziehen zeigte deutlich, daß dies die Ursache der Erkrankung sein mußte; kein Problem dann, den gefundenen Nagel ans Licht des Tages zu befördern und den wartenden und interessierten Helfern das corpus delicti zu zeigen. Nun gehört es zur Routine, daß auch dann, wenn der krankmachende Fremdkörper entfernt ist, weiter gesucht wird. Nicht selten sind es weitere Fremdkörper, die eingestochen haben oder die zunächst, ohne Schaden angerichtet zu haben, im Innern des Netzmagens liegen. Auch sie müssen selbstverständlich entfernt werden, denn sie könnten ja potentielle zukünftige Missetäter sein. In unserem Fall fanden sich, neben einigen Steinchen, die keinen Schaden anrichten können, ein paar kleine Drahtstücke und nochmals ein allerdings kürzerer Nagel. Raus mit ihnen und nochmals, ein letztes Mal, eine genaue Kontrolle des Mageninneren. Doch, was ist denn da? Ein rundes festes Gebilde aus Metall. Sicher unschädlich, da es nicht einstechen kann, dennoch heraus damit: Auf meiner ausgestreckten Hand liegt ein verhältnismäßig neuer, glänzender – Ehering. Die Überraschung war groß. Aber nicht nur die Überraschung, auch Verlegenheit und Unsicherheit konnte ich feststellen, nämlich bei der Bäuerin, die mitgeholfen hatte. Nun, bevor über lange Spekulationen, wo das Ding nun herkommen könnte, diskutiert werden kann, muß die Operation beendet werden: Vernähen des Pansens, Bauchfells, der Faszien und Muskulatur und schließlich Verklammern der Haut, alles nach sorgfältiger Reinigung und antibiotischer Behandlung. Als die Operation fertig war, ist gerade eine Stunde vergangen, ein Zeichen dafür, daß es keine großen Komplikationen gegeben hat.

Doch nun die Frage, wo der goldene Ring wohl herkommt? Theoretisch könnte er auf einer Wiese gelegen haben, deren Gras abgemäht und verfüttert worden ist, er könnte also unbekannter Herkunft sein. Aber er könnte auch bei der Arbeit im Stall oder in der Scheune in das Futter geraten sein. Und so war es auch: Sie konnte ein Erröten nicht unterdrücken oder verhindern, diese liebe Frau Schuh, als sie uns – sozusagen unter dem Siegel der

Verschwiegenheit – erzählte, daß sie schon kurz nach ihrer Hochzeit ihren Ehering vermißt und trotz intensiven Suchens nicht mehr gefunden habe. Nach langen Überlegungen habe sie sich dann einen neuen Ring gekauft, ohne ihren Mann zu informieren, denn er könnte ja diesen Verlust als schlechtes Omen für die junge Ehe deuten. Jetzt, da der Ring gefunden war, war sie einerseits froh, andererseits aber verunsichert. Nun, wir »Komplizen« versprachen, nichts von unserem Geheimnis zu erzählen. Ich habe das Versprechen gehalten, die Nachbarn wohl auch?

So nahm eine alltägliche Geschichte einen doch nicht ganz alltäglichen Verlauf und unterscheidet diesen 17. Juli vom grauen Alltag eines Landtierarztes, nicht nur wegen des Ringes, natürlich auch wegen des Erfolges der Operation, die heute leider nur noch selten durchgeführt wird.

Aber es war nicht nur dieses Ereignis, das diesen Tag auszeichnete. Wie schon so oft passiert, so bringt auch dieser Tag eine Duplizität der Fälle. Meist dauert es Monate, bis ein interessanter Fall auftritt, dann sind es gleich zwei an einem einzigen Tag. Der Anruf von Lorenz Schropp aus Altheim um die Mittagszeit verhieß nichts Besonderes: Der Doktor soll zu einer Kuh kommen, die nicht kalben kann. Nun ist die Geburtshilfe ein wichtiges und sehr oft eintretendes Ereignis für einen Tierarzt, obgleich, was viele nicht wissen, natürlich nur dort ärztliche Hilfe erforderlich ist, wo es nicht von selbst geht, das Kalben, die Geburt. Am Anfang jeder Geburtshilfe steht die Diagnose, die in der Regel nach einer kurzen geburtshilflichen Untersuchung gestellt werden kann. Nicht ganz so einfach bei der Kuh des Lorenz Schropp. Die Tragezeit war zwar vorüber, der Zeitpunkt der Geburt gekommen, die Fruchtblase gesprungen und etwas Fruchtwasser abgegangen, alles soweit normal. Aber, kein Kopf zu spüren, dafür eine Menge Beine, mehr jedenfalls als die zwei, die man bei einer normalen »Vorderendlage«, wenn also das Kalb mit dem Kopf zuerst kommt, tasten kann. (Auch die »Hinterendlage«, bei der zuerst der hintere Teil des Kalbes kommt, zählt noch zu den Normalgeburten, ist aber weitaus seltener als die Vorderendlage.) Nun, dann sind es eben Zwillinge und es gilt lediglich darauf zu achten, daß man beim Auszug die richtigen Gliedmaßen anbindet und nicht von jedem Kalb eine. Das würde zur Folge haben, daß beide Kälber gleichzeitig ausgezogen werden, und das geht nun mal nicht. Leider sind Geburten, die von Nichttierärzten durchgeführt werden, schon oft deshalb tödlich ausgegangen, weil dieser Fehler gemacht wurde. Doch bei dieser Kuh war alles schwierig: Schon das »Sortieren« der Gliedmaßen, sonst für einen Fachmann nicht unbedingt schwierig, erwies sich als nahezu unlösbares Problem. Welche Gliedmaßen auch angebunden und ausgezogen werden sollten, immer kam die ganze riesige Masse des Kalbes in die Geburtswege, ein Auszug war nicht möglich, und der Verdacht, daß hier eine Mißgeburt vorliegt, lag nahe. Zwar können sehr häufig auch mißgebildete Kälber normal entwickelt werden, hier war es nicht möglich und es galt, rasch eine Entscheidung zu treffen. Entweder eine Embryotomie oder eine Schnittentbindung. Bei der Embryotomie wird das Kalb mittels einer Drahtsäge, die in einem Stahlrohr in die Geburtswege eingeführt wird, in Teile zerlegt, die dann einzeln herausgeholt werden können. Es gibt auch heute noch bestimmte Indikationen für die Embryotomie, doch sind diese Indikationen seltener geworden, seitdem der Kaiserschnitt zur praxisreifen Methode entwickelt worden ist; denn er hat den großen Vorteil, daß im Normalfall das Kalb lebend herausgeholt werden kann, was bei der Embryotomie leider nicht der Fall ist. Da im vorliegenden Fall das oder die Kälber bei einer Embryotomie in zahlreiche Einzelteile mittels zahlreicher Schnitte hätte zerlegt werden müssen, fiel die Entscheidung schnell zugunsten des Kaiserschnittes. Die am Vormittag benutzten Instrumente waren inzwischen zu Hause gereinigt und desinfiziert worden, es konnte also losgehen. Und der Anfang eines Kaiserschnittes ähnelt eigentlich sehr dem bei der Fremdkörperoperation, sogar die Operationsstelle ist nur wenig von der der Fremdkörperoperation entfernt, also in der linken Flanke. In beiden Fällen bleibt das Tier stehen, und es ist erstaunlich, wie gut und ruhig die Tiere in der Regel stehenbleiben, wobei nicht verschwiegen werden woll, daß ich auch einige Fälle zu verzeichnen hatte, bei denen durch ein unprogrammgemäßes Niederwerfen des Tieres erhebliche Schwierigkeiten und aufregende Momente entstanden sind. Also: waschen, rasieren, reinigen, desinfizieren, anästhesieren und warten bis die Anästhesie, also die örtliche Betäubung, Wirkung zeigt, ca. 10 Minuten. Dann der Schrägschnitt mit dem Skalpell, wieder ein langer, noch etwas längerer Schnitt durch Haut, Unterhaut, Faszien, Muskulatur. Anstelle des Pansens, der auch beim Kaiserschnitt in unmittelbarer Nähe liegt, oft sogar die Operationsstelle ungewollt überlagert, wird aber die trächtige Gebärmutter, leicht zu erkennen an ihrem Aussehen und den leicht tastbaren Teilen des Fötus, aufgeschnitten. Dabei ist es hilfreich und vorteilhaft, wenn es gelingt, die Gebärmutter aus der Wunde herauszuziehen und möglichst außerhalb der Bauchhöhle zu eröffnen. Damit verhindert man das Einfließen von Gebärmutterinhalt in die Bauchhöhle. Aber jeder erfahrene Tierarzt wird bestätigen, daß es oft nicht möglich ist, die Gebärmutter außerhalb der Bauchhöhle zu fixieren. Oft ist man gezwungen, innerhalb, nicht selten ohne Sichtkontrolle, aufzuschneiden, und meist hat dies keine nachteiligen Folgen, vor allem dann nicht, wenn es sich um eine »frische« Geburt handelt, das Fruchtwasser also noch steril und nicht infiziert ist. Alles lief programmgemäß, und es kam der entscheidende und kritische Augenblick: Auszug des Kalbes aus der eröffneten Gebärmutter. Sonst eher ein Kinderspiel, heute ein Problem: auch jetzt wieder die Schwierigkeiten, die richtigen Beine zu finden, an denen gezogen werden muß. Welches

Beinpaar ich auch angebunden hatte, es ging nicht. Nun galt es Ruhe und Gelassenheit zu bewahren, denn nichts irritiert den Tierbesitzer und das bäuerliche Hilfspersonal mehr als die Gewißheit, daß der Tierarzt nicht mehr weiter weiß. Eine nochmalige sorgfältige Untersuchung brachte ein überraschendes, fast einmaliges Ergebnis: Es waren zwei Kälber, aber keine Einzeltiere, sie waren im Bauchbereich zusammengewachsen, siamesische Zwillinge also. Ich hatte so etwas noch nie erlebt, kaum jemals davon gehört oder in der Fachliteratur gelesen. Aber darum ging es ja jetzt nicht. Es galt vielmehr, die Operation zu einem raschen und erfolgreichen Ende zu führen. Dazu kamen zwei Möglichkeiten in Frage: entweder beide Tiere auf einmal auszuziehen oder die Kälber mittels Embryotomie zu trennen und dann einzeln auszuziehen. Zum Glück blieb uns dies erspart. Vielmehr war es möglich, durch eine Erweiterung des Schnittes durch Gebärmutter, Muskulatur und Haut so viel Platz zu schaffen, daß beide Kälber bei gleichzeitiger Lagekorrektur durch die künstliche Öffnung gebracht werden konnten. Gott sei Dank, deutliches Aufatmen bei allen Beteiligten und vor allem große Neugier, was denn nun hier vorgefallen ist. Doch bevor wir uns in eine Betrachtung der entwickelten Kälber ergehen konnten, galt es, die Operation, die ohnehin schon lange gedauert hatte, zu Ende zu führen. Dies war nicht schwieriger als bei einem normalen Kaiserschnitt. Gebärmutternaht, Bauchfellnaht, Muskelnaht, Hautnaht, alles lief wie üblich. Als schließlich die geklammerte Haut desinfiziert und durch Verband abgedeckt war, konnten wir die »Bescherung« ansehen. Die Kälber lebten nicht mehr, zum Glück. Sie wären auch nicht lebensfähig gewesen, obwohl normal ausgewachsen hätte ihre Pflege unüberwindbare Schwierigkeiten gebracht! Eine Sektion in der Tierkörperbeseitigungsanstalt zeigte dann, daß auch eine theoretisch denkbare operative Trennung der Tiere wenig erfolgversprechend gewesen wäre. Obgleich jedes Tier jeweils alle inneren Organe aufgewiesen hat, waren im Bereich der Verbindung doch erhebliche Blutgefäßanomalien festzustellen, so daß die Tiere eine Trennung nicht überstanden hätten. Ganz abgesehen davon, daß sich ein solcher Aufwand in der Veterinärmedizin leider in der Regel, vor allem bei Nutztieren, nicht lohnt. Hier sind unseren Möglichkeiten enge Grenzen gesetzt.

Zwei Stunden waren vergangen, zwei Stunden zwischen Hoffen und Bangen, bis endlich ein einigermaßen befriedigendes Ergebnis erzielt werden konnte. Befriedigend deshalb, weil der Mutter geholfen werden konnte. Sie hat die Operation gut überstanden und ist nachher auch wieder tragend geworden und hat ein normales Kalb zur Welt gebracht. Unbefriedigend ist aber immer dann eine Geburtshilfe, wenn das Kalb nicht lebt. Ich denke dabei immer an das, was alles notwendig ist, bis ein Kalb geboren werden kann: die normale Brunst der Kuh, die Befruchtung der Eizelle, das Festsetzen der befruchteten Eizelle in der Gebärmutter, die langsame aber stetige Entwicklung des Fötus vom millimetergroßen Ei bis zum ausgewachsenen, bis zu 60 kg schweren Kalb, der komplizierte Vorgang der Geburt – und alles dieses dauert 280 Tage und so lange wartet der Bauer auf sein Kalb. Oft bin ich überrascht darüber, wie gelassen – im Gegenteil zu mir – die Tierbesitzer einen solchen Verlust hinnehmen. Ein letztes Wort noch zu den siamesischen Zwillingen: Eine Nachfrage bei der Universität Hannover ergab, daß siamesische Zwillinge bei der Kuh extrem selten vorkommen, nach Aussagen von Experten nur alle 2–3 Millionen Geburten einmal.

Zwei Ereignisse an einem Tag, die nicht alltäglich waren. Neben den auch an diesem Tag fälligen Routinearbeiten: Besamung, Sterilitätsbehandlungen, therapeutische Maßnahmen, Fleischbeschau, Kleintierpraxis. Solche Ereignisse sind selten, sie sind aber erforderlich, um den Beruf zu etwas Interessantem zu machen, zu mehr als zu einem »Job«.

S. K. H. Georg Wilhelm Prinz von Hannover auf El Hakim

Georg Wilhelm Prinz von Hannover wurde am 25. März 1915 in Braunschweig geboren. Er studierte Rechts- und Staatswissenschaften in Wien und Göttingen. 1948 promovierte er zum Dr. jur. mit einer Arbeit über die »Völkerrechtliche Stellung Deutschlands nach der Kapitulation 1945«. Von 1948–1959 war er Leiter der Salemer Schulen, 1959–1962 Präsident der Reitakademie in Riem, 1966–1971 Präsident der Internationalen Olympischen Akademie. Ehrenämter: u. a. 1966–1971 Mitglied des IOC, Mitglied des NOK, Honorary Vice President of International Union of Building Societies and Saving Banks.

Georg Wilhelm Prinz von Hannover ist verheiratet mit Sophia, Prinzessin von Griechenland und Dänemark, der Schwester des Herzogs von Edinburgh. Er lebt heute in Neuhaus am Schliersee.

Georg Wilhelm Prinz von Hannover

Meine Militarypferde

Pferde können sehr genau unterscheiden zwischen Training und Wettkampf, das weiß ich aus eigener Erfahrung mit meinen Militarypferden. »Military« nannte man früher das, was heute »Große Vielseitigkeitsprüfung« heißt: eine gemeinsam bewertete Prüfung mit den drei Teildisziplinen Dressur, Geländestrecke (über feste Hindernisse) und Parcoursspringen.

Ich glaube, daß hier zwei Momente mitsprechen. Einmal ein gesunder Ehrgeiz des Pferdes, das wie der Mensch den Drang zur Bewährung hat, und zum anderen die Loyalität dem Reiter gegenüber, dem zuliebe es sein Bestes gibt.

Einige Beispiele:

Mein Dienstpferd »Krieger« ritt ich als Leutnant im Kavallerie-Regiment 10 Torgau.

Vor der Dressurprüfung meiner ersten öffentlichen Military in Verden/Aller 1938 war ich verständlicherweise sehr aufgeregt, ritten doch Rittmeister Stubbendorff, Goldmedaillengewinner in Berlin, selbst sowie andere Kanonen vom Militarystall der Kavallerieschule mit.

Einreiten im versammelten Galopp, vor dem Richter halten und grüßen. Krieger sah Gustav Rau (den zuständigen Sachverständigen für die Auswahl der Reiter und Pferde für die Olympischen Spiele) vor sich und begrüßte ihn mit einem Trompetensignal, das dem Leittier einer Elefantenherde Ehre gemacht hätte. Ich glaubte schon, wegen dieser Flegelei meines Pferdes die Tür der Reithalle gewiesen zu bekommen, als Gustav Rau lächelnd den grauen Homburg hob und sagte: »Willkommen!« Als er bemerkte, daß ich immer noch entsetzt war, sagte er zu seinem Nachbarn, als ich vorbeiritt, so daß ich es hören konnte: »Ein talentiertes Paar.« Das gab mir mein Selbstbewußtsein zurück, und Krieger ging wie nie zuvor. Rau war nicht nur Sachverständiger für Pferde und Prüfungen, sondern auch Psychologe und Pädagoge für Reiter.

In Turin war das Dressurviereck von einer kleinen Hecke umgeben, die unverkennbare Züge eines Rennbahnsprunges trug. Krieger und ich warteten bereits in versammelter Haltung auf das Zeichen zum Einreiten, da erklang eine Glocke, wie Krieger sie bisher nur beim Start zum Rennen gehört hatte. Aus der aufgerichteten Haltung wurde augenblicklich Stromlinienform, und Krieger hätte um ein Haar die Hecke genommen – und das vor dem internationalen Publikum. Wenn diese Reaktion Kriegers wohl rein instinktiv war, so kann der Gehorsam, mit dem er auf meine ganze Parade reagierte und sich sofort wieder konzentrierte, nur damit begründet werden, daß er blitzschnell verstand, daß er sich getäuscht hatte und es jetzt ernst mit der Dressurprüfung wurde, die er dann ohne einen weiteren Blick auf die Hecke absolvierte.

Bei einem Geländeritt in Verden a. d. Aller überschlugen wir uns an einem Rick, vor dem Krieger gerutscht war.

Als ich mich auf der Erde sitzend orientieren wollte, stand Krieger über mir mit gespreizten Vorderbeinen, um mich nicht zu treten – und wartete geduldig, bis ich unter ihm hervorkroch und wieder aufsaß. Wir beendeten den Geländeritt ohne Fehler.

Nach dem hervorragenden Geländeritt einer anderen Military (schnellste Zeit des Tages) lahmte Krieger abends stark. Alles Behandeln während der Nacht nützte nicht viel. Ich wollte bereits aufgeben, für das Jagdspringen zu satteln, als eine Musikkapelle an dem Stall vorbeimarschierte. Es war die Musik, die man bei Turnieren zu spielen pflegte.

Krieger fing an, in der Box zu tanzen, wie ein Elefant zu trampeln und zu wiehern. Er war von dem Augenblick an nicht mehr lahm, sondern zeigte alle Anzeichen von Lampenfieber. Die Veterinärkommission konnte nichts mehr finden, und ich hatte Mühe, ihn beim Jagdspringen, das wir ohne Fehler in der schnellsten Zeit des Tages beendeten, zu bremsen. Auch hinterher hatte Krieger nicht mehr an Lahmen gedacht.

In Turin 1939 war das Wetter vor dem Geländeritt eine Woche lang katastrophal. Die Querfeldeinstrecke war zeitweise sehr tief und rutschig. Als wir zu einem breiten Wassergraben mit Rick kamen, der von Hang zu Hang zu springen war, hatten schon sieben Pferde hier den Ritt beenden müssen. Wir versuchten es erst im Galopp, obwohl nur zehn Meter Anlauf war, mit dem Erfolg, daß Krieger im Lehm die Böschung herunterrutschte, ohne den Absprung finden zu können, und er im Wasser mit der Brust vor dem Rick landete. Brav ging er rückwärts den Hang hinauf. Dasselbe Theater wiederholte sich noch einmal. Nun kam der letzte Versuch. Ich flüsterte Krieger ins Ohr: »Hier müssen wir rüber!«, ritt vorsichtig im Schritt an die Böschung heran, schnalzte mit der Zunge und rief »komm!« Krieger machte den Sprung seines Lebens aus dem Stand. Die Hufe klapperten zwar gegen das Rick, aber wir waren drüben.

El Hakim, den ich fast 25 Jahre später ausgebildet habe, haßte Kandare. Als er für die Dressurprüfung einer Military auf Kandare gehen mußte, klapperte er auf dem Abreitplatz so mit dem Gebiß, daß es geradezu peinlich war. In dem Augenblick, als ich mit ihm das Dressurviereck betrat, schluckte er seinen Ärger herunter und gab sich ungeheure Mühe, so daß wir gut abschnitten. Kaum hatten wir das Dressurviereck verlassen, fing er wieder derartig an zu klappern, daß ich schleunigst das Weite suchen mußten.

Als wir bei einem Geländeritt an einem Tiefsprung mit

Graben einen schweren Rumpler machten und durch den Graben stolperten, kam ich unter den Hals zu hängen. El Hakim hätte sich nur einmal zu schütteln brauchen, und ich hätte absteigen müssen (60 Fehler). Obwohl viele Zuschauer herumstanden, blieb er vollkommen ruhig, bis ich meinen Klimmzug an Hals, Mähne und was ich sonst noch greifen konnte, beendet hatte und wieder im Sattel saß, um dann den Ritt fehlerlos zu beenden.

El Hakim hatte, wie man sagt, ein fünftes Bein, d. h., er war sehr geschickt, wenn einmal ein Absprung nicht stimmte. Bei einem hohen Rick, nach einer Kletterstelle bergab, kam er mit den Hinterbeinen zu dicht an den Sprung heran, und eine Photographie zeigte, daß er mit einem Hinterbein von der mittleren Stange des Ricks abgefußt hatte, während das andere Bein normal vom Boden abfußen konnte. Eine erstaunliche Flexibilität.

Beim Dressurtraining war El Hakim sehr aufmerksam und merkte sich die einzelnen Figuren ganz genau. Das ging so weit, daß ich niemals eine Figur zweimal an derselben Stelle des Dressurvierecks üben durfte, sonst wollte er beim nächsten Mal die Figur wieder an der Stelle ohne Aufforderung ausführen. Er hatte so ein gutes Gespür, daß ich mir Mühe geben mußte, nicht an die Figur zu denken, die ich an einer ganz bestimmten Stelle üben wollte, sonst übertrug sich das auf ihn, und er fing schon früher als beabsichtigt mit der Figur an. Wenn ich ihn dann daran hinderte, schnaubte er verärgert. Als wenn er sagen sollte: »Warum auf einmal nicht!« Beim Turnier kam das aber nicht vor.

Sowohl Krieger wie auch El Hakim verstanden jedes Wort bzw. jede Gemütsäußerung während des Geländerittes. Sie hatten ihre »Antennen« die ganze Zeit auf Empfang und reagierten entsprechend.

Wenn ich mit ihnen sprach, gaben sie ihr Einverständnis bekannt, indem sie mit einem Ohr wackelten. Sie erkannten Geländeritte nach einem Jahr wieder und fingen automatisch an, im letzten Drittel der Querfeldeinstrecke zu beschleunigen. Bei El Hakim war das im zweiten Jahr in Luhmühlen in der Vormilitary nach dem großen Wassergraben so stark, daß ich ihn dank der nassen Handschuhe vor der Kiesgrube nicht mehr richtig aufnehmen konnte. Das beunruhigte mich aber nicht übermäßig, weil er durch das ausgedehnte Klettertraining an den Berghängen und dem Wassertreten im Tegernsee sehr stark ausgebildete Schulter- und Brustmuskeln hatte.

Ein anderer Reiter hätte vor einem solchen Tiefsprung mit aller Kraft und auch um den Preis einer unschönen Zerrerei im Maul versuchen müssen, sein Pferd wieder unter Kontrolle zu bringen, damit es sich in diesem Tempo beim Sprung in die Tiefe nicht überschlägt. Bei El Hakim genügte ein leises »Paß auf!«, um ihn vorsichtig zu machen, als er in ungebremster Fahrt über das Rick hinunter in die Kiesgrube sprang – und seinen Weg ohne Stocken oder Stolpern fortsetzte.

Fritz Huschke und Ursula von Hanstein

Fritz Huschke von Hanstein, 1911 geboren, ließ sich 1926–1936 zum Landwirt und Juristen ausbilden. Bis zur Vertreibung 1945 war er Herr auf Rittergut Wahlhausen-Unterhof, danach, von 1948–1950, Verkaufsleiter der VESPA, Sport- und PR-Leiter der Porsche KG, dort 1951–1970 Mitglied der Geschäftsleitung. Von 1971–1975 war er Berater der VW-Porsche-Vertriebs-GmbH. Ehrenämter: Sportpräsident des Automobil Clubs von Deutschland, Präsident der Obersten Nationalen Sportkommission und Vizepräsident der Internationalen Automobilsport-Vereinigung. Mit seiner Frau Ursula und seinen beiden Hunden lebt Huschke von Hanstein in Stuttgart. Beide schildern die Liebe zu ihren Hunden in erfrischender Art in der folgenden Geschichte.

Fritz Huschke von Hanstein

Alle meine Tiere

Meine Frau und ich sind beide Kinder vom Lande! Wir sind auf großen Gütern aufgewachsen und daher von klein auf mit Tieren aller Art vertraut. Schon beim Aufstehen war der Haushund dabei und blieb es – wenn irgend möglich – den ganzen Tag lang. Und nach dem Frühstück erfolgte der obligatorische Rundgang durch die Ställe zu Kühen, Schweinen, Hühnern, Schafen und – last not least – zu unseren Tauben. Und das alles passierte früh am Morgen, denn während Hunderte von Ochsen (die gab's vor der Zeit der Trecker noch als Arbeitstiere) auf leisen Hufen zur Arbeit schlichen, gab es gegen sechs Uhr früh jeweils ein Donnergepolter, wenn die schweren Belgier (so wie die heutige Jugend sie wohl nur noch vor den Prachtwagen der verschiedenen Brauereien beim Oktoberfest kennt) mit ihren eisenbeschlagenen Hufen über das Kopfsteinpflaster donnerten!

Unsere Väter, alte Kavallerie-Offiziere, machten uns früh verständlich, daß das Pferd kein Tier ist, »das dem Menschen nach dem Leben trachtet« – wie von unwissenden Städtern immer behauptet wurde –, so daß wir es als Auszeichnung betrachteten, wenn die Jugendmeute unter Aufsicht des Papas nach getaner Schularbeit gemeinsam ausreiten durfte. Wir Kinder allerdings nur auf einem Woilach – einer Pferdedecke –, die auf dem Rücken des Pferdes mit einem Gurt befestigt wurde. »Damit ihr besseren Schenkelschluß bekommt« – wie es zur Tröstung hieß.

Ein ganz besonders enges Verhältnis bestand natürlich zu

den Jagdhunden. Auch wenn wir bei der Jagd nur als Treiber mitlaufen durften, so waren wir doch ganz besonders stolz, wenn unser Hund eine Ente aus der Werra herausholte oder einen Fasan in einem Luzernefeld aufstöberte.

Und auch zu den Zeiten, wo wir bereits den ersten eigenen Ziegenbock hatten – und ein paar Jahre später einen Esel –, die wir füttern und versorgen mußten, blieben die Hunde Freunde und Spielgefährten Numero 1 in unserem jungen Leben. Und sind es bis heute geblieben! Es war selbstverständlich, daß auch bei dem großen Exodus 1945, als oftmals brave Pferde die einzige Rettung für viele verzweifelte Flüchtlingstrecks waren, auch der geliebte Hund nicht zurückgelassen wurde. Die Herzlosigkeit, mit der heutzutage viele Menschen ihre Haustiere einfach aussetzen, nur um ein paar bequeme Ferientage zu haben, ist einfach skandalös!

Die Güter blieben zurück im deutschen Osten, aus den Landkindern wurde ein städtisches Paar, aber der Hund als Kamerad blieb uns erhalten. Auch dann, als ich mit meiner Ursel ganz klein in einer Zweizimmerwohnung mit schrägen Wänden in einer Großstadt einen Neubeginn starten mußte.

Von der großen Dogge über (viele) Schäferhunde bis zum kleinen Dackel haben mannigfache Rassen mit uns gelebt. Aber es waren immer sehr »feine« Hunde mit langem Stammbaum. Edle von Soundso, Deutschmeister und sogar ein Europa-Champion war unter den Großeltern, und wir waren fast so stolz wie die Züchter – wenn wir sie auch in erster Linie einfach gern hatten.

Heute haben wir einen schwarzen Schornsteinfeger aus dem Tierheim. Die Wahl war schwer, weil alle dort zu bitten schienen, »nimm mich mit«. Dann entschlossen wir uns für den, der am höchsten sprang, um rauszukommen, und am lautesten darum bellte. Als er zu uns kam, hat er ein Vierteljahr keinen Ton gesagt und nur trockenes Brot gefressen. Heute holt er das alles nach – an Lautstärke und an Fleischkonsum. Und da er eine Mischung aus Schnauzer-Pudel-Spitz und was weiß ich noch mehr ist – ein Bastard also –, dachten wir an einen anderen und nannten ihn Willy. Und ohne Willy läuft seitdem gar nichts mehr bei uns.

Während früher die großen Hunde – nicht immer bequem für alle – im Porsche reisen mußten, brauchen wir jetzt ein »Commerzienratsauto«, wo Willy hinten eine Bank für sich allein beansprucht. Und einen Fernsehplatz hat er auch, denn er muß ja wie ein Wilder gegen das Gerät anspringen, wenn dort – und damit von seinem Gesichtspunkt aus im Hause – ein anderer Hund erscheint; wobei es ihm gleichgültig ist, ob das ein Polizeihund bei einer Demo ist oder ein Walt-Disney-Hund, der selbst für ein menschliches Auge schwer als solcher identifizierbar ist.

Werden wir eingeladen, antworten wir: »Ja, gerne, wenn wir zu dritt willkommen sind.« Sonst leider »Nein«. Und Willy spielt überhaupt eine Hauptrolle in unserem Leben.

Ehe das alles aber so wurde, gab es die »Tante« und den »Onkel«! Bonga, eine wunderschöne Dalmatinerhündin, sehr zärtlich und geliebt – nur auf ihre älteren Tage etwas zickig, wie eine der »Alte-Jungfern-Tanten«, die es in jeder Familie gibt. Darum wurde sie in ihren erwachsenen Jahren nur noch »Tante« gerufen.

Dagegen war der Dackel »Onkel« von klein auf der Onkel – einfach als Pendant zur Tante.

Meine Ursel kam nämlich eines Tages durch Zufall zu einem Dackelzüchter, der ihr seinen neuen Wurf zeigen wollte, und hörte dabei zu ihrem Entsetzen, daß der kleinste und schwächste getötet werden sollte.

»Den will ich oder keinen!«

Alle Einwände des Züchters, das ginge gegen seine Berufsehre und die Hansteins könnten doch nicht das einzige »Kuckucksei« aus dem Wurf nehmen, wo er doch so viele andere, schönere hätte, waren vergebens. Wenn meine Frau mal etwas will – na, Sie sehen ja . . .

Also, ich fand – zu meinem Entsetzen – eines Tages das kleine Würmchen zu Hause vor, mit der lapidaren Bemerkung: »Das ist der Onkel, die Tante war so einsam.« Nun, der Onkel wurde völlig von der Tante erzogen und beide wurden unzertrennlich. Und die Ursel wurde so manches Mal scheel angesehen, wenn sie auf ihren Spaziergängen im Walde (Hunde halten ihre Herren gesund, denn sie brauchen ja Auslauf!!) nach Onkel und Tante rief, und dann kam ein Hund aus dem Gebüsch angelaufen.

Eine der vielen Geschichten, die wir mit diesen beiden Hunden erlebt haben – leider sind beide tot, daher gibt es jetzt den Willy –, erzählt Ihnen nachfolgend meine Frau.

Ursula von Hanstein

Der Kirchgang

Endlich mal wieder ein Sonntag zu Hause – wenn man auch viel zu früh durch Onkel und Tante geweckt wird! Die beiden sitzen nun schon seit einer Stunde dräuend vor unseren Betten, jede Bewegung beobachtend, die sie gerne als Erwachen deuten möchten. Wir wagen nicht, uns zu rühren, denn dann haben wir verloren; sofort würde die große Morgenbegrüßungszeremonie beginnen. Ihr betont lautes Schnaufen, das von leisen Pieptönen untermalt wird, drückt ihren Unwillen über unser »Nichtwachwerdenwollen« aus! Mit aller Gewalt möchten sie uns munter machen, aber sie wissen ganz genau, daß das eigentlich streng verboten ist.

So versuchen sie raffiniert durch »Sich-schütteln« und »Von-einem-Fuß-auf-den-anderen-Treten« Unruhe in unseren Schlaf zu bringen. Tante schleicht von einem Bett zum anderen, bleibt eine Weile in Sitzstellung vor dem jeweiligen Kopfende sitzen und wirft fast hypnotische Blicke auf unsere Köpfe.

Manchmal kommt sie so nah, daß man ihren Atem spürt, und man wünscht sich nur, daß dieses »Tantentier« einen doch endlich mal ausschlafen lassen sollte. Wie gerne würde man sich noch einmal umdrehen! Aber dann hat man ja verspielt. Also harren wir so lange wie irgend möglich in Ruhestellung aus, bis wir endlich verkrampft und halb lahm kapitulieren. Und dann geht der Freudentanz los! Onkel quietscht vor Wonne in den höchsten Tönen, springt auf und über die Betten. Tante steht mit den Vorderpfoten abwechselnd über Huschkes oder meinem Kopf und verteilt zärtliche Nasenstüber. Und dann lacht sie, zieht die Lefzen ganz hoch, so daß die Zähne nur so blitzen, bis der Lacher in mehrfachem Niesen untergeht – begleitet von einer lauwarmen Dusche aus ihrer Nase. Mit aller Kraft müssen wir uns der Hunde erwehren, um Herren der Lage zu bleiben.

Haben wir uns dann mit den Hunden restlos wachgetobt – natürlich viel zu früh –, gehen Onkel und Tante, glücklich darüber, daß Herrchen und Frauchen endlich munter sind, zurück in ihre Körbe, legen sich nieder und schlafen schon nach zwei Minuten tief und zufrieden ein. Da kann einen natürlich über soviel Unverfrorenheit die Wut ankommen, wenn man selber mit verknittertem Gesicht und Nachtgewand und noch vielen müden Stellen am ganzen Körper einfach so stehengelassen wird. Onkel allerdings rafft sich meistens nach einem Viertelstündchen wieder auf, nimmt Aufstellung vor der Badezimmertür und tut durch freches Kläffen kund, daß er sich zu einem Stellungswechsel im warmen Badezimmer und in menschlicher Nähe entschlossen hat. Ich darf dann pitschnaß aus der Badewanne kriechen, um dem »Herrn« die Tür zu öffnen, der dann seinen müden Körper in die Nähe der Heizung schleppt, sich dort zufrieden stöhnend niederläßt und augenblicklich wieder in tiefen Schlaf versinkt.

Tante hingegen hält nichts vom Badezimmer. Geht sie auch mit uns recht vergnügt bei strömendem Regen spazieren, so ärgert und erschreckt sie doch der kleinste Wasserspritzer aus der Badewanne oder Dusche.

Und dann kommt das sonntägliche Frühstück, sprich Brunch, zu dem sich wie bei jeder Mahlzeit der »D-Zug« in Marsch setzt. Manchmal marschieren wir zu viert, d. h., wenn Huschke alle Jubeljahre mal den Teewagen zieht, auf dem all die guten Sachen stehen, die zu einem Brunch gehören. Dann also geht Huschke voran in Richtung Eßzimmer.

Da ich den Teewagen nicht gut aus den Augen lassen kann

– denn Huschke erwischt bestimmt mit ihm die nächste Ecke und alles würde zu Fall kommen –, gehe ich also wachsam hinter dem Wagen, gefolgt von Tante mit lang vorgestrecktem Hals und schon allen guten Brunchgerüchen in der Nase, und als Schlußlicht der kleine Onkel. Das ist unsere feste Reihenfolge. Auch wenn wir zum Beispiel mal zum Keller hinuntergehen oder den Dachboden erklimmen – die Hunde folgen uns stets in der gleichen Marschaufstellung!

Zu meinem Ärger – muß ich gestehen – »fällt« Huschke beim Frühstück für die Hunde meistens etwas aus der Hand, was diese natürlich zum Betteln animiert und was ich abscheulich finde. Huschke beginnt immer mit der sogenannten »Nagelprobe«, einem trockenen Stück Brot, das beide mit langen Zähnen gnädig hinnehmen, um es dann hinter Huschkes Rücken in irgendeiner Ecke abzulegen. Schnell sind sie dann wieder zur Stelle, und Herrchen ist stolz auf seine Hunde, die angeblich trockenes Brot fressen. Darum bekommen sie dann leckere »Beißer« in Form von Wurst oder Fleisch, was ihnen natürlich besser mundet und wovon man immer noch mehr haben möchte.

Onkel, der beim Essensempfang bei Tisch »Männchen« machen muß, hat diese Stellung bis zur Perfektion aufgebaut. Er stellt sich erst auf die Hinterbeine, streckt dann den Schwanz wie ein Stöckchen als Stütze gerade nach hinten weg und läßt sich auf die kleinen Hinterschenkel nieder, als ob er es sich in einem Sessel bequem machen würde. So kann er es lange genug aushalten, um einen durch seine Dauerbittstellung weich und nervös zu machen.

Am Rückmarsch nach dem Frühstück nehmen die Hunde nicht teil – für sie ist die Sache gelaufen. Ihr einzigstes Interesse gilt jetzt dem Spaziergang. Nun kann alles gar nicht schnell genug gehen, die Leine wird heruntergerissen und Onkel kläfft, daß das Haus erzittert. Wir fallen über die Hunde und die eigenen Füße, Leinen verwickeln sich zu unentwirrbaren Knäuel und endlich geht's los.

Für heute steht aber noch ein Kirchgang auf dem Sonntagsprogramm, so fällt der Spaziergang etwas mager aus. Unsere nette kleine Waldkirche liegt nur hundert Meter vom Haus entfernt, und da ihre Pfarrkinder gerne lange schlafen, hat der liebe Pastor den Anfang des Gottesdienstes auf 11.00 Uhr verlegt.

Wir entschließen uns, die Hunde aufgrund des kurzen Spazierganges während der Kirche im Garten zu lassen, wo sie toben und leider auch graben können. Als wir das Gotteshaus betreten, sind schon fast alle Plätze besetzt. Nur ziemlich weit vorn finden wir noch zwei freie Plätze. Die ersten Lieder sind gesungen – von Huschke fast immer falsch –, der Pfarrer steht bereits auf der Kanzel und Huschke kämpft schon mit dem ersten Schlaf. Auch ich kann mich nur schwer konzentrieren, denn in der Ferne höre ich Onkel und Tante wütend kläffen. Sollte etwa jemand zu Besuch gekommen sein, oder stehen Kinder vor dem Zaun und necken die Hunde, damit sie ordentlich bellen? Hätten wir nur nicht die Hunde im Garten gelassen! Nach kurzer Zeit aber läßt der Lärm nach. Gottlob! Ich versetze Huschke einen kleinen Rippenstoß, denn sein Kopf hängt etwas zu andächtig vornüber, und endlich können wir der Predigt ungestört zuhören. Doch, o Schreck – plötzlich höre ich ein halb trauriges und halb ärgerliches Jaulen und Jammern direkt vor der Kirchentür – das können nur Onkel und Tante sein! Sicher hat sie jemand aus dem Garten herausgelassen. Wieder stupse ich Huschke an – das Gesangbuch fällt mit lautem Knall zu Boden. Huschke sieht mich wütend an, und ich flüstere: »Onkel und Tante!« und schaue vielsagend in Richtung Kirchentür. »Na und?« ist seine laute Antwort in die Stille. Nein, ist das alles peinlich! – Ich fühle aller Augen auf uns gerichtet. Jeder muß das ja wissen, daß das unsere Hunde sind. Und zu allem Übel machen sie ihrem Unwillen durch größere Lautstärke Luft. Und dann fängt Onkel auch noch an zu singen, was wir ihm mit viel Geduld beigebracht haben – ohohohohohohuhuhu – ohohohohohuhuhuhu – lang und anhaltend – jammervoll! Die Andächtigen werden unruhig, rücken hin und her, und eine Frau macht laut »Pscht!« – als ob das die Hunde beruhigen würde. Endlich hören wir im Hintergrund, wie der Kirchendiener aufsteht, um nach dem Rechten zu sehen. Ich höre ihn das Portal öffnen; das war der Moment, auf den Onkel und Tante sehnlichst gewartet hatten. Ich ahnte, was passieren wird – und schon hörte ich ein handfestes Gedrängel an der hin- und herfliegenden Tür. Der Kirchendiener schreit nur etwas hilflos »raus!« – und schon sind die Hunde drin!!! Und nun fängt ein herrliches Gesuche durch sämtliche Kirchenbänke an. Ohne Rücksicht stürzen sie sich durch die engen Reihen, schnüffeln und hecheln, um endlich unseren Geruch in die Nase zu bekommen.

Der Pfarrer unterbricht seine Predigt, jemand quietscht, einige lachen, und wir sind von unseren Sitzen aufgeschnellt. Im Mittelgang versuchen wir, uns Onkel und Tante bemerkbar zu machen, aber die beiden schnüffeln in Richtung Seitengänge und rennen rauf und runter, glücklich über das Fangermannspielen.

Huschke und ich haben Köpfe wie Tomaten, fühlen uns von Blicken durchbohrt und möchten diesem frivolen Spiel nur zu gerne ein Ende machen. Endlich ist es gelungen und ein Riesen-Freudengeheul hallt durch die heilige »Halle«, und über die springenden Hunde stolpernd, erreichen wir die Kirchentür.

Dort drehen wir uns noch einmal um und stottern im Duett »tausendmal Entschuldigung«, was der nette Pfarrer mit einem Schmunzeln quittiert und meint: »Auch Tiere sind Kinder Gottes, drum zürnen wir ihnen nicht. Darüber hinaus scheinen es sogar fromme Tiere zu sein!«

Renate Holm

Kammersängerin Renate Holm, in Berlin geboren, zeigte schon als Kind große Neigung zum Gesang. 14jährig brillierte sie mit dem Sopransolo in Haydns »Jahreszeiten«. Neben ihrer Tätigkeit als zahnärztliche Assistentin nahm sie Gesangsunterricht. 1952 erhielt sie beim Schlagerfestival in Italien den 1. Preis, danach spielte und sang sie in 15 Musikfilmen, nahm Schallplatten auf und war bei Funk und Fernsehen gern engagierter Gast. Ab 1955 begann mit dem »Schwarzwaldmädel« ihre Theaterlaufbahn mit Opern- und Operettenrollen (z. B. Adele in Fledermaus, Olympia in Hoffmanns Erzählungen u. v. a. m.). Seit 1961 ist sie festes Mitglied der Wiener Staatsoper. Dazwischen folgten Auftritte im In- und Ausland. Ihr Refugium ist ein Bauernhof, den sie mit vielen Tieren teilt.

Renate Holm

Warum Kater Bimbo nicht aufs Land darf

Mit meinem Kater Bimbo, der eigentlich Fantomas de Mozambique heißt und zur Familie der blau-weißen Perser gehört, hat es eine besondere Bewandtnis. Als Dank und Anerkennung für meine Tierschutz-Aktivitäten bekam ich ihn von einem österreichischen Katzenzuchtverband als winziges Angora-Knäuel geschenkt, das sich so nach und nach entwirren sollte . . .

Ich hatte bis dahin nicht sehr viel Erfahrung im Umgang mit so edlen Vierbeinern, denn Bimbo war das erste – und blieb das einzige – gezüchtete Tier in meinem Asyl inmitten der Schar geretteter, von Menschenhand geschundener Kreaturen, die ich im Laufe der Jahre bei mir aufgenommen habe.

Im Grunde unterschied sich Bimbo als Katzenbaby nicht von seinen einfacheren Artgenossen: Er war verspielt, vorwitzig, neugierig und hinter allem her, was sich bewegte. Nur zeichnete er sich durch unvergleichliche Tolpatschigkeit aus, was ihm schließlich auch den Namen Bimbo eintrug. Pate hierfür standen vor meinem geistigen Auge die Elefanten, denen mein Kater offenbar den behäbigen Trab abgeschaut hatte.

In meiner Wiener Wohnung entwickelte sich Bimbo durchaus als der König, den er zu sein vorgab. Seine Vorliebe für Reinseiden-Stoffe und andere edle Materialien verheimlichte er erst gar nicht. Schnurrend und mit großen Bernsteinaugen nahm er Besitz von seinen auserwählten Plätzen, die ihm auch keiner streitig machte. Er war ja ohne weitere Tiergesellschaft in der Wohnung, sieht man von meiner alten, kleinen Hündin Nini ab, die ihre letzten Lebenswochen in Eintracht mit Bimbo verbrachte.

Nun kam der Tag, da mein inzwischen recht imponierend gewordener und sozusagen nun gesponnenes Perser-Woll-Knäuel alias Fantomas de Mozambique alias Bimbo mit mir das Wochenende auf meinem Landgut verbringen und sich ins Gefolge meiner Arche Noah integrieren sollte. Ich hielt das für nicht besonders kompliziert, weil ich annahm, Bimbo würde sich ohnedies vornehmerweise nur im Haus bewegen und sich nicht unter das Fußvolk meiner »primitiven« Hauskatzen mischen. Daß er vor Eseln, Schafen, Hühnern und Hunden Reißaus nehmen würde, bezweifelte ich nicht im geringsten.

Weit gefehlt!

Aus seinem – selbstverständlich mit Seidendecke ausgestatteten – Katzenkörbchen entlassen, verschwendete er kaum Interesse an die neue häusliche Umgebung, sondern stürzte sich voller Tatendrang in den Frieden meines Landkatzen-Trios: Micki, Weibi und Stümpflein. Mit der Ruhe und Behaglichkeit meiner jahrelang dem Hausc angehörigen Gestromten war es von Stund' an vorbei. Das Zepter hielt zweifelsohne Kater Bimbo in der Hand, und meine wahrhaft nicht zimperlichen und an Hierarchie-Kämpfe gewöhnten Mühlenkatzen flüchteten in weiten Sätzen vor dieser Übermacht an geballter Kraft und Unausweichlichkeit.

Am Abend seines ersten ländlichen Tages fing mein Perser eine Maus – die erste, die dem Vernehmen nach von seinesgleichen je erlegt wurde. Er kroch auf Heuboden, jagte unsere gutmütigen und fleißigen Hühner, fraß Spinnen, fing Fliegen, spielte mit Schnecken und fand sich endlich, das Fell mit Kletten übersät, kurz wieder zur Ansicht ein. Seine Eskapaden gipfelten darin, daß er sich plötzlich zu fortgeschrittener Stunde bei Mondschein vom Dachfirst meines Anwesens, für uns unerreichbar, mit kläglichem

Miauen meldete. Trotz mehrerer überlanger Leitern war es unmöglich, Bimbo zu bergen. Alle Zurufe fruchteten nichts, jegliches Locken war vergeblich, und so mußte mein königlicher Kater so schrecklich unmajestätisch übernachten. Wir haben sicher in dieser Nacht beide kein Auge zugetan. Von mir weiß ich es, von Bimbo vermute ich es unschwer.

Jedenfalls – am Morgen hatten wir uns wieder. Mit vereinten Kräften war es meinem Verwalter und mir gelungen, den Ausreißer zu erreichen. Mit diesem Streich war dem Unternehmungsgeist Bimbos bei weitem kein Ende gesetzt. Er ging weiter auf die Pirsch, er hantelte sich in den alten Mühlrädern aufwärts, purzelte runter, versteckte sich in Säcken und hielt uns ständig in Schach, weil wir ihn dauernd suchen mußten.

Weitaus schlimmer aber als das war die Tatsache, daß sich keine der anderen Katzen mehr blicken ließ. Und wenn doch, dann sprang ihnen Bimbo nach und war, wenn er sie erwischte, nicht gerade sanft. Das verscheuchte meine alten Freunde, an denen ich sehr hing. Zu viele Jahre hatten sie schon in Anhänglichkeit und Treue in meiner Nähe verbracht, als daß ich sie wegen eines unverbesserlichen Haudegens enttäuschen oder gar verlieren wollte. Auch meine Hunde – durchaus an ihre kralligen Genossen gewöhnt und diese an sie – machten mehr als einen respektvollen Bogen und kniffen den Schwanz ein, wenn »King Bimbo« in ihre Sichtweite kam. Kurzum, der Haus- und Tiersegen hing seit Bimbos Ankunft und seit seiner Anwesenheit mächtig schief.

Dieses Wochenende lehrte mich, daß Frieden und Freundschaft unter Zwei- und Vierbeinern Not tat, und daß ich um unser aller willen Abhilfe schaffen mußte.

Fazit:

Fantomas de Mozambique herrscht wieder – und das unbestritten – im noblen Wiener Domizil, und auch auf dem Lande ist Eintracht wieder eingekehrt.

Lotte Ingrisch

Lotte Ingrisch wurde 1930 in Wien geboren, hat böhmische und französische Ahnen, lief schon als Kind allen Elben nach. So ist sie in den keltischen Nordwald geraten, in dem ihr Vater, der auch Erfinder war, die heimliche Herrschaft eines Mohnkönigs ausübte. Sie war in erster Ehe mit dem Philosophen Hugo Ingrisch verheiratet. Ihr zweiter Mann ist der Komponist Gottfried von Einem. Sie schreibt Romane, Theaterstücke, Libretti, Liedertexte, Fernseh- und Hörspiele. Auch einen »Reiseführer ins Jenseits« hat sie verfaßt. Wie Gottfried von Einem liebt sie die Tiere, lebt mit ihnen, besteht auf ihrer Gleichberechtigung mit dem Menschen und erprobt gerade ein kleines Paradies mit drei Katzen und einer frisch aus dem Nest gefallenen Taube, die Elfriede Weihrauch heißt.

Lotte Ingrisch

Der Name des Paradieses

Es ist schon zehn Jahre her, seit ich zum ersten und letzten Mal im Paradies war, und das kam so:

An einem Sonntagnachmittag im Sommer lief im Fernsehen ein alter Hollywood-Film, den schaute ich mir an. Er handelte von Gangstern und einem Liebespaar, selbstverständlich unglücklich, und um es glücklich zu machen verwandelten die Gangster sich in lauter Engel. Es war kein großer, aber ein wirklich sehr netter Film. Als er zu Ende war, liebte ich die ganze Welt. Ich nahm die leere Milchkanne vom Tisch und ging über die Wiese zum Bauern, der Kühe hält und sie mir wieder füllen würde.

Auf der Wiese liebte ich die Welt noch immer. Mein Herz war ein Klumpen Butter in der Sonne und ich wog keine zweiundfünfzig Kilo – ich wog überhaupt nichts. Nelly, Gülnare und Rosabella sprangen aus ihrem Stall und liefen mir nach. Auch Wui Wui, der goldäugige schwarze Kater, ließ sein Mauseloch im Stich. Eigentlich konnte er die Schafe nicht leiden. Er jagte sie und fing, wenn ich sie streichelte, sofort herzzerreißend zu klagen an. Diesmal klagte er nicht.

Sie umdrängten mich, als wäre ich Schlagsahne und süßer Klee. Während sie sich an mich schmiegten und aneinander, fiel die Milchkanne, fiel ich selbst ins Gras. Gülnare, Rosabella und Nelly legten mir ihre Vorderbeine um den Hals. Wui Wui saß auf meinem Kopf und putzte mir leidenschaftlich das Gesicht. Dazwischen putzte er auch die Schafe, und sie stubsten ihn zärtlich mit ihren Mäulern. Ich schlang meine Arme um alle, und alle schlangen ihre Beine, Pfoten und was immer um mich. In der Luft und auf den Bäumen sangen die Vögel. Wir schauten uns in die Augen ... Träumte ich?

Wir schauten uns in die Augen, Getier und Mensch, und erkannten einander. Wie im Märchen sprachen wir plötzlich dieselbe Sprache und wir brauchten keine Worte dazu. Ich weiß nicht mehr, wie lang die Verzauberung anhielt. Oder war es eine Entzauberung? Waren wir, wenngleich flüchtig, wieder eins geworden mit der eigenen Natur? Einer Natur, deren Reichtum die Vielfalt der Formen ist. Aber ein einziges Sein lächelte sich selbst in den Spiegeln von Schaf, Katze und Mensch zu.

Noch am gleichen Abend schrieb ich einen Brief an das Norddeutsche Fernsehen. Zwei Tage vorher hatte ich in Hamburg dem Chef der Abteilung ein Televisionsspiel versprochen. Wir waren ein Herz und eine Seele und ich wollte rasch das Sujet liefern. Ich möchte, schrieb ich dem Herrn aus Hamburg, so einen Film machen wie den aus Hollywood. Natürlich anderen Inhalts. Aber wer ihn sah, sollte die Welt lieben, und die Welt würde ihn lieben. Wäre das nicht die einzige Kunst, die zu versuchen sich lohnt? Und ich erzählte ihm, wie das Paradies auf der Wiese sich geöffnet hatte, und wie es sich langsam wieder schloß.

Nein, ich habe den Auftrag nicht bekommen. Er könne, schrieb der Herr aus Hamburg, mir nicht ganz folgen. Ich war ihm nicht böse. War er nicht auch ein Spiegel? Ein Spiegel, der nicht lächeln konnte. Und damals diente Kunst noch dem Klassenkampf.

Die Arbeiter haben ihn längst gewonnen. Die letzten Proletarier dieser Welt sind die Tiere, rechtlos und unbelohnt. Und man stelle sich eine Gewerkschaft der Hühner vor, eine Gewerkschaft der Kälber! Den grotesken Weg der Organisation, sie beschreiten ihn nicht. Wir verachten, mißhandeln sie, beuten sie aus. Sie dulden uns schweigend, wehren sich nicht. Aber wenn wir uns in ihren Spiegeln betrachten, wie häßlich sind wir! Die Grimasse des Seins. Und es ist so leicht, wieder zu seinem Lächeln zu werden. Niemand vertrieb uns aus dem Paradies. Es ist kein Ort, und da es kein Ort ist, ist es überall. Das Paradies ist ein Zustand. Der höchste, den wir erreichen können.

Sein Name ist Liebe.

Grit van Jüten

Grit van Jüten ist trotz ihres niederländisch klingenden Namens Hamburgerin. Sie hat in München studiert und ist auch in München erstmals auf der Bühne wie vor der Fernsehkamera gestanden. Die Kunde, daß sich eine kehlfertige, spielgewandte und höchst attraktive Koloratursängerin gefunden habe, verbreitet sich rasch. Die Städtischen Bühnen Nürnberg holten Grit van Jüten für zwei Jahre an ihr Opernhaus. Von 1970–1977 war sie 1. Koloratursängerin des Opernensembles am Nationaltheater in Mannheim. Seit 1978 ist die Künstlerin durch internationale Gastverträge den großen Bühnen des In- und Auslandes verpflichtet. Trotz der vielen Verpflichtungen hat Grit van Jüten noch Zeit, sich ihren Tieren zu widmen.

Grit van Jüten

Wir sind glücklich, daß sich unsere Tiere gerade uns ausgesucht haben...

Es war ein klirrend frostiger Winter 1980. Nachts um 1 Uhr kamen mein Mann und ich aus Bonn zurück, wo ich in der »Zauberflöte« die Pamina sang. Wir wollten uns leise ins Haus schleichen, um niemanden zu wecken, als es bei der Mülltonne verdächtig raschelte, dann kläglich ganz leise miaute. Wir stockten – lockten und suchten vorsichtig... nichts da. Holten aber zur Sicherheit rasch von oben ein Schälchen Dosenmilch, verdünnt mit warmem Wasser (wie sich's gehört), und stellten es dicht an die Tenne.

Warteten – nichts rührte sich.

Selbst schon zu Eis erstarrt, nahmen wir das Schälchen wieder weg, dessen Inhalt auch zuzufrieren drohte, als heftiges Fauchen uns sofort empfahl, es wieder hinzustellen.

Ein kleines, getigertes Kätzchen wartete nun jeden Abend auf uns. Jede Nacht, wenn wir nach der Vorstellung nach Hause kamen, saß es vor seinem Kellerfenster, sein weißes Brustlätzchen und der weiße Streifen über der Nase leuchteten und verrieten seine Anwesenheit meterweit. Scheu begrüßte es uns, indem es sich nun ganz zeigte, und wir machten es zur Gewohnheit, mit ihm dann immer noch einen großen Spaziergang zu unternehmen. Es liebte dieses Zusammensein und schlich durch die Gärten und Anlagen, um uns an der nächsten Häuserecke durch einen plötzlichen Sprung zu erschrecken. Die ganze Nacht hätte das jeweils fürs Kätzchen so gehen mögen. Wie enttäuscht war der Wicht dann jedesmal, wenn wir raufgingen, um auch noch eine Mütze voll Schlaf zu nehmen. Mit großen, klaren Augen blickte es uns an; es war schwer, zu widerstehen. Natürlich hatten wir ihm gleich am ersten Abend unserer Begegnung das Kellerfenster aufgesperrt, einen Sessel »geopfert«, in dem es schlafen konnte, Katzenfutter und später alles, was so ein Tierchen braucht, gekauft.

Vorbei war es mit dem Vorsatz »kein Tier« des Berufes wegen, der vielen Reiserei.

»Bärtchen«, so nannten wir das Katerchen wegen seiner silbrig leuchtenden Schnauzbarthärchen, hatte sich uns nun mal ausgesucht, und wir richteten uns danach. Ein »Tiersitter« wurde rasch gefunden, namens Christel, die Tier und Haus betreute, wenn wir auf Reisen waren und sind. Sie ist unser und der Tiere bester und treuester Freund seit Jahren.

Inzwischen sind wir umgezogen in ein Haus, das fast 50 Jahre alt ist und viele kleine Zimmer aufweist. Urgemütlich und von uns geliebt und »Hexenhaus« genannt wird. Es ist von einem Wildwald umgeben, der direkt an unseren Garten grenzt. Aus seinem tausendfältigen Grün steigen Duft und Vogellieder. Romantisch, aber für Spaziergänger nicht begehbar. Ein Vogelparadies, das auch schon äußerst selten gewordenen Singvogelarten Lebensraum bietet. Geht man die Trampelpfade des Waldes, den ein klarer, sehr schmaler Bach durchrieselt, wo Eiche, Buchen, Birken, Platanen, dazwischen meterhohe Farne und andere Gewächse stehen, über bizarres Wurzel- und Strauchwerk einige Zeit, so läßt dieses naturbelassene Waldgebiet den verwegenen Wanderer einen Teich finden, der sogar biologisch einwandfrei ist.

An und in seinem Wasser wohnen ein Reiherpaar, Frösche und Kröten und Kleingetier, denen man den Lebensraum so beängstigend eingeengt hat.

Reinecke Fuchs, grau-weiß-braun-fellig angezogen, hat einen sicheren Bau gefunden, der hier und nirgendwo verraten wird. Er wohnt seit einigen Jahren schon in diesem Wald, in dem er auf seine Weise Ordnung zu schaffen weiß. Zum Leidwesen der Fasane. Das muß ich gestehen. Der

Jagdpächter hatte fünf Weibchen und ein Fasanenmännchen ausgesetzt. Ende des letzten Winters war nur noch das Männchen übrig, der zur Paarungszeit sein Hochzeitsg'wandl getrost wieder an den berühmten Nagel hängen konnte!

Aber, was wollte der Jagdpächter selbst irgendwann einmal mit den Fasanen anfangen? Dumme Frage!

Da gönne ich die Brätlein schon viel lieber Reinecke, der wenigstens ein ehrlicher Jäger ist, bei ihm haben die Beutetiere noch eine Chance. Die Kugel trifft immer...

In der Karfreitagsnacht 1981 gesellte sich zu unserem »Bärtchen« ein bildschönes rot-weißes Kätzchen, das man unserem Nachbarn über den Zaun geworfen hatte. Ein junges halbverhungertes Dingelchen mit Verletzungen am Mäulchen, die Barthaare hatte man ihm versengt. »Blondchen« nannten wir die kleine Kätzin.

Wegen ihrer zwei großen Hunde, auf Katzen nicht gut zu sprechen, konnte die Nachbarsfamilie das Tier nicht selbst halten.

Kater Bärtchen war inzwischen kastriert worden. Blondchen erlebte ihre erste Rolligkeit in seiner Gegenwart. Es war ein zauberhaftes Schauspiel. Die kleine Schönheit tanzte vor Bärtchen, der fasziniert jede ihrer Bewegungen verfolgte, wie Salome vor Herodes. Aber all die Verführungskünste führten zu keinem Ziel. Bärtchen war ein so zärtlicher, liebevoller Freund, durch unsere »Einmischung« jedoch kein Geliebter mehr. Dafür mußte er ihre anschließenden Ohrfeigen einstecken, die eigentlich uns gehört hätten.

Pünktlich zur nächsten Rolligkeit stand dann ein roter Geselle mit einem Auge vor dem Wohnzimmerfenster. Sicher war er ihr längst begegnet, war ihr gefolgt und präsentierte sich nun dem Katzenweibchen auf das Imponierendste. Blondchen, hinter der Scheibe, sah ihn sich genau an, verriet aber mit keiner Miene ihr besonderes Interesse...

Sie blieb drin – er draußen, sie war noch viel zu jung...

Mein Mann zog den Rolladen herunter, und der rote Typ hinterließ eine sehr wirkungsvolle Ladung stärksten Parfüms. Zur Erinnerung. –

Blondchen brachte ein einziges Junges zur Welt. Seinen Katzensohn. Das stand außer Frage. Der rot-weiße Zwerg hatte die gleiche Markierung im winzigen Gesichtchen wie sein Vater. Das also gab den Anschein, als habe er nur ein Auge. Sein Abbild hatte die gleichen Schattierungen und war das einzige Katzenbaby bei uns, das wir »Moritz« nannten.

Nach ca. 15 Monaten haben wir ihn kastrieren und sein Mütterchen sterilisieren lassen. Dieser Schritt tut weh, und es gibt immer Meere von Tränen. Bedenkt man aber das ganze Elend der vielen ausgesetzten Katzen, die oft ein so jammervolles Ende nehmen, dann gibt es kaum einen anderen Weg.

Dann kam noch ein schwarzweißer Kater namens »Roderich« zu uns, drängte ins Haus, von »Menschenfeinden« sogar mit Erschießen bedroht! Wir lieben auch diesen eigenwilligen Nichtsnutz, der im wahrsten Sinne des Wortes mit dem Kopf durch die Wand geht. Er hat einen mächtigen Katerkopf und ein »Puppengesichtchen« (gibt es Katerpuppengesichter überhaupt? Hier ist eines). Er ist aber auch der größte Raufbold unter den Katzen. Zweimal schon wurde er am Kopf genäht; zum ersten Mal mußte ein entzündlicher Abszeß herausoperiert werden, kaum verheilt aber noch mit Fäden, hieb ihm bei einem Streit ein Kontrahent die Narbe wieder auf. Eine klaffende Wunde an der Nahtstelle und wieder zum Arzt in rasender Fahrt. Mindestens 20mal sind wir bis jetzt mit ihm zum Tierarzt gefahren. Dort ist er bekannt wie ein bunter Hund. Ein mutiges Tier, das nicht einmal vor Nachbars großen Hunden Reißaus nimmt, sondern provozierend so tut, als seien sie ihm schnuppe. Verblüfft über soviel Kaltschnäuzigkeit geben die Hundesöhne den Angriff auf.

Von Strupsi, dem zuletzt aufgenommenen wilden Katertier, gibt es noch nicht so viel zu erzählen. Ein Tiger, mit seltsam kurzgebogenen Beinchen und dünnem Schwanz, der eine so ungeheure Sprungkraft und Klettergeschwindigkeit hat, daß ihn selbst die flinken, gewitzten blonden Katzen nicht von den Bäumen holen konnten. Sie versuchten alle zusammen das Tierchen zu vertreiben, darin sind sie sich übrigens meistens einig, aber Strupsi hatte es sich nun mal in den Kopf gesetzt, ins Haus zu gelangen. Und das fing so an.

Eines Regenabends ein Gezeter und Miaue, daß einem angst und bange werden konnte. Wir machten die Tür auf, und Strupsi schiebt uns ein rabenschwarzes verhungertes Katzenbälglein vor die Füße. Das stürzte sich gleich über die Teller, die da standen, und scherte sich einen Dreck um die herumstehenden 16 Pfoten. Schmatzte nach vorherigem Schlingen die Teller alle leer, uns zwischendurch um die Beine schmeichelnd. Dankeschön. –

Dann jammerte es kläglich und forderte, im Haus zu bleiben. Wir beeilten uns natürlich, ihm ein Körbchen herzurichten, das sofort und selbstverständlich angenommen wurde. Dem Tiger Strups (mein Mann gab ihm den Namen, er müßte eher »Äffchen« heißen, er gackert wie »Judy« – das Fernseh-Äffchen) wurde das alles zuviel, er verspeiste seinerseits sein serviertes Fressen und ging. Er hatte nur das schwarze »Trienchen«, wie wir es wegen des dauernden Gejammers nannten, abliefern wollen.

Trienchen war ein ungeheuer anhängliches, anschmiegsames Geschöpf. Beim Tierarzt sagte man uns, es sei ein kastrierter Kater – also wieder ein ausgesetztes Tierchen. Wir hatten es furchtbar gern. Es lebte sich schnell ein und wurde zum idealen Spielgefährten für Moritz, der vom niedlichen blauäugigen Baby zum Bilderbuchkater herangewachsen war, mit dem er im gleichen Alter schien.

Er hörte sofort auf Rufen seines Namens und kam aus

dem Wald herangestoben, wenn wir Triiiiienchen riefen, und sprang uns sogleich in die Arme. Da hieß es: standfest sein.

Nach einigen Wochen war das Trienchen verschwunden. Wir suchten es tagelang, hängten Zettel an die Bäume, suchten immer wieder den Wald nach ihm ab, riefen, befragten die Leute ... nichts.

Der Gedanke an Katzenfänger oder Katzenfeinde ist schmerzlich, und immer wieder stellt man sich die Frage, warum tun Menschen so etwas.

Die Tiere sind auf uns angewiesen, wir können und müssen ihnen helfen. Darüber ist schon viel geschrieben und diskutiert worden, und ich klammere dieses Thema bewußt aus.

Dann kam Strups.

Endgültig hatte er beschlossen, sich als Hauskätzchen aufnehmen zu lassen. Er kam im Frühling 1985.

Der Sonntag hatte sich auch im Katzengärtchen niedergelassen, in dem die Katzen bleiben mußten, bis die erste Vogelbrut vorbei war und die Vogelkinder selbst auf sich aufpassen und fliegen konnten. Strups setzte seinen Entschluß sogleich in die Tat um und überkletterte den gut zwei Meter hohen Zaun, um dann mit mächtigem Satz inmitten der sich sonnenden Fellburschen zu landen, mit einem Geräusch, als habe er sich dabei sämtliche Knochen gebrochen. Die Meute war außer sich. Großes Gefauche, Gebalge, Gebeiße! Da flogen die bunten Fellfetzen nur so. Strupsi blieb und bleibt.

Es herrscht nicht immer die große Liebe unter den Fünfen. Man muß aufpassen, sie manchmal auch separat halten. Christel, unser guter Hausgeist hat alles »im Griff«, wenn wir weg sind und sie Tiere und Haus hütet. Seufzend meint sie, daß das anstrengender sei als ein Beruf. Aber sie liebt es, hier zu sein, und es kommt uns oft vor, als könne sie es gar nicht erwarten, bis wir endlich aus dem Haus sind ...

Zum Schluß möchte ich noch von unserem Wellensittichpärchen berichten, das das schönste Zimmer in unserem Haus bewohnt, nicht zuletzt deshalb, weil es am sichersten »gegen die Katzen abzuschotten« ist, also einen kleinen Zwischenflur als Schleuse hat. (Katzen sind erfinderisch!) »Flori«, ein grün-weiß-gefiedertes schönes Männchen und »Blauglöckchen« das Vogelweibchen, wunderschön mit weißblau-leuchtendem Federkleid.

Es ist sein zweites Weibchen. Das erste, auch blau-weißgefiedert, bekam plötzlich am Flügel eine Fettgeschwulst; der befragte Tierarzt riet zur operativen Entfernung. Schweren Herzens brachten wir das Tierchen in die Tierklinik und warteten mit roten Augen, aus dem Fenster des Wartezimmers starrend.

Ein schwarzer Verband schützte die Operationswunde und eine Woche hielten wir das Vögelchen separat bei Rotlichtbestrahlung. Die kleinen Lebensgeister kamen nur sehr zögernd zurück. Nach einer Woche wurde der Verband entfernt, nach einer weiteren die Fäden gezogen. Dabei wurde die nachgewachsene Geschwulst schon wieder sichtbar. Zum Verzweifeln. Wir gaben die Kleine wieder zu ihrem melancholisch gewordenen Männchen.

Nach so vielen Tagen empfing er sein Weibchen mit so unbeschreibbarer Freude, daß wir dabeistanden und heulten. Sie lebten, zwitscherten, gurrten, schnäbelten, zankten, kraulten sich gegenseitig zärtlich die Köpfchen noch einige Wochen lang. Sie versuchten, dieses Geschwür gemeinsam wegzupicken – Blut floß – und wieder die Fahrt zur Klinik. Totunglücklich aber hoffend stimmten wir einer erneuten Operation zu, die der Tierarzt empfahl – die Kleine wachte nicht mehr aus dieser zweiten Narkose auf.

Das ist ein wunder Punkt in unserem Herzen! Wir sind inzwischen überzeugt, daß man Vögel dieser Größenordnung nicht solchen Torturen aussetzen sollte. Mit Rotlichtbestrahlung, richtig angewandt: Einen halben Meter vom

Käfig entfernt aufgestellt, mit eingeräumter Möglichkeit, daß sich das Tierchen in den Schatten zurückziehen kann (ein Tuch deckt einen Teil des Käfigs ab!), sollte man versuchen, Linderung, Bessserung oder sogar Heilung zu erreichen. Bei absoluter Ruhe, keine Menschenhektik oder Fernsehen, in einem ruhigen Zimmer und natürlich mit unserer Ansprache und der gewohnten Fürsorge und Pflege müßte das möglich sein.

Flori, der Vogelmann, wußte, daß seine Frau gestorben war. Er saß apathisch im Käfig, kam nicht mehr raus, aß nicht mehr, flog nicht mehr, schlief nicht mehr. Er saß immer auf beiden Füßchen, das ein Zeichen dafür ist, daß ein Vogel krank ist (zum Schlafen zieht er ein Beinchen ein und steckt das Köpfchen zwischen die Flügel). Er schien nicht mehr leben zu wollen. Wellensittiche leben in Einehe und sollen sich nicht oder nur ganz schwer an einen neuen Partner gewöhnen.

Eine Woche trauerte er herzzerreißend. Wir bestrahlten ihn mit Rotlicht und kümmerten uns besonders um ihn, dann kauften wir kurzentschlosen ein neues Geschöpfchen, das wir Blauglöckchen tauften; einmal wegen seines blauen Kleidchens, zum anderen, weil es eine so helle Glockenstimme hatte. Es umwarb Flori mit Charme und zärtlichem Locken in verschiedensten Tonschattierungen – bot ihm seine Freundschaft an.

Nach einer Woche war das Eis gebrochen und heute sind die beiden ein fröhliches, verspieltes, liebevoll sich umgebendes Vogelpaar, das sich an ihren Flugkünsten in »der guten Stube« erfreut und erprobt. Sie sind nicht nur zur eigenen Freude, sondern auch zu unserer bei uns.

Wen stört es da, daß sie wie eine Feuerwehrkapelle losschmettern, wenn ich gerade die leisen Passagen einer Opernpartie üben muß . . .

Die Sonne leuchtet durch's Fenster und in Vogel- und Menschenherzen, wer muß da nicht hell aufjubeln!

Wir sind glücklich, daß sich unsere Tiere gerade uns ausgesucht haben und wir bei ihnen mit ihnen wohnen und leben dürfen. Wir lieben sie und uns gegenseitig auch.

Es ist schön hier. Unser kleines Paradies.

Dietlinde Kammerer

Frau Dr. med. vet. Dietlinde Kammerer verbrachte ihre Kindheit und ihre Jugend in Karlsruhe. In den Ferien lernte sie auf dem Lande die Tiere kennen und lieben, so daß für sie schon bald feststand, nach dem Abitur Veterinärmedizin zu studieren. Nach dem in Gießen erfolgreich beendeten Studium eröffnete sie 1979 in Fernwald-Annerod bei Gießen eine Tierarztpraxis. Neben ihrer vielseitigen Arbeit in dieser Praxis betreut Frau Dr. Kammerer auch die Tiere des Tierheimes Gießen, so daß sie rund um die Uhr ihre Zeit zum Wohle der Tiere einsetzt. Frau Dr. Kammerer ist der Meinung, daß kleine Kinder mit Tieren aufwachsen sollen, damit sie später ein vernünftiges Verhältnis zu Tieren haben. Ihre drei Töchter lieben Tiere ebenfalls und helfen begeistert in der Praxis mit. Bei der vom Hessischen Rundfunk ausgestrahlten Tiersendung »Rasse-Klasse« nahm Frau Dr. Kammerer als beratende Tierärztin teil.

Dietlinde Kammerer

Schade, daß Katzen nicht schreiben können

Es geschah in Köln und ausgerechnet einem Mann, in dessen Adern scheinbar nur Gesetze und Paragraphen zu fließen hatten. Der Mann hieß Doktor Herz, war Staatsanwalt und wenige Tage vor seiner Pensionierung. Fast wäre die ganze Sache eine Staatsangelegenheit geworden, ja vielleicht sogar ein Fall für den europäischen Gerichtshof, nur eine Kleinigkeit noch fehlte zum Eklat.

Genau Freitag, dreizehn Minuten nach neun fing alles an. Dr. Herz war gerade ins Amt gekommen und auf seinem Dienstschreibtisch klingelte das Telefon. Er hob ab und mochte seinen Ohren nicht trauen – aus dem Hörer kam die Stimme einer Katze. Schon wollte er den Hörer in die Gabel knallen, wie er das Jahrzehnte so oft getan hatte, wenn er mit Nichtigkeiten belästigt wurde. Da aber sogar ein Staatsanwalt in seinem Leben nur sehr selten oder gar nicht von einer Katze angerufen wird, räusperte sich Dr. Herz zwar etwas trocken, nannte aber schließlich doch seinen Namen und fragte formell: »In welcher Sache möchten Sie mich bitte sprechen?«

»Ich bin die Katze Mo«, kam es aus dem Hörer, »und möchte Anzeige erstatten.«

Dr. Herz atmete erst einmal tief durch. »Und gegen wen, verehrte Dame Mo«, fragte er mißtrauisch, »soll die Anzeige ergehn?«

»Gegen die halbe Menschheit, Herr Staatsanwalt!« forderte die Katze.

»Also, Madam«, belehrte Dr. Herz gutwollend, »wir leben nicht mehr nach dem Zweiten Weltkrieg in der Entnazifizierungszeit! Anzeigen kann man grundsätzlich nur benannte Personen, niemals pauschal! Verstehen Sie?«

»Trotzdem«, beharrte die Katze, »sind die Tatbestände so ungeheuerlich, daß fast jeder zweite Mensch angeklagt werden muß!«

»Nun gut, Madam Mo«, gab Dr. Herz sich einverständig, »nehmen wir zu Protokoll, was Sie vorzubringen haben. Aber«, ermahnte er, »bitte nur Tatsachen vortragen, sonst nichts!«

»Ich heiße Mo«, begann die Katze, »weil ich montags geboren wurde. Ich bin acht Monate alt, und die meisten Menschen nennen mich Miez. Man könnte also vielleicht notieren: Klägerin Mo Miez. Aber da, Herr Staatsanwalt«, sagte die Katze betrübt, »hat alles Unglück wohl seine Wurzel. Denn weil uns Katzen keine gesetzlichen Vor- und Zunamen eingerichtet sind, bleiben wir Nichtpersonen. Und können somit auch nirgendwo rechtmäßig klagen, gleich, was die Menschen uns antun.«

»Das stimmt leider«, gab Dr. Herz zu. »Ich nehme aber«, versicherte er, »Ihre beiden Namen jetzt zu Protokoll, dadurch werden diese akten- und rechtmäßig, Sie können dadurch möglicherweise klagen!«

»Oh, ich danke Ihnen!« sagte die Katze. Und begann zu berichten. »Ich kam«, sagte sie, »wie schon erwähnt, an einem Montag zur Welt. Es war im März, im duftigen Heu beim Bauer Michaeli in Meidenau. Meine Mutter hatte wundersam glänzendes schwarzes Haar und schneeweiße Füße. Ich bin also meiner Mutter nachgeraten. Meinen Vater«, gestand sie etwas verlegen, »kenne ich leider nicht. Er soll aber von einem Großbauernhof stammen und mächtig stark gewesen sein. Meine Mutter war sehr zärtlich. Und ich konnte von ihr so viel süße Milch haben, wie ich nur wollte. Manchmal, wenn die Sonne durch die Dachritzen schien, geradewegs auf meine zwei Schwestern und mich, wir waren nämlich Drillinge, dann fühlten wir uns so pudelig, daß wir vor Übermut den Heustadel hinunterplumperten. Aber keine Angst – meine Mutter kam immer gleich angerannt und brachte uns sorgsam zurück ins Nest.«

»Moment mal bitte, Madam«, unterbrach da Dr. Herz, »Sie wollten mir Fakten für Anzeigen angeben, nicht Kindheitserinnerungen!«

»Sie haben recht, Herr Staatsanwalt. Entschuldigen Sie bitte«, sagte die Katze versonnen. »Es war sowieso nur vier Wochen so schön in meinem Leben. Denn eines Sonntags«, erzählte die Katze erregt weiter, »als Mutter gerade nicht da war, entdeckte die Magd unser Nest. Sie betrachtete uns kurz, sagte, soviel Katzenvieh sei zuviel, packte uns, brachte uns zum Hinterhof und schmiß uns mit ›Hauruck‹ in die Regentonne. Nur dem Sven, dem Ferienbub aus der Stadt, habe ich es zu verdanken, daß ich am Leben blieb. Er mag wohl unsere entsetzlichen Ertrinkensschreie gehört haben. Aber kaum hatte er mich, ich war schon halb tot, aus dem Faß gerettet, da rief der Bauer, der Bub solle das Katzenvieh ja dort lassen, wohin es gehöre ... Meine zwei Schwestern mußten sodann bitterlich ertrinken. War das kein Verbrechen, Herr Staatsanwalt?« sagte die Katze.

»Stimmt!« sagte der Staatsanwalt. »Und Sie sollten auch umgebracht werden.«

»Danach«, berichtete die Katze weiter, »irrte ich wochenlang durch Felder und Wälder und stillte meinen Hunger und Durst mit weiß ich was. Eines Abends kam ich an eine große Kiste, in der stand eine weiße Schüssel mit süß duftender Milch. Da ich durstig war, pfotete ich glücklich auf die Schüssel zu. Plötzlich fiel hinter mir ein eisernes Gitter herunter, und ich war gefangen. Fünf Tage mußte ich in dieser Kiste verbringen, ich dachte schon, ich sei dem Tod ausgeliefert. Am sechsten Tag kam ein Mann mit einem großen Sack auf dem Rücken, in diesem Sack waren schon viele weinende Katzen. Der Mann nahm mich aus der Kiste und steckte mich in den Sack zu den anderen Katzen, die ebenso durstig und hungrig waren wie ich. Und wir hatten alle große Angst. Denn es heißt doch, daß die Menschen Katzen in einen Sack stecken, ihn zubinden und dann ins Wasser werfen.

Der Mann brachte uns nicht zum Wasser. Sondern in ein großes graues Haus, in dem sich viele Käfige mit Tieren befanden. Nicht wissend um unsere Zukunft, waren wir erst einmal froh, endlich unseren Durst und Hunger stillen zu können. Dann kamen Männer, die sperrten uns jede einzeln in Eisenkäfige, in denen Sägemehl gestreut war. Es befanden sich viele Katzen so eingesperrt in diesem grauen Haus. Ich dachte zuerst, nun würde für mich ein gutes, milchreiches Leben anfangen. Aber schon am nächsten Morgen war mein schöner Traum aus. Die Männer kamen wieder und brachten eine Katze nach der anderen in den gegenüberliegenden Raum, aus dem ich jämmerliches Miauen hörte. Ich zitterte schon vor Angst, als der eine Mann auf mich zukam.

Er stutzte kurz bei meinem Anblick und sagte: »Die ist noch zu jung.« Er schmiß mich in eine riesige Kiste, aus der ich schließlich herausspringen und mich voller Angst um mein Leben in eine Öffnung in der Wand flüchten konnte. Hatte ich gerade geglaubt, allem Unheil entronnen zu sein, kam es in Wirklichkeit grausam auf mich zu.

Ich war in einem Müllschlucker gelandet! Schier endlos fiel ich tiefer und tiefer und krachte schließlich auf eine unbeschreiblich stinkende Masse. Ich fürchtete, alle meine Knochen seien gebrochen. Es war stockdunkel um mich. Kaum irgendwoher kam ein Laut, nur ab und zu von oben, woher ich gekommen war. Von dort kamen Dosen, Abfälle und tausenderlei Dinge herab, die ich alle auf meinem Körper aushalten mußte. Vier Tage mußte ich mich immer wieder aus den von oben kommenden Dingen herausmühen, um nicht zu ersticken. Plötzlich hörte ich Motorenlärm – und wie von Geisterhand wurde ich in einen großen finsternen Eisenbauch geschleudert – da wurde ich ohnmächtig. Als ich wieder aufwachte, lag ich zwischen Dosen und allerlei Unrat – auf einer Müllkippe. Mehrere Tage konnte ich mich vor Schmerzen kaum bewegen. Verzehren mußte ich, was um mich herum lag.

Nach einer Woche konnte ich wieder meine Glieder einigermaßen bewegen und machte mich auf den Weg in die Stadt. Aber gleich in der ersten Straße kamen zwei Buben und fingen mich, ich konnte ja noch nicht schnell weglaufen. Sie banden mir eine große, mit Nußschalen gefüllte Konservendose an den Schwanz, einer von ihnen gab mir einen Tritt in den Bauch und sie johlten und lachten darüber, wie ich mit der klappernden Dose durch die Straßen laufen mußte. Endlich kam eine alte Frau und befreite mich aus meiner Not. Sie nahm mich auf den Arm und streichelte mich. Es war mir plötzlich, als sei ich bei meiner Mutter. Ich war endlich wieder ein bißchen glücklich. Die alte Frau trug mich nach Hause und gab mir einen Platz neben ihrem Ofen. Und ich bekomme seit dem jeden Tag eine Schüssel Futter. Wir sind arm dran, Katze, sagt sie oft, die alte Frau. Und weiß gar nicht, wie reich und glücklich ich mich fühle, weil es wenigstens einen Menschen gibt, der gut zu mir ist.

Aber wer ist gut zu den unzähligen anderen Katzen? Müssen wir Katzen uns wirklich so grausam quälen und nach dem Leben trachten lassen?« schloß die Katze Mo ihren Bericht.

Staatsanwalt Dr. Herz hatte ergriffen zugehört. Und nach einem tiefen Seufzer sagte er: »Ich habe alles mitnotiert, Madam Mo, was Ihnen und Ihresgleichen geschah und immer noch geschieht. Ich mache das Protokoll bis morgen fertig. Kommen Sie bitte morgen vormittag, es zu unterzeichnen. Seien Sie versichert«, schloß er, »den Katzen soll Gerechtigkeit werden.«

Leider konnte die Katze Mo nicht schreiben. So vermochte sie am nächsten Tag dieses wichtige Protokoll nicht zu unterzeichnen. Staatsanwalt Dr. Herz ist inzwischen pensioniert. Und wo die Akte Dr. Herz/Mo 10/85 sich befindet, ist nicht bekannt. Aber – fast wäre die ganze Sache eine Staatsangelegenheit geworden, ja vielleicht sogar ein Fall für den europäischen Gerichtshof gewesen, also ein Eklat. Nur schade, daß Katzen nicht schreiben können ...

Elma Karlowa

Elma Karlowa, in Zagreb geboren, erhielt eine Theaterausbildung, spielte verschiedene Theater- und Fernsehrollen. Hauptsächlich ist Frau Karlowa durch folgende Filmrollen bekannt: Z. B. »Gruß und Kuß vom Tegernsee«, »Rivalen der Manege«, »Gitarren der Liebe«, »Zwei Herzen und ein Thron«. 1985 übernahm sie eine Rolle in dem Fernsehspiel »Ein langes Wochenende« unter der Regie von Kurt Wilhelm. Frau Karlowa ist Hobbymalerin und schreibt sehr gerne, vor allem über ihre Katze, wie Sie an folgender Geschichte sehen können.

Elma Karlowa

Mein schwarzer Kater mit dem Kuchenzahn

Mein Cico hieß ursprünglich Marko. Dieser Name hat ihm jedoch nicht gefallen, und nach langen Überlegungen entschied er sich für Cico (Tzitzo). Obwohl Cico mit der Perlenkette, ein schwarzer Panther von 84 cm Länge, ein echter Bayer ist, hat er doch etwas Preußisches – aber erst seit ein paar Jahren.

Cico hat einen Kuchenzahn. Für den letzten Zahn, den man noch hat, sagen die Berliner »Kuchenzahn«. Dieses elfenbeinfarbene Prunkstück hat bis jetzt sämtlichen Veterinärzangen standgehalten! Ich weiß nicht, wodurch die Berliner auf diesen Ausdruck kommen, aber bei Cico paßt es genau, wie folgendes erklärt: Meine griechische Nachbarin Katerina brachte mir einmal eine Kostprobe »Melomakaronas«. Das ist eine köstliche Honigkuchenspezialität ihrer Heimat. Da mir süße Genüsse nicht vergönnt sind, stellte ich die Kostprobe in ein Schränkchen – und vergaß sie erst einmal.

Ich bemerkte, daß Cico stundenlang gespannt vor diesem Schränkchen saß. Ich wunderte mich und dachte, es habe sich vielleicht dort ein Mäuschen versteckt, so gebannt sah er auf diese Schranktür. Als ich ihm den Wunsch erfüllte und die Schranktür öffnete, sprang er mit einem Satz hinauf, holte sich das süße Stück und fraß es genußvoll auf.

Als mir angeboten wurde, für dieses Buch eine Geschichte über Cico zu schreiben, stellte ich es mir sehr lustig vor, über unsere gemeinsamen sechzehn Jahre zu erzählen. Man glaubt, jeden Tag dasselbe zu erleben, und doch erlebt man mit einer Katze jeden Tag eine neue Überraschung. Doch wo sollte ich anfangen – was sollte ich in ein paar wenige Seiten packen – nach so langer Zeit des Zusammenseins mit Cico.

Ich machte mich an die Arbeit, nahm die Rückseite meiner Drehbücher und den Kugelschreiber und fing an. Plötzlich kam ich mir vor wie eine Mutter, die in ihrem Kaffeekränzchen nur allzu gerne über die Späße ihrer Kinder berichten will und nicht merkt, wie die anderen ungeduldig darauf warten, auch ihre Geschichten loszuwerden. Geschichten, die im Grunde immer gleich zu sein scheinen, und dennoch für jeden einzelnen immer wieder neu und aufregend sind.

Cico, der während des Schreibens neben mir liegt, gähnt verzweifelt und entschließt sich dann gelangweilt, in sein Körbchen zu gehen. Er hört besonders gerne klassische Musik. Dann streckt er alle viere in die Luft, um mir den Zugang zu seinem Bauch zu ermöglichen, damit er die ersehnten Streicheleinheiten empfangen kann.

Wer glaubt, eine Katze zu besitzen, ist im Irrtum. Schon seit 16 Jahren bestimmt Cico mein Leben. Er ist es, der bestimmt, wann aufgestanden, gefüttert und gespielt wird. Wenn ich nicht sofort spure, schreit er mich dermaßen an, daß ich mich sofort eines Besseren besinne. Wenn ich nicht schnell genug auf seine Wünsche eingehe, läuft er wie ein Känguruh auf zwei Hinterpfoten hinter mir her. Die Vorderpfoten benutzt er, um mir einige Schläge auf meine Waden zu verpassen. Als letzte Waffe benutzt er seinen Kuchenzahn, den er mir kräftig in die Wade haut. Er jagt mich so lange durch die Wohnung, bis ich auf ihn eingehe und ihm seine Wünsche erfülle.

Meine zweite Nachbarin hat zwei persische Katzen. Maucki hat eine zärtliche Stimme, hell wie eine Silberglokke. Man kann ununterbrochen zuhören, während mein Cico blökt wie ein Ziegenbock. Mauckis Sohn, Barbarossa, ein

Riesenkater, hat etwas Männliches. So unterschiedlich können die Stimmen der Katzen sein. Je älter Cico wird, um so stärker wird auch seine Stimme. Mit diesem Blöken reißt er mich sogar des öfteren nachts aus dem Schlaf, um mich darauf aufmerksam zu machen, daß ich seine Toilette in Ordnung zu bringen habe. Ich springe dann aus dem Bett, um seinen Wünschen gerecht zu werden. Geschieht das jedoch nicht sofort, haut er mit der Pfote so lange gegen die Balkontür und auf meinen Nerven herum, bis ich folge. Cico weiß inzwischen, daß ich ihm hörig bin.

Als er mich damals als kleiner perlhuhnfarbener Kater besuchen kam, fing er bereits an, mich zu zähmen. Erst beschnupperte er die ganze Wohnung, dann mich. Das Resultat war: Er beschloß, bei mir zu bleiben, und zwar mit einer solchen Entschiedenheit, daß es ihn fast das Leben gekostet hätte. Als er noch bei seinem ehemaligen Frauchen war, blökte er Tag und Nacht, nützte jede Gelegenheit, um auf die Türklinke zu springen – husch, war er vor meiner Tür. Als ich ihn hereinließ, legte er sich in mein Bett und spielte Lämmchen. Daraufhin legte sein Frauchen ihn an die Leine. Da er jedoch weiterhin zu mir wollte, erhängte er sich in seiner Hast beinahe an der Leine. Nun wurde ich vor die Alternative gestellt. Entweder mußte ich ihn übernehmen, oder aber er sollte eingeschläfert werden. Natürlich war das keine Frage, er hatte sich für mich entschieden, und darüber bin ich nach wie vor sehr froh.

Als ich heute vom Einkaufen nach Hause kam, rannte er mir entgegen und fragte: »Mrrrr-frrrr-mrnjaaau?« Das bedeutet in der Cico-Sprache, die ich natürlich mittlerweile gelernt habe: »Warst Du beim Metzger? Was hat er für mich mitgegeben?«

Mein Metzger an der Ecke hat ein gutes Herz für Cico und gibt mir für ihn immer »Bröckele« mit – lauter Leckereien. Ich liebe die indonesische und auch die chinesische Küche sehr. Auch Cico ist darauf so gierig, daß er mir schon beim

Zubereiten assistiert. Wenn dann gegessen wird, sitzt er neben mir rechts vor meinem Teller und nimmt mir die Stäbchen aus der Hand. Meine intimen Gewohnheiten kann ich meinen Gästen nicht immer erklären. Cico hat auch die dumme Gewohnheit, seinen Schwanz in eine brennende Kerze zu halten. Erst wenn der Schwanz anfängt zu brennen, schreit er auf. Dann wird schnell gelöscht. Bis zum nächsten Mal. Denn diese Dummheit passierte ihm nicht nur einmal. Besonderen Spaß hat er, wenn meine katzenallergische, zur Hysterie neigende Freundin Socki zu Besuch kommt. Andere Gäste werden von ihm nur kurz begrüßt. Dann legt er sich in meinem Kleiderschrank zum Schlafen. Wenn Socki aber kommt, schwänzelt er um sie herum, schreit, quäkt, blökt und gibt nicht auf, sie zu ärgern. Sie ist gegen ihn nicht allergisch – sie behauptet, er sei keine Katze, sondern ein Nerz. Und gegen Nerz ist sie als typische Frau nicht allergisch. Während ich hier sitze und schreibe, merke ich, daß meine Gedanken viel zu sehr vorwärts eilen und ich nicht Seiten genug hätte, alles zu erzählen. Das regt mich so auf, daß ich bemerke, daß ich gerade zwei Zigaretten zur gleichen Zeit rauche. In der Zwischenzeit hat Cico Tschuftikas (das sind Rinderhackbällchen in Kapernsoße) gespeist, auf dem Balkon penetrant geklopft, daß ich seine Toilette säubern soll, und sich dann behaglich unter die Musiktruhe gesetzt. Seine Lieblingsstücke sind Chopins Nocturnes – aber bitte nur von Garrick Ohlssons.

Besonders aber liebt er den Balkon, der voller Blumen ist. Vor allem voller Rosen, die für Cico gezüchtet wurden, da er kein Wasser trinkt, ohne daß darauf eine Rose schwimmt. Rosmarin, Salbei und ganz besonders Basilikum sind seine Lieblingskräuter.

Der Altweibersommer in Bayern ist sehr schön, und nun liegen wir auf dem Balkon. Cico legt seine samtige, weiche Pfote auf meinen Schoß. Mit halbgeschlossenen Augen betrachtet er, wie Mond und Sterne vorbeiziehen.

Wir beide sind glücklich und zufrieden in dieser lauen Sommernacht.

Als ich über Cici schrieb, assistierte er mir eifrig. Wir schickten das Manuskript an den Verlag und freuten uns schon, das fertige Buch an alle unsere Freunde zu verschenken.

Aber dann traf uns das Schicksal unerwartet. Cico wurde krank. Wie schwer, wagte der Tierarzt mir nicht genau zu sagen. Trotzdem gab ich die Hoffnung nicht auf. Die schmerzliche Wahrheit wollte ich mir nicht eingestehen. Es war zu spät. Cico war fünfzehneinhalb Jahre alt, hatte grünen Star und – Krebs. Nach ein paar Tagen konnte er weder fressen noch sich bewegen. Das einzige Lebenszeichen war sein Schnurren, wenn ich ihn liebkoste. Der Arzt hat ihn in meinen Armen von seinen Schmerzen befreit.

Die schönen bayerischen Altweibersommer werden nun nicht mehr die gleichen für mich sein.

Leb wohl Cico.

Knut Kiesewetter

Knut Kiesewetter, 1941 geboren, ließ sich 1959–1963 zum Musiker ausbilden und beschäftigt sich seitdem als Gitarrist, Posaunist, Sänger, Komponist, Texter, Produzent, Verleger und Arrangeur. Von seiner vielseitigen Arbeit erholt er sich zusammen mit seiner Frau, seinem Sohn und seinen Tieren auf einem Bauernhof.

Knut Kiesewetter

Hanne-Walle der Bernhardiner

Mein Leben lang habe ich mit Tieren zusammengelebt. Schon als Kind hatte ich meine eigene »Kaninchen- und Taubenzucht«, und Hunde und Katzen waren bei uns fast immer im Haus.

Auch jetzt sind immer mehrere Tiere im Haus.

Schon als Kind habe ich Bernhardiner sehr geliebt, diese schwerfälligen, gescheiten und gutmütigen Tiere. In dem Ort, in dem ich aufwuchs, gab es einen Mann, der auf den schönen Vornamen Hans-Walter hörte. Er wurde von den Leuten in echt nordfriesischer Art Hanne-Walle genannt. Hanne-Walle trank ab und zu mal kräftig einen über den Durst, dann erschlafften ihm die Gesichtsmuskeln so, daß ihm sein Gesicht unter das Kinn zu rutschen drohte, und seine Augen bekamen den Blick eines alten Bernhardiners. Damals nahm ich mir vor, daß ich meinen ersten eigenen Bernhardiner, von dem ich genau wußte, daß ich ihn einmal haben würde, Hans-Walter, sprich Hanne-Walle, nennen würde.

1975 war es endlich soweit. Mein Hanne-Walle enttäuschte mich nicht. Er war groß, behäbig, intelligent und ausgesprochen freundlich. Er liebte die Menschen, besonders die Kinder, und es war ihm nicht abzugewöhnen, den Leuten, die er ganz besonders mochte, die Pfoten auf die Schultern zu legen, wobei er sie fast umwarf, um ihnen dann liebevoll mit seiner Riesenzunge über das Gesicht zu lecken.

Eine damalige Freundin liebte er so sehr, daß sie ganz besonders unter seiner Zuneigung zu leiden hatte. Immer wieder fing ich laut an zu schimpfen, sobald er nur seine Pfoten auf ihre Schultern legen wollte, bis er es dann eines Tages wirklich begriffen hatte. Als sie wieder auf unseren Hof kam (sie ist ziemlich klein geraten), legte er ihr die Pfoten wirklich nicht auf die Schultern. Er lief auf sie zu, sprang hoch und an ihr vorbei, indem er seinen Kopf zur Seite legte und mit seiner Zunge ihr übers Gesicht fuhr.

Direkt vor unserem Haus ist eine Feldweg-Kreuzung. Auf dieser saß er gern und beobachtete die Umgebung. Mein Freund Erwin war lange nicht bei mir gewesen und kannte Hanne-Walle nur als Welpen. Eines Tages besuchte uns Erwin mit seiner Frau einmal wieder und fuhr auf die Kreuzung zu. Dort saß Hanne-Walle. »Das ist Hanne-Walle«, sagte Erwin zu seiner Frau, »den kenn' ich.« Seine Frau aber, wohl ängstlich vor großen Hunden, warnte ihn: »Woher weißt du, daß er das ist, du hast ihn so groß ja noch gar nicht gesehen. Ich würde da vorsichtig sein.« »Mal sehen, ob er es ist«, sagte Erwin und fuhr ganz nah an den Hund heran. Erwin trägt im übrigen eine große Brille. Er kurbelte die Scheibe herunter und fragte: »Hanne-Walle?« Dieser steckte seinen Kopf ein Stückchen in den Wagen und machte »schlapp« über Erwins Gesicht und Brille. Erwin stellte die Scheibenwischer an und sagte: »Er ist es!«

So freundlich Hanne-Walle zu Menschen war, war er auch zu Tieren. Ich wohne sehr dicht am Wald, in dem ich öfter spazierengehe.

Eines Tages gingen meine Frau und ich mit Hanne-Walle durch den Wald. Plötzlich entdeckte uns ein junger Hase, der wohl im Gras geschlafen hatte. Völlig verstört sprang er auf, um sich unter etwas Schützendem zu verstecken. Daß dieses »Schützende« ein Bernhardiner war, war ihm in der Aufregung wohl entgangen.

Hanne-Walle schaute sich den kleinen Hasen durch seine Vorderbeine hindurch an und wedelte dabei freundlich, bis der Hase plötzlich merkte, worunter er saß, und kopflos im

Zick-Zack von dannen hüpfte. Hanne-Walle schaute ihm nach und wedelte noch immer.

Wenn Fremde unsere Küche betraten, in der der Hund lag, hörte man sehr oft denselben Satz: »Oh, is dat en Löw.« Daraufhin sagte ich grundsätzlich sehr freundlich: »Nein, das ist ein Schoßhund!« Auf das Stichwort »Schoßhund« stand der Hund auf und wälzte sich über meinen Schoß, Vorder- und Hinterbeine berührten dabei natürlich wieder den Boden. Ich hatte das mit ihm einmal geübt, er hatte es sofort begriffen, und es schien ihm jedesmal wieder Freude zu machen.

Wie Hanne-Walle seine Zuneigung auszudrücken pflegte, erzählte ich schon. Leute, die er sehr liebte, pflegte er mit so viel Liebe zu bestürmen, daß es ihnen sehr lästig wurde. So erging es grundsätzlich meinem Kollegen Hannes Wader, der immer die Arme vor den Kopf hielt und laut »nein« schrie, wenn ihn der Hund begrüßte.

Henning Venske erzählte mir, daß er mich eines Tages mit Hannes Wader zusammen besuchen wollte, aber sie niemanden bei uns zu Hause vorfanden. So beschlossen sie, zum Wald zu gehen, weil sie uns dort spazierengehend vermuteten. Klönend gingen sie also in Richtung Wald, als Hannes auf einmal erstarrte und nur sagte: »O Gott, o Gott.« Henning fragte: »Was ist denn?« Worauf Hannes nur die Arme vor den Kopf hielt und rief: »O Gott, o Gott.« Im nächsten Moment lag er auch schon zusammen mit einem Riesenköter im Graben, der ihn liebevoll abschleckte.

Eines Tages übernahm ein Mann die Waldschänke, der eine Hündin besaß. Dieser Hündin schenkte Hanne-Walle komischerweise nicht die leiseste Beachtung. So etwas hält aber bei Hunden nur, solange die Hündin nicht läufig ist – und jede gesunde Hündin wird einmal läufig.

Eines Morgens, als wir hinauskamen, war Hanne-Walle verschwunden. Er war zur läufigen Hündin in den Wald gelaufen, wie wir nachher rausfanden. Dann hatte er mit dieser eine kleine Tour unternommen. Man hatte die beiden Hunde in der Nähe unseres Nachbardorfes Spinkebüll auf freiem Feld gesehen. Die Hündin kam allein zurück. Blutverschmiert, aber ohne Wunde. Der Bauer und »Jäger« Carl Carstensen aus Spinkebüll hatte ihn erschossen.

Es muß schon ein toller Jäger sein, der einen Bernhardiner erschießt. Abgesehen davon, daß es ungesetzlich ist, ist ein Bernhardiner so langsam, daß er niemals wildern kann. Vielleicht hat der Herr Carstensen deshalb auf ihn geschossen, damit er endlich mal etwas treffen konnte.

Ephraim Kishon

Ephraim Kishon erblickte am 23. August 1924 als Ferenc Hoffmann und Sohn eines jüdischen Bankdirektors in Budapest das Zwielicht dieser Welt, erkor sich den Zeichenstift zum Instrument seiner »Selbstverwirklichung« und studierte Kunstgeschichte an der Akademie. Wie durch ein Wunder überlebte er die Menschenverachtung der Nazis. 1949 brach er ins neugeborene, gelobte Land seiner Väter auf, lernte die hebräische Sprache und schlug sich als Kfz-Mechaniker und Installateur in einem Kibbuz durch. 1952 erschienen unter einem Pseudonym erste Glossen in der Tagespresse Maariv; bald lacht ganz Israel über seine Satiren, gefolgt vom Rest der westlichen Welt, Europa und Amerika. Aus dem Journalisten Had Gadya war der Bestseller-Autor Ephraim Kishon geworden. In einer Gesamtauflage von über 20 Millionen erschienen seine Werke: von »Abraham kann nichts dafür« bis »Beinahe die Wahrheit«.

Ephraim Kishon

Sag Schalom

Die Sache begann damit, daß mein Töchterchen Renana, wie bekannt unsere Jüngste, mit demonstrativer Eilfertigkeit den Stuhl für mich zurechtrückte, kaum daß ich an den Tisch getreten war. Als nächstes erkundigte sich mein zweitgeborener Sohn Amir, ob ich vielleicht möchte, daß er meinen Wagen wäscht. Und schließlich überraschte mich die beste Ehefrau von allen mit der Mitteilung, daß ich in der jüngsten Zeit ein paar wirklich hervorragende Geschichten geschrieben hätte.

»Nützt alles nichts«, sagte ich. »Ihr bekommt keinen Papagei.«

Des Übels Wurzel war, daß unser Nachbar Felix Seelig eines Tages einen Papagei nach Hause gebracht hatte, über den meine Familie in helle Begeisterung geriet. Angeblich konnte er mehrere Sprachen sprechen, konnte lachen – ein glucksendes Lachen, so ähnlich wie Graf Dracula, es ist zu komisch, Pappi – und konnte sogar »rrr« machen wie eine richtige Weckeruhr . . .

»Das mit der Weckeruhr stimmt«, nickte Felix Seelig, als er mir vor ein paar Tagen begegnete, schwarze Ringe unter den Augen von den vielen schlaflosen Nächten. »Wollen Sie ihn kaufen?«

Ich wollte nicht. Warum sollte ich Felix Seeligs Papagei kaufen, wo wir doch schon einen zu Hause haben? Gestern nämlich, nach einem Frontalangriff aller meiner Lieben, hatte ich Zlobniks Tierhandlung aufgesucht und ein Prachtexemplar mit graugrünem Federkleid erworben.

»Unter einer Bedingung«, warnte ich den alten Zlobnik. »Das Vieh kann reden, soviel es will – aber wehe, wenn es läutet. Ich wünsche in meinem Haus keine Alarmvorrichtungen.«

Zlobnik verpfändete sein Ehrenwort, daß unser Papagei sich wie ein menschliches Wesen benehmen und lediglich reden würde.

»Diese grauen Afrikaner sind die gescheitesten von allen«, behauptete er. »Da hat mir neulich ein Polizist, mit dem ich befreundet bin, eine Geschichte erzählt, hören Sie zu. Plötzlich geht bei ihm auf der Wachstube das Telefon, er hebt ab, und der Anrufer meldet, daß soeben eine große Katze in sein Zimmer gekommen ist. Sagt mein Freund: ›Na wenn schon. Das ist doch kein Grund, die Polizei anzurufen.‹ Sagt die Stimme: ›Für mich schon. Hier spricht der Papagei.‹ Gut, was?«

Nachdem Zlobnik zu Ende gelacht hatte, gab er mir noch einige Ratschläge für die Behandlung des Papageis. Der Papagei, so schärfte er mir ein, sei von geselliger Wesensart, liebe den Kontakt mit Menschen und lasse sich gern verwöhnen. Ich sollte ihm zuerst beibringen, sich auf meine Finger zu setzen, und erst dann mit dem Sprechunterricht beginnen. Jeder Erfolg sei mit einer Erdnuß zu belohnen, empfahl Zlobnik. »Aber geben Sie acht, daß er Ihnen mit dem Schnabel nicht zu nahe kommt, der kleine Fresser!« schloß er wohlgelaunt.

Die Bezeichnung »Fresser« gab mir zu denken. Eigentlich hatte ich eine Fresserin haben wollen, aber zwischen männlichen und weiblichen Papageien gibt es anscheinend keinen Unterschied, zumindest keinen feststellbaren. Der Papagei scheint ein puritanischer Vogel zu sein, der sich als Gefangener unter Menschen nicht fortpflanzt; wahrscheinlich auch sonst nicht. Er ist der geborene Junggeselle und kennt keine andere Leidenschaft als das Reden. Darin gleicht er den Politikern.

»Ich übernehme seine Erziehung«, erbot sich mein Sohn Amir. »In spätestens einer Woche begrüßt er jeden Besucher mit einem lauten Schalom, verlaßt euch auf mich.«

Gleich am nächsten Tag setzte sich Amir vor den Käfig, steckte den Finger hinein, schrie auf, zog den Finger wieder heraus und begann die erste Lektion: »Sag Schalom! Sag Schalom! Sag Schalom! Sag Schalom! Sag Schalom . . .!«

Raummangel verbietet mir, den vollständigen Text des Unterrichts wiederzugeben. Jedenfalls war es Amir, der nachher die Erdnüsse aß. Der Papagei hatte ihn aus glasigen Augen angestarrt, stumm wie der Goldfisch in Zlobniks Tierhandlung, und bei diesem Verhalten blieb er. Unsere Besucher hörten von ihm weder ein Schalom noch sonst etwas. »Er ist heute nicht in der richtigen Laune«, murmelten wir verlegen. Drei Wochen lang hielt Amir durch. Wir unterstützten ihn mit Erdnüssen und Bananen, wir versuchten abwechselnd durch freundlichen Zuspruch und bittere Vorwürfe auf den Vogel einzuwirken, wir baten und schimpften, wir kitzelten ihn und kratzten ihn – ohne Erfolg. Allmählich begannen wir uns damit abzufinden, daß uns der alte Gauner Zlobnik einen taubstummen Papagei verkauft hatte.

Und dann, an jenem unvergeßlichen Morgen, als mich ein wichtiger Anruf aus Übersee erreichte, der unter so fürchterlichen atmosphärischen Störungen litt, daß ich nicht einmal den Namen des Anrufers verstand – erklang es plötzlich laut und klar hinter mir: »Sag! Sag! Sagsagsag . . .!«

Er hatte also doch angebissen, unser Papagei, wenn auch am falschen Ende. Immerhin stand jetzt fest, daß er belehrbar war, daß er sich abrichten ließ, daß er reden konnte. Er brauchte dazu nur ein Überseegespräch mit möglichst schlechter Verbindung, dann ging's schon.

Amir schwor, dem verdammten Vogel das Schalom-Sagen beizubringen, oder er würde ihm alle graugrünen Federn ausreißen. Wie es sich für ein Kind unseres technischen Zeitalters gehört, baute er in den Käfig ein Tonband ein, das dem widerspenstigen Insassen ununterbrochen dasselbe Wort vorsagte: »Schalom ... Schalom ... Schalom ...«

Das Band lief so lange, bis die Batterie leer war. Nichts geschah.

Aber ein paar Tage später, gerade als im Fernsehen die Abendnachrichten begonnen hatten, erklang es aus dem Käfig:

»Wer! Wer-wer! Werwerwer!«

Was »wer«? Wieso »wer«? Wer »wer«? Erst nach längerem Nachdenken kam ich dahinter, daß es sich nur um meinen überseeischen Anrufer handeln konnte. Wieder ein kleiner Fortschritt. Wir beschlossen, unseren Papagei fortan Werwer zu nennen. »Man muß«, erklärte ich meiner Familie, »dem Tier ein wenig entgegenkommen, ob es Schalom sagt oder nicht.«

Allem Anschein nach lagen die größeren Chancen bei »oder nicht«. Am folgenden Wochenende erweiterte Werwer sein Vokabular in eine gänzlich andere Richtung.

»Wuff!« bellte er. »Grr-wauwau.«

Offenbar hatte auch Franzi, unsere gemischte Rassehündin, einen Anruf aus Übersee bekommen. Sie bellte zurück, und seither plaudern die beiden oft stundenlang miteinander, es sei denn, daß wir Besuch haben. Dann verstummt Werwer sofort.

Andererseits hat er tanzen gelernt. Wenn man ihm »Halleluja« vorsingt und sich dabei in den Hüften wiegt, schaukelt er mit, allerdings ohne zu singen. Er pfeift. Das macht er den Fußballschiedsrichtern nach, die im Fernsehen auftreten. Am liebsten übt er in den späten Nachtstunden, zwischen Sagsagsag und Werwerwer.

Ich ging zu Zlobnik und erhob Klage:

»Unser Papagei bellt bei Tag und pfeift bei Nacht. Was ist mit Ihrem Ehrenwort? Ich kann nicht schlafen.«

»Natürlich nicht«, erwiderte der erfahrene Tierhändler. »Sie müssen den Käfig bei Nacht zudecken.«

Und er verkaufte mir eine dicke Plastikhülle, belgisches Erzeugnis, garantiert pfiffdicht. Ich ging nach Hause, stülpte bei Einbruch der Dunkelheit die Hülle über den Käfig, ging zu Bett und schlief wie ein Mehlsack bis drei Uhr früh, als die beste Ehefrau von allen aufstand und die Hülle wieder entfernte.

»Soll das arme Tier im Gefängnis leben?« fragte sie. Ihrem humanen Empfinden machte das alle Ehre. Dem Papagei machte es Freude. Meinen Schlaf machte es zunichte. Manchmal bedauere ich, daß Papageien nicht fliegen können.

Als Renana sich eine Erkältung zuzog, begann Werwer prompt zu husten. Renana erfreut sich als einziges Mitglied unsere Familie der Zuneigung Werwers. Das zeigt sich immer wieder und hatte eines Tages böse Folgen.

Wenn das kluge Kind Renana allein zu Hause ist, öffnet sie niemals die Tür, ohne vorher mit ihrer lieben kleinen Kinderstimme zu fragen: »Wer ist da?« Einmal aber war Werwer allein zu Hause. An diesem Nachmittag geschah es. Der Mann von der Wäscherei brachte unsere Wäsche und läutete an der Türe. Von drinnen kam eine liebe kleine Kinderstimme:

»Wersda?«

»Die Wäsche«, antwortete der Wäschemann.

»Wersda?« erklang es noch einmal.

»Der Mann mit der Wäsche.«

»Wersda?«

»Die Wäsche!«

»Wersda?«

»Die Wä-ä-sch-e!«

Wie lange das phonetische Drama dauerte, weiß niemand. Als wir gegen Abend nach Hause kamen, fanden wir den Garten voll mit Hemden, Unterhosen und Taschentüchern, überallhin verstreut wie die Juden in der Diaspora. Der Mann von der Wäscherei, so hörten wir, war mit einem Schreikrampf und wild um sich schlagend von einer Ambulanz ins Krankenhaus gebracht worden . . .

Vorsichtig betraten wir die Wohnung. Ein heiserer Zuruf begrüßte uns:

»Wäsche! Wäsche! Wäschewäschewäsche . . .!«

Zusammen mit Sagsag, Werwer, Wuffwuff, Wersda und verschiedenen Formen des Hustens ergab das einen recht ansehnlichen Wortschatz. Und bald darauf erfolgte mit Hilfe der Weltgeschichte die von uns allen angestrebte Lösung.

Stundenlang saßen wir in diesen Tagen vor dem Bildschirm und ließen die langen, dornigen Friedensverhandlungen an uns vorüberziehen, von Camp David bis El Arisch, Tag für Tag. Und immer wieder kam da ein Wort zu prominenter Geltung: das Wort Schalom.

Am vierten Tag war es soweit.

»Schalom!« krächzte Werwer.

Unser Papagei ist eine Taube geworden.

Ulrich Klever

Ulrich Klever, 1922 in Krefeld geboren, studierte in Münster und Freiburg Zoologie und Psychologie, wurde dann Chefredakteur einer Hamburger Zeitung, Schallplattenproduzent und Fernsehkoch. Ulrich Klever schrieb Hunde- und Katzenbücher sowie ausgezeichnete Kochbücher. U. a. erhielt er den Bundeskritikerpreis sowie 2 Gold- und 10 Silbermedaillen der Gastronomischen Akademie. Ulrich Klever lebt heute auf Gut Weisham im Chiemgau als freier Schriftsteller.

Ulrich Klever

Spaziergänge mit meinen Großpfoten

An manchen Tagen komme ich mir wie ein Schneckenhirte vor, wenn ich mit meinen beiden Bassets in Zeitlupe zwischen den Kulissen von Hochfelln, Hochgern und Kampenwand linkerseits und Kloster Baumburg sowie Wiesen und Wäldern rechterhand dahinschlaffe. Die Fortbewegung, einem reparaturbedürftigen, immer wieder stockenden Glokkenspiel (natürlich ohne Glocken) nicht unähnlich, nennen wir Spaziergang.

Schneckenhirte, das kann ein Beruf im sklavenreichen Rom oder bei den üppigen Herzögen von Burgund gewesen sein: Für mich ist es etwas ganz, ganz Langsames.

Intakt wird unser gemeinsames Glockenspiel (diesmal mit Glocken), wenn die beiden eine Spur aufnehmen. Wenn da vorher ein Kaninchen gehoppelt ist, ein Reh geschritten, gewechselt nennt es der Jäger, oder eine läufige Hündin gestreunt, dann verwandeln sich die schlottrigen Fellwürste in straffe Muskeltiere, die in rasantem Tempo und wogenden Delphinsprüngen die Spur aufnehmen und mit dem traditionellen Meutengeläut der Laufhunde allen Jägern im Umkreis von einigen Kilometern mitteilen, daß sie eine heiße Spur gefunden haben. Ich habe schon häufig mit aller Kraft in den Leinen gehangen oder bin, fast Marathonrekord erreichend, hinter ihnen hergejagt.

Was mir an Bassets, mit denen ich seit über zwanzig Jahren zusammenleben, so hundertprozentig gefällt, ist ihre Lebenseinstellung. Auf einen menschlichen Nenner gebracht: Warum stehen, wenn man dasselbe auch im Liegen tun kann? Warum elegant über eine Hürde springen, wenn man viel bequemer unten durchkriecht? Die Möglichkeiten haben, sie aber nur nutzen, wenn es notwendig ist: Das ist ein Lehrstück, das mir die Rasse der Bassets vorführte und dessen Moral ich mir zu eigen machte.

Bisher waren es vier Hunde-Individuen, die das Thema in Variationen lebten und zeigten. Sir Henry, mein erster, in absoluter, konzessionsloser Konsequenz. David, der sehr familienfixierte, mit durch Wiedersehensfreude und Zuneigungsbeweise bedingten Ausnahmen. Stasi, die ewig hungrige, lehrte mich, daß gutes Essen manchmal wichtiger als Prinzipien sein kann. Und Schnuffel, der ganz bedächtige, zeigt immer wieder, daß keine Entscheidung auch eine Entscheidung ist.

Ziehen wir das Resümee: Meine Bassets und ich sind keine Hundesportler. Die Hunde (und ich?) sind echte Faultiere, und zwar intelligente. Denn Phasen der völligen Entspannung wechseln mit Aktivitätsperioden ab, in denen sie (die Hunde) so viel schaffen wie ein Normalfleißiger, sagen wir ein Hundebeamter, in der vierfachen Zeit. Das ist ja das Wesen der echten Faulheit, daß sie Aktivitäten freilegt, die sonst verborgen bleiben oder sich nicht entfalten können. Trotz dieser Lehren habe ich im Laufe der Jahre keine Schlappohren bekommen und bin kein Basset geworden. Nur mein rechter Arm ist etwas länger als der linke: Ihn dehnte Sir Henry mit der Kraft eines Bulldozers, nicht nur mir, sondern auch meiner Frau.

In die Welt des Canis familiaris haben mich meine Hunde so gründlich und umfassend eingeführt, daß ich ein Fachmann geworden bin. Ich habe in den langen Jahren, als ich Zoologie studierte und mich mit der Psyche des Hundes befaßte (so sagte man damals zur Verhaltensforschung), nicht einen Bruchteil von der Welt des Hundes kennengelernt wie auf unseren Spaziergängen. Der Hund ist ein Nasentier, das habe ich gewußt und geglaubt. Jetzt weiß ich, daß die rührenden Geschichten von blinden Hunden, die von ihren Kameraden spazierengeführt werden, menschlichen Vorstellungen entsprechen und zoologische Zeitungsenten sind. Ein Hund, der mit den Augen nichts mehr sehen kann, ist nicht blind, wie wir blind sind. Seine Welt ist die der Gerüche, denn er sieht die Welt durch die Nase. Nacheinander haben mir meine Hunde unterwegs vorgeführt, was das heißt, viel, viel besser riechen zu können als wir. Dieses viel, viel besser bedeutet in den Zahlen der Wissenschaft: 300 Millionen Riechzellen mit dem Wahrnehmungsspeicher eines auf Geruch spezialisierten Gehirns können einzelne Geruchsmoleküle wahrnehmen, voneinander unterscheiden, ordnen, im Gedächtnis speichern und irgendwann wiedererkennen. Das ist so erstaunlich wie unvorstellbar zugleich. Was heißt das: Ein Hund kann millionenmal besser Gerüche erkennen als wir? Mein einleuchtendstes Beispiel: Bei mittlerem Föhn trug ich auf unseren Bauernhof quer über den Hof stinkig gewordenes Fleisch in die Mistgrube. Freund Henry lag auf der anderen Seite des Hauses und sonnte sich. Als er zehn Minuten später auf den Hof kam, steckte er die Nase in den Wind, ließ die Ohren flattern und folgte meinem Weg genau bis dahin, wo das Fleisch war. Er hatte nicht meine Spur auf dem Boden verfolgt, sondern die Moleküle von Buttersäure und Fäulnisstoffen, die noch in der Luft schwebten. Für einen Basset ist der Geruch alles. Die fremde Hündin existiert für den Rüden kaum als Wesen, hauptsächlich als Spur. Er abstrahiert die Dinge und führt sie auf ihren Geruch zurück. So erlebe ich immer wieder, wenn einer der Hunde die Kreuz und die Quere geht, die Nase dicht über dem Boden, alle Gesichtsfalten mitsamt den Ohren nach vorne hängend, damit auch nichts ihn ablenkt, und er die Maus oder die sich in der Sonne lümmelnde Katze nach allen Umwegen findet, die sie gemacht haben, anstatt hochzublicken und geradewegs darauf zuzugehen. Diese Welt der Gerüche muß etwas

Wunderbares sein. Wie würde sonst Schnuffel einen Grashalm von unten nach oben und von oben nach unten sorgfältig beriechen, nachdenklich überlegen und die Prozedur von vorne beginnen, bis mir Schneckenhirten der strapazierte Geduldsfaden reißt. Doch was weiß ich? Manchmal bleibe ich ja auch stehen und bewundere die bizarren Äste der alten Eichen, die sich gegen seidenblauen, verschossene Seide, Föhnhimmel recken, oder ich suche Caspar-David-Friedrich-Ähnliches in den klaren Konturen der Bergkette, wenn das Wetter schön bleibt. Dann mahnen mich die Hunde durch Zug an der Leine. Für sie ist der Maulwurfhaufen, über den ich achtlos stolpere, wichtiger: ein kleiner Vulkan an Düften, Gerüchen, Aromaten, dessen Geruchs-Eruptionen sie in Erregung versetzen. Eine Wagen- oder Treckerspur ist ein Komplex von Erdruch, zerquetschten Grashalmen, Gummimolekülen, in dem die Duftspur einer Wühlmaus sich mit der eines Laufkäfers zu einem bunten Spektrum mischt. Nur Stasi, die Hungrige, schert sich nicht um das Bassetgebot »Folge der Spur«. Sie sieht die Maus, fängt und frißt sie auf wie wir eine knackige Rostbratwurst. Schnüffeln kann sie auch hinterher.

Das wichtigste Kommunikationsmittel zwischen den Hunden und mir ist *unterwegs* der Schwanz. Bassets schauen Sie an der Leine so gut wie nie an: Sinnesorgane emotionaler Art wie die Augen sind nicht im Einsatz, wenn man in der spannenden Zeitung der Wege und Straßen mit ihren Schlagzeilen an Hausecken, an Bäumen und Büschen lesen muß. Und wenn uns Sir Henry, unangeleint, einen Blick über die Schulter zuwarf, so war das ein »ich kann nicht anders«, ein Adieu auf Zeit: Er hatte eine Spur und mußte loslaufen. Vor dem Blick ist allerdings der Schwanz. Beginnt seine Spitze ein Eigenleben, dreht sie sich nach rechts, verharrt dort, um wieder nach links zu schwenken, setzt er wie zum Wedeln an, wo es eigentlich nichts zu wedeln gibt, dann . . . anhängen, wenn er freiläuft, falls man selber nicht laufen will. An ihren Schwänzen könnt ihr sie erkennen: den Henry, den David, die Stasi und den Schnuffel.

Die Bassets tragen ihren Schwanz stolz gereckt nach oben, mit einer leichten säbelartigen, eleganten (zumindest für Bassetbesitzer) Krümmung. Für den oberflächlichen Hundekenner ein Zeichen der Bastardisierung, für den zoologischen Fachmann ein Beweis der Urtümlichkeit und für den Jäger ein Merkmal für Feldjagd und Stöbern. Für den Bassetfreund aber ist er das Symbol der Tapferkeit, die Fahne eines wurschtigen Optimismus und ein überaus sensibles Seelenbarometer. Irgend jemand hat einmal gesagt, daß Hunde mit dem Schwanz lachen können. Das ist ein lieber Vergleich, trifft aber die Breitenwirkung all der Ausdrucksmöglichkeiten eines Hundeschwanzes überhaupt nicht. Wie arm ist dagegen mimisch ein menschlicher Mund, der sich nur in die Breite, nach oben und nach unten und zusammenziehen kann. Wenn wir spazierengehen und der Schwanz in der Waagerechten getragen wird, dann heißt das: Die Welt ist uninteressant und gleichgültig, der Seelenzustand bedeckt und himmelgrau, die Aufmerksamkeit pendelt in Minusbereichen. Dann wird auf einmal die Antenne ausgefahren, der Schwanz reckt sich hoch, die weiße Spitze steht fast gerade. Irgend etwas liegt in der Luft, in des Wortes wahrster Bedeutung. Diese weiße Spitze ist eine fabelhafte Erfindung der Natur und der Züchter. Sie steht genauso hoch, daß sie zur Jagdzeit aus normal hohem Gras herausschaut. Man sieht also dieses rückwärtige Basset-Periskop immer und überall und weiß, wo sich der Hund gerade befindet. Anmerkung: Bassets sind von Haus aus Stöberhunde und werden heute noch in Meuten geführt. Und ... bei Schnuffel hat der Heilige Hubertus die weiße Spitze vergessen: Er hat aber am Ende seines schwarzroten Schwanzes immerhin vier weiße Haare.

In der Bassetmythologie wird das Schwanzsignal auf den Heiligen Hubertus zurückgeführt. Als dieser die Erscheinung mit dem leuchtenden Kreuz innerhalb des Hirschgeweihs hatte, rief er seiner Meute zu: »Kommt!«, damit auch sie des Wunders teilhaftig würden. Sie kamen alle, die schnellen Bracken und die Windhunde, die langsameren Packer und die mittelhohen Spürer. Nur der stöbernde Basset mußte noch eine Spur sorgfältig ausschnüffeln, ehe auch er herbeischlenderte. Da war das Wunder aber auch schon vorbei und das Kreuz verschwunden. Und da er ein skeptischer Hund war, glaubte er den anderen nicht. Hubertus, wie alle Jäger, aber wollte wissen, wo sich ein Hund befindet. Und er richtete den Bassetschwanz auf und machte seine Spitze weiß. Der Basset aber fand weiterhin, daß nichts so wichtig ist wie eine gute Spur. Deshalb hört er heute auch noch nicht auf den Ruf »Komm!«. Er weiß ja, daß sein Herr ihn sehen kann. Die anderen Jagdhunde aber sind so folgsam, weil sie wieder einmal das Kreuz betrachten wollen.

Und noch etwas hebt den Bassetschwanz aus den übrigen Hundeenden heraus. Wölfe, das hat Erik Zimen beschrieben, können bei fröhlich ausgelassener Begrüßung ihren Schwanz im Kreise drehen. Der Bassetrüde kann das auch. Wenn Schnuffel einen Hundefreund begrüßt, wedelt er wie mit einem Hubschrauberpropeller, und zwar mit einer solchen Intensität, daß ich mich jedesmal wundere, wieso sich der Hund nicht langsam vom Boden abhebt und, Hinterteil nach oben, davonfliegt. Und die Menschen könnten sagen: »Das Wetter wird besser, die Bassets fliegen so niedrig.«

Es ist Zeit, die Hunde bellen unten, die Uhr schlägt gleich zwölf: Wir müssen spazierengehen.

Was ich wohl heute lerne?

Robert E. Lembke

Robert E. Lembke wurde 1913 in München geboren. Er war, wie er sagt, als Jurist »geplant», kam aber sehr früh zum Journalismus. 1939 wurde er zur Luftwaffe eingezogen. Nach dem Krieg setzte er sein Studium an der Columbia Universität in New York fort. Die wichtigsten Stationen seiner Laufbahn waren: Leitung des Ressorts Innenpolitik der »Neuen Zeitung«, Leiter der Hauptabteilung »Politik und Wirtschaft« des Bayerischen Rundfunks, Stellvertretender Fernsehdirektor und Chefredakteur des Bayerischen Fernsehens, Stellvertretender Programmdirektor der ARD, Direktor des Deutschen Olympia-Zentrums ARD/ZDF.

Seit 1955 läuft im ersten Programm des Fernsehens sein »Was bin ich?«. Daneben schrieb er zahlreiche Bücher, darunter z. B. sein »Interview mit Tieren« und die »Kurzgefaßte Pudelkunde«. Im Frühjahr 1986 erscheint als Fortsetzung seiner Sammlung von Aphorismen und Kurzgeschichten der Band »Grüße aus dem Fettnäpfchen«.

Robert E. Lembke

Mein Kollege Jacky

Wenn man den Hohepriestern der Zuschauerbefragung trauen darf – und Produzenten von Sendungen mit guten Indexzahlen neigen dazu, ihnen zu trauen –, sahen einmal im Monat rund 15 Millionen eine Sendung, die mit dem Bild eines etwas blasiert wirkenden Foxterriers begann. Er heuchelte anfangs noch ein gewisses Interesse an dem Geschehen, machte es sich bequem und versank dann in einen tiefen Schlaf, der nur dann und wann durch das Erscheinen von Eseln, Falken, Polizeihunden, Goldhamstern oder Riesenschlangen unterbrochen wurde. Auf gelegentliche Zuwendungen reagierte er gelassen; er war nicht käuflich. Oberflächliche Beobachter hielten ihn für temperamentlos oder hochmütig und führten das auf seinen Stammbaum zurück, gegen den sich die Ahnentafel der Königin von England ausnimmt wie die Geburtsurkunde eines Findelkindes. Aber sie haben alle unrecht. In den sanften braunen Augen meines Kollegen Jacky spiegelte sich ein tiefes Geheimnis, aber darauf komme ich noch zu sprechen.

Die Geschichte von Jacky beginnt eigentlich mit Struppi. Struppi war ein sehr energisches Foxlbaby, das ich mir eines Tages aus einem privaten Zwinger in der Nähe Münchens holte. Struppi hatte vier Geschwister; aber es war Liebe auf den ersten Blick, und es blieb eine große und ungetrübte Liebe bis zu dem Tag, an dem er mich zum letztenmal an die Garage begleitete.

Als Struppi etwa sechs Jahre alt war, hatte in Bayern gerade das Fernsehen begonnen, und ich bekam den Auftrag, es einmal mit einem in England schon heimisch gewordenen Beruferaten zu versuchen. Die Sendung war um die Jahreswende, und die Proben fanden an einem Feiertag statt. Struppi war keineswegs bereit, auf seinen Spaziergang zu verzichten, und bestand darauf mitzugehen. Er hatte Mittel und Wege, solche Wünsche durchzusetzen! Ich nahm ihn also mit ins Studio und setzte ihn, damit er aufgeräumt war, neben mich auf eine herumstehende Kiste. Der ganze Betrieb interessierte ihn; vor allem die Kameraleute, die mit ihrem Wagen hin- und herfuhren und lange Kabelschlangen hinter sich herzogen, hatten es ihm angetan. Die Sympathie war gegenseitig. Auf dem Kontrollgerät, das vor mir stand, war 80% Struppi und 20% Rest. Der Rest bestand aus Annette, Marianne Koch, Staatsanwalt Sachs, Guido Baumann und mir. In der Pause gab es ein einstimmiges Votum: »Der Hund ist besser als ihr alle zusammen, der Hund muß in die Sendung.«

Als dann noch einer auf die wirklich an den Haaren herbeigezogene Idee kam, man könne ja so tun, als passe er auf das Geld auf, brach jeder Widerstand zusammen. Ich hatte gerade noch die Kraft, hinter die kleinen Geldhäufchen ein Stück Schokolade zu legen. Er starrte dann auch während der ganzen Sendung unentwegt auf das für die Kamera ja nicht sichtbare »Gutti« und erweckte so den Eindruck eines Finanzverwalters, der seine Aufgabe ungeheuer ernst nahm. Struppi war eigentlich von Anfang an ein Erfolg; doch der Höhepunkt seiner Fernseh-Laufbahn war ein tätlicher Angriff auf den damaligen Finanzminister Fritz Schäffer, der einmal Gast in der Sendung war. Alle Steuerzahler empfanden, daß hier jemand etwas für sie getan hatte, was sie selbst nicht so recht und vor allem nicht so straflos hätten tun können, und überhäuften Struppi mit Anerkennungsschreiben und Geschenken. Von dieser Stunde an war seine Mitwirkung an der Sendung gesichert, und in voller Erkenntnis seiner starken Position begann er, seiner bis dahin mühsam unterdrückten Leidenschaft für die Hosen und Waden unseres Studiopersonals freien Lauf zu lassen.

Die Nachricht von Struppis Tod ging durch einige Zeitungen, und eines Tages erreichte mich der Anruf einer Dame: Sie habe einen Foxl, der Struppi sehr ähnlich sei, und von dem sie sich aus privaten Gründen trennen müsse. Bei mir, habe sie das Gefühl, sei ihr Liebling gut aufgehoben. Außerdem könne sie ihn dann gelegentlich wiedersehen, wenn auch nur auf dem Fernsehschirm. Es gab großen Familienrat. Einerseits war es undenkbar, daß man nach Struppi je wieder zu einem Hund ein solches Verhältnis finden könne. Andererseits war das Haus ohne Struppi leerer als eine Eisscholle im Polarmeer. Wir luden die Dame ein – es war ein 1. Mai, und so kam Jacky in mein Leben.

An dieser Stelle muß ich noch einmal auf Struppi zurückkommen. Struppi war – trotz des eher männlichen Namens – eine Hundedame. Unter der vielen Post, die für sie kam, waren auch immer zahlreiche Heiratsanträge, und zwar von Hundedamen. Meine Sekretärin hatte sich einen wunderschönen Brief zurechtgemacht, in dem sie im Auftrage Struppis für den ehrenvollen Antrag dankte und gleichzeitig auf die unüberwindbaren Schwierigkeiten, die der Erfüllung im Wege stünden, hinwies.

Bei Jacky, dachte ich mir, ist es mit diesem Problem vorbei. Jacky ist ein Rüde, und ein Jakob ist, ob er nun deutsch oder englisch gerufen wird, eindeutig ein Mann. Aber dann lief die Amtszeit Eisenhowers ab, John Kennedy wurde Präsident der Vereinigten Staaten, und mit seiner reizenden Frau Jacqueline, die alle Welt Jacky nannte, wurde Jacky plötzlich zu einem weiblichen Namen. Die Heiratsanträge sind geblieben, aber sie kamen wieder von der falschen Seite.

Jacky focht das so wenig an wie die gutgemeinten Aufdringlichkeiten, denen er ausgesetzt war, sobald er sein Reich verließ und sich unter Menschen begab. Sein Reich:

das war sein Garten, aus dem er Amseln verjagte und einen aussichtslosen Krieg mit zwei Eichhörnchen begonnen hatte, das war die Wohnung, deren Räume er souverän benützte, und das war vor allem seine Spielzeugkiste, aus der er sich nie wahllos, sondern erst nach sorgfältiger Überlegung bediente. Seine Pflichten erfüllte er äußerst gewissenhaft, ob es sich nun um den Transport des Schlüsselbundes oder der Zeitung, um die Bewachung der Gartentüre oder des Autos, um die Begrüßung von Gästen oder die Beobachtung des Fernsehprogramms handelte.

Und jetzt muß ich das Geheimnis lüften, von dem ich Ihnen anfangs erzählt habe. Der Stammbaum ist falsch. Jacky war gar kein Foxl. Er war überhaupt kein Hund. Er war ein wunderschöner Prinz, den eine böse Hexe verzaubert hatte und den eine gute Fee eines Tages erlösen wird. Und wenn es stimmt, daß man guten Feen drei Bitten vortragen darf und drei Wünsche frei hat, dann bitte und wünsche ich dreimal, daß sie mir meinen Prinzen Jacky wiedergibt und so lange läßt, wie er selber bei mir bleiben will.

Siegfried Lenz

Siegfried Lenz wurde am 17. März 1926 als Sohn eines Zollbeamten in Masuren geboren. Notabitur; Kriegsdienst bei der Marine. Danach Studium der Literaturgeschichte, Philosophie, Anglistik. 1948–1951 Redakteur bei der englischen Besatzungszeitung »Die Welt«. Seit 1951 lebt er als freier Schriftsteller in Hamburg. Mit Geschichten aus seiner masurischen Heimat »So zärtlich war Suleyken« wurde Siegfried Lenz erstmals einem breiteren Publikum bekannt. 1968 erschien sein großer Roman »Deutschstunde«. Das Buch erreichte eine Auflage von 700 000 Exemplaren. Siegfried Lenz gehört seitdem zu den erfolgreichsten Autoren der anspruchsvollen deutschen Gegenwartsliteratur. Seine Bücher wurden bisher in 20 Sprachen übersetzt. 1985 erschien sein neuester Roman »Exerzierplatz«.

Siegfried Lenz

So leicht fängt man keine Katze

Sie jagten eine alte, gelbgeringte Katze, die sie auf dem verlassenen Bauplatz entdeckt hatten. Das Tier hatte offenbar keine übermäßige Furcht vor den beiden Jungen; es machte ein paar mühelose, fließende Sprünge, erklomm einen Bretterstapel oder Steinhaufen und blinzelte in geduckter Bereitschaft seine Verfolger an. Der Schwanz schlug rhythmisch nach beiden Seiten aus wie ein Pendel, das die Größe der Gefahr maß. Und wenn die Jungen gefährlich nah herangekommen waren, drückte sich das Tier weich und scheinbar ohne Anstrengung vom Boden ab und sprang an einen anderen Ort, wo es sich wieder hinkauerte und mit angezogenen Pfoten und hin und her zuckendem Schwanz wartete.

»Halt«, sagte einer der Jungen, »das hat keinen Zweck, wir müssen es anders machen.«

»Die fangen wir ja doch nicht.«

»Wenn wir immer hinter ihr herlaufen, bestimmt nicht.«

»Die kriegen wir auch nicht müde.«

»Paß mal auf, darum machen wir das jetzt so: ich komme von dieser Seite und du von der anderen. Jeder nimmt sich ein paar Steine.«

»Werfen können wir ja auch von hier.«

»Nein. Du sollst sie ja nicht treffen. Wir wollen sie zum Schuppen jagen, und wenn sie dorthin will, dann knallst du ihr einen Stein vor den Kopf, damit sie die Richtung ändert. Du wirst schon sehen, so kriegen wir sie.«

»Und wenn sie eins abkriegt?«

»Du darfst sie eben nicht treffen, sonst wird sie wild und haut ab.«

»Ich faß sie nicht an. Hast du gesehen, sie hat die Räude? Der Schwanz ist ganz kahl, und auch die Ohren. Ich hab' es deutlich erkannt.«

»Also los.«

Sie suchten sich aus einem Kieshaufen glatte Steine heraus, und die alte Katze saß reglos auf einem Bretterstapel und sah ihnen zu. Ihr Schwanz bewegte sich jetzt nicht, das Tier lag da wie erfroren. Nachdem die Jungen einen ausreichenden Vorrat an Steinen gesammelt hatten, schlichen sie sich gebückt, das Wurfgeschoß umkrallt, von verschiedenen Seiten an die Katze heran, und ihre Verwunderung wuchs, als sie merkten, daß sie diesmal noch näher herankommen konnten als vorher. Aber gerade als einer unter falschen Schmeicheleien die Hand nach dem Tier ausstreckte, fegte es wie ein Blitz an ihnen vorbei und sprang auf die Erde. Fast im gleichen Augenblick surrten zwei Steine durch die Luft, schlugen, eine kleine Staubfontäne hochreißend, an den Boden, und die Katze änderte zweimal ihre Richtung und sauste in wilden Zickzacksprüngen, durch neue Steinwürfe immer wieder irritiert, davon.

»Los, hinterher«, befahl einer, und sie rannten hinter dem Tier her, blieben stehen, warfen und rannten weiter, und manchmal schien es, als ob sich der Vorsprung, den die Katze zu Anfang besessen hatte, allmählich verringerte. Plötzlich wurde das Tier von einem Stein getroffen: es bäumte sich ruckartig auf, stand für eine Sekunde nahezu senkrecht und verschwand.

Die Jungen stürmten betroffen heran, die Katze war verschwunden. Es war kein Holz in der Nähe, keine Steine, keine Mischmaschine, nichts, das dem Tier ein Versteck geboten hätte, und doch war es nicht wieder aufzufinden. Sie suchten fassungslos, mit wütendem Eifer, den Boden ab, und nach einer Weile rief einer von ihnen:

»Komm mal her, ich glaube, ich weiß, wo sie ist. Siehst du . . .«

Er deutete auf ein dunkles, gezacktes Brunnenloch, dessen Rand bewachsen und dessen Grund nicht zu erkennen war.

»Da kommt sie nicht wieder raus«, sagte er. »Vielleicht säuft sie ab.«

Der andere legte sich auf den Bauch und horchte in den Schacht hinunter.

»Hörst du was?«

»Sei mal still.«

»Die kommt nicht wieder hoch, da ist Wasser drin.«

»Da ist kein Wasser drin, und das Ding ist auch gar nicht so tief. Paß mal auf«, er warf einen Stein hinunter, und sie hörten einen dumpfen, festen Aufschlag.

»Wenn Wasser drin wäre, müßte es plätschern.«

Sie standen unschlüssig am Rande des Brunnens, sie wußten, daß sich die Katze hier hereingerettet hatte, und auf einmal sagte der, der hinabgelauscht hatte: »Wir müssen nach.«

»Dort runter?«

»Ja. Es ist nicht tief, wir können springen.«

»Aber du zuerst.«

»Meinetwegen. Du mußt mir aber dein Ehrenwort geben, daß du nachkommst. Abgemacht?«

»Ja.«

Der Junge lächelte zaghaft, es war ihm nicht ganz geheuer.

Er spähte angestrengt in den gleichmütig-dunklen Schacht hinab, zog seine Hosen hoch, legte die Arme an den Körper und sprang. Ein kurzes verhaltenes Dröhnen erfolgte, dann wurde es still.

»He«, rief der andere, der noch oben stand. »Pip, was ist denn los? Wie war's denn?«

Er erhielt keine Antwort. Besorgt legte er sich an den

Rand und versuchte das Dunkle mit seinen Blicken aufzutrennen. Hoffnungslos, er konnte nichts sehen.

»Pip!« rief er, »hörst du mich nicht? Hast du sie gefangen? Soll ich nachkommen?«

Wiederum erhielt er keine Antwort. Er stand unruhig auf und sah sich um, ob nicht irgendwo ein Mensch zu sehen wäre, aber es war niemand in der Nähe. Da hörte er unvermutet leise Rufe aus dem Schacht, und er warf sich sofort hin und lauschte.

»Warum kommst du denn nicht, Kalle? Was ist los?«

»Tut's weh?«

»Ach wo«, klang es mühsam herauf, »schön weich.«

»Hast du die Katze?«

»Ja, sie ist hier, sie läßt sich streicheln und schnurrt. Hörst du das nicht? Es ist doch gar nicht tief.«

»Nein, das hör' ich nicht.«

»Dann komm doch runter.«

Kalle erhob sich unentschlossen und starrte ängstlich auf die Öffnung. Dann legte er die Hände an den Körper, schloß die Augen und ließ sich fallen. Er hatte das Gefühl, in einen mächtigen, sausenden Sog hineingeraten zu sein, sein Hinterkopf schlug gegen eine Wand, die Hände fuhren wieder hoch und suchten nach einem Halt, und dann prallte er auch schon auf den mit Steinen besäten Grund. Sein Fuß knickte ein, er schrie auf und griff verzweifelt um sich.

»Was ist denn los?« fragte der andere, der die Schmerzen fast schon überwunden hatte. »Das geht gleich vorüber, schau mal, was ich hier hab'.«

Kalle sah ihn an und erkannte im Dämmerlicht die Katze. Pip hielt sie auf seinem Schoß und streichelte sie, und das Tier ließ sich die Liebkosungen gefallen. Über ihnen stand der ausgezackte Nachmittagshimmel, grau und weit fort.

»Warum hast du mich hier runtergelockt?« fragte Kalle.

»Wieso gelockt? Du wolltest doch auch springen.«

»Ja, aber du sagtest, es sei ganz weich.«

»Wenn ich gesagt hätte, es sei hart, wärst du nicht gesprungen.«

»Was sollen wir nun mit der Katze machen? Ich faß sie nicht an.«

»Wir wollen mal abwarten.«

»Und was wird aus uns? Ich möchte wieder rauf.«

»Dann versuch's doch.«

»Du hast schuld, du hast mich hier runtergelockt.«

»Ich? Sag lieber, die Katze.«

»Die Katze und du, ja. Was sollen wir jetzt machen? Soll ich schreien?«

»Man wird dich nicht hören.«

»Ja, aber was ...«

»Warten, wir müssen eben warten, da hilft nichts.«

»Und wenn keiner hierher kommt?«

Pip bewegte hilflos die Schultern.

»Dies verdammte Vieh«, sagte Kalle und stöhnte.

»Du wirst ihr nichts tun.«

»Willst du das besorgen?«

»Nein, keiner von uns. Ich werde die Katze jetzt laufenlassen.«

»Jetzt?«

»Ja.«

Pip stand auf, hob die Katze auf seinen Händen empor und sagte: »Los, hopp, rauf, mach schon.«

Das Tier schnellte hinauf, gelangte mit den Vorderpfoten an den Brunnenrand, zog sich nach oben und blieb neben dem Brunnen sitzen.

Am Abend suchte eine Frau ihre Katze und wunderte sich, daß sie ihr nicht, wie oft zuvor, entgegenlief. Die Katze blieb neben dem Brunnen sitzen und sah sie an. Und die Frau ging zu der Katze hin, nahm sie auf den Arm, und als sie sich mit ihr entfernen wollte, hörte sie die Jungen in dem Schacht rufen.

Da verständigte sie einige Männer.

Kurt Lotz

Prof. Dr. h. c. Kurt Lotz, 1912 geboren, war von 1958–1967 Vorstand der Brown Boverie & Cie, von 1968–1971 Vorsitzender des Vorstandes der Volkswagenwerke AG. Die Universität Mannheim ernannte ihn zum Ehrendoktor, die Universität Heidelberg zum Ehrensenator. Er ist Honorarprofessor der Technischen Universität Braunschweig. Als Vorsitzender des Vorstandes der UMWELTSTIFTUNG WWF – DEUTSCHLAND beschäftigt er sich intensiv mit dem Schutz der Natur. Zur Natur gehören auch Tiere, deren Schutz ihm ebenfalls sehr am Herzen liegt.

Kurt Lotz

Wildtiere brauchen unseren Schutz

Es sei gleich vorweg gesagt: Ich halte keine Tiere. Zwar habe ich meine Jugend zum größten Teil auf dem Lande verlebt und von daher schon früh Kontakt zu Tieren bekommen, habe aber auch später immer darauf verzichtet, mir selbst Tiere, seien es nun Zierfische oder ein Hund, zu halten. Die Pflege von Tieren erfordert viel Zeit und Verantwortung. Solange ich im Berufsleben stand, hätte ich ohnehin zu wenig Zeit gehabt, um ein Tier für die Dauer seines Lebens artgerecht pflegen zu können. Und Tiere als kurzfristiges »Spielobjekt« anzuschaffen mit der Wahrscheinlichkeit, sie dann einmal aus Zeitmangel abgeben zu müssen, erscheint mir weder sinnvoll noch verantwortungsvoll dem Tier gegenüber.

Sicher gibt es eine ganze Reihe von Tieren, wie zum Beispiel bestimmte Sittiche, Kleinsäuger und Fische, die man mit Sachverstand und Liebe ohne allzu großen Aufwand zu Hause halten kann, ohne daß das Tier darunter leidet. Tierhaltung, darüber gibt es keinen Zweifel, kann, wenn man sie richtig betreibt, nicht nur sehr schön, sondern auch von hohem erzieherischem Wert für Kinder sein. Leider endet die Liebe vieler Menschen zum Tier oft schon mit der Fahrt in den Sommerurlaub; dies beweisen die Schildkröten, die alljährlich kurz vor den Sommerferien in großer Zahl in Zoos, aber auch in öffentlichen Anlagen einfach ausgesetzt werden. Und gerade vor der Urlaubszeit werden auch verstärkt »herrenlose« Hunde aufgegriffen, die ihre Besitzer auf einem Autobahnrastplatz zurückließen oder irgendwo an einen Baum banden in der Hoffnung, es würde sie schon jemand finden und sich um sie kümmern. Die Tierheime sind voll von solchen Opfern kurzfristiger Tierliebe.

Leider gelangen auch immer mehr solche Tiere in die Zoohandlungen und zu privaten Haltern, die für eine Haltung als Heim- oder Streicheltiere überhaupt nicht geeignet sind. Dazu gehören Affen, Großpapageien und viele Reptilien. Mehr als 30 000 Sittiche, Amazonen, Aras und Kakadus kommen alljährlich aus der freien Wildbahn in die Hände bundesdeutscher »Tierliebhaber«. Die meisten dieser munteren Schwarmvögel verbringen den Rest ihres Lebens allein, in einem viel zu engen Käfig oder lebenslänglich auf der Sitzstange angekettet. Hunderttausende von Schildkröten, die ganz zu unrecht als träge gelten, werden in menschlicher Pflege nicht, wie dies der Fall sein könnte, mehrere Jahrzehnte alt, sondern überleben oft schon das erste Jahr in Gefangenschaft nicht. Zum Leid für das einzelne Tier tritt ein weiterer, sehr wichtiger Grund, aus dem ich die Haltung von solchen Wildtieren nicht befürworten kann: Nicht wenige Arten wurden in der Natur im Bestand gefährdet, weil man zu viele Tiere in ihren Heimatländern für den Zoohandel eingefangen hatte. Auch sie wurden regelrecht Opfer der »Tierliebe«; denn wenn die Zoohändler solche Tiere nicht verkaufen könnten, würden sie diese nicht importieren. Und selbstverständlich wurden die meisten dieser Tiere in guter Absicht von tierlieben Menschen erworben, zum Teil sogar aus Mitleid mit dem »armen Tier« im Schaufenster.

Ich widme meine Freizeit lieber einer ganz anderen Form der Tierliebe: Wichtiger als ein Tier zu Hause zu haben, ist es mir, etwas dafür zu tun, unsere gefährdeten Wildtiere, egal ob es nun einheimische oder exotische Arten sind, vor den vielfältigen Bedrohungen, denen sie ausgesetzt sind, zu schützen und sie zu erhalten.

Ich erinnere mich noch genau, wie zahlreich ich in meiner Jugend Eidechsen, Kröten, Libellen und Schmetterlinge, Feldhasen, Eisvögel und viele andere Tiere in der nächsten Umgebung meines Wohnortes beobachten konnte; die Weg- und Feldraine waren reich an Wildblumen; blütenreiche Wiesen, alte Obstgärten, Kleingewässer prägten das Landschaftsbild.

Im Zuge einer immer stärkeren Technisierung der Landwirtschaft und der damit verbundenen »maschinengerechten« Gestaltung großer Flächen, durch Flußbegradigungen, Straßenbau und die Ausweitung menschlicher Siedlungen wurde die Natur dann schnell zurückgedrängt. Es blieb zu wenig Platz für Hecken und Feldgehölze, Auwälder, Trokkenrasen, Moore und andere, einst artenreiche Lebensräume.

Noch vor 30 Jahren weit verbreitete Tier- und Pflanzenarten wie Wiedehopf und Ringelnatter, Flußmuschel und Bachforelle, Weißstorch und Fledermäuse, Kornrade und Krebsschere zählen inzwischen zu den gefährdeten Arten. In der »Roten Liste der gefährdeten Tier- und Pflanzenarten in der Bundesrepublik Deutschland« sind heute zum Beispiel 38 % aller einheimischen Vogelarten, 9 von 12 Kriechtierarten, fast 500 Arten von Großschmetterlingen verzeichnet.

Weltweit werden derzeit pro Minute 22 Hektar tropischer Regenwälder gefällt. Dadurch sind ungezählte Tier- und Pflanzenarten gefährdet, zum Teil sogar ausgerottet, bevor sie überhaupt entdeckt wurden. Die Verschmutzung von Boden, Luft und Wasser bedroht in zunehmendem Maße auch die Existenz des Menschen direkt.

Diesen dramatischen Entwicklungen muß, meine ich, Einhalt geboten werden. Deshalb engagiere ich mich als Vorsitzender des Vorstandes in der Umweltstiftung WWF-Deutschland. Der WWF (World Wildlife Fund) ist eine private Naturschutzorganisation; sein Ziel ist es, bedrohte

Tiere und Pflanzen und ihre Lebensräume zu bewahren und damit auch eine für den Menschen lebenswerte Umwelt zu erhalten. Dies erscheint mir angesichts des erschreckenden und schnellen Rückgangs der Tier- und Pflanzenarten in fast allen Typen von Lebensräumen im Lichte der globalen Umweltprobleme eine der vordringlichsten Aufgaben unserer Zeit zu sein.

Die Umweltstiftung WWF-Deutschland ist Teil des World Wildlife Fund, der mit nationalen Organisationen in 23 Ländern und fast 4000 Schutzprojekten in über 130 Ländern die größte private Naturschutzorganisation der Welt ist. Die Aufgaben von WWF-Deutschland sind vielfältig. Ein großes Projekt kämpft für den Schutz des Wattenmeeres, das als »Niere der Nordsee«, als Kinderstube für zahlreiche Fischarten, als Rastplatz für Vögel zwischen Arktis und Antarktis und auch als intaktes Erholungsgebiet für den Menschen von unschätzbarer Bedeutung ist.

Ein weiteres Projekt ist dem Schutz der Moore und anderer Feuchtgebiete in Schleswig-Holstein gewidmet, wo die letzten Kraniche und Seeadler der Bundesrepublik leben.

Weitere Schwerpunktprojekte sind die Artenschutzzentrale und das Aueninstitut. Die Artenschutzzentrale arbeitet vor allem an der Verbesserung der Durchführung des Washingtoner Artenschutzübereinkommens. Dieses internationale Übereinkommen beschränkt den Handel mit rund 2000 Tier- und 30 000 Pflanzenarten. Die Artenschutzzentrale beobachtet nicht nur den Handel mit Wildtieren, Pflanzen und Produkten daraus, sondern nimmt kritisch zu Handelstrends Stellung und betrachtet es als eine ihrer wesentlichen Aufgaben, die Öffentlichkeit über die Bedrohung von Tier- und Pflanzenarten durch den internationalen Handel zu informieren.

Das Aueninstitut hat seinen Sitz in Rastatt, also unmittelbar an dem letzten größeren Auengebiet am Rhein. Flußauen sind auf regelmäßige Überschwemmungen angewiesen, und nur dort, wo man den natürlichen Verlauf der Gewässer erhalten und die Ufer nicht allzu sehr begradigt hat, konnten sich diese artenreichen Lebensräume erhalten.

Neben diesen Großprojekten verfolgt und unterstützt die Umweltstiftung WWF-Deutschland zahlreiche Maßnahmen zum Schutz von Fischotter, Fledermäusen, Wanderfalken, Orchideenwiesen. Wo immer dies möglich ist, pachten oder kaufen wir bedrohte Gebiete, denn das ist die sicherste Form, sie zu schützen.

Ich meine aber, all diese Tätigkeiten können nur von beschränktem Wert sein, wenn es nicht gelingt, das Bewußtsein, die Liebe zur Natur schon im Kindesalter, vom frühestmöglichen Zeitpunkt an zu wecken und zu fördern.

Daher gilt mein ganz spezielles Augenmerk einem langfristig besonders wichtigen Projekt: Es ist unser Projekt »Umwelterziehung«. Hier werden zum Beispiel Unterrichtsprogramme und Materialien für Lehrer erarbeitet, Anleitungen gegeben, wie sich jede Schule einen »Schulbiotop« anlegen kann, und Konzepte entwickelt, wie man Kinder spielerisch für die Natur begeistern kann – und zwar so, daß ihr Umweltbewußtsein ein Leben lang anhält.

Neben meinen Aufgaben im Umweltschutz bliebe mir überhaupt keine Zeit für die Pflege eines Heimtieres. Es sei aber noch einmal betont, was bei Pädagogen inzwischen unumstritten ist: Pflege eines Tieres kann ein wichtiger Weg sein, nicht nur Verantwortungsbewußtsein in Kindern zu wecken, sondern auch ihre Liebe zur Natur. Allerdings sollte man auf Tiere, die sich für eine Heimtierhaltung nicht eignen, verzichten. In jedem Fall sollten keine Heimtiere angeschafft werden, die aus der freien Wildbahn stammen, denn es gibt zu viele Bedrohungen für die Tierarten, als daß wir uns zusätzliche Verluste durch Tierliebe leisten können. Nicht nur Zoos, auch viele private Tierhalter haben in der Heimtierzucht große Fortschritte erzielt; das Angebot an gezüchteten Tieren ist inzwischen so groß, daß hier wohl jeder die für ihn geeignete Art findet. Auch moderne, wissenschaftlich geführte zoologische Gärten sehen immer mehr davon ab, hochbedrohte Tierarten der freien Wildbahn zu halten, und davon darf es nur eine Ausnahme geben: wenn es notwendig ist, diese Art in Gefangenschaft zu züchten, weil ihr Überleben in der Natur nicht gesichert wäre. Ein Beispiel hierfür ist die Weiße Oryx aus Arabien.

Die Bestände dieser herrlichen Antilopenart waren durch rücksichtslose Bejagung fast ausgerottet, als die letzten Tiere mit Unterstützung des WWF gefangen und in einem Zoo zur Zucht zusammengeführt wurden. Die Zuchtgruppe war so erfolgreich, daß es nun, ebenfalls wieder mit Unterstützung durch den WWF, gelang, ein Wiedereinbürgerungsprogramm für diese Tierart in Arabien zu starten. Inzwischen kann das Überleben dieser Art im Freiland als wieder gesichert gelten.

Eigentlich dürfen wir es jedoch gar nicht so weit kommen lassen, daß bedrohte Tiere nur noch durch Zucht in Zoos vor dem Aussterben bewahrt werden können. Wir sollten uns alle dafür einsetzen, daß unseren Wildtieren und Pflanzen genug gesicherte Lebensräume langfristig zur Verfügung stehen. Denn die Lebensräume, intakte Natur zu schützen, heißt gleichzeitig die Zukunft des Menschen sichern.

Ich wünsche mir, daß auch meine Enkel und Urenkel sich noch an den Schönheiten der Natur erfreuen und eine lebenswerte Umwelt vorfinden. Wir dürfen unsere Hände nicht in den Schoß legen und abwarten, daß andere etwas tun. Jeder von uns kann, jeder von uns muß seinen Beitrag leisten.

Reinhold Messner

Reinhold Messner wurde am 17. September 1944 als zweites von neun Lehrerkindern im Dolomitental Villnöss geboren, absolvierte ein Geometer-Studium in Bozen und gehört seit 20 Jahren zu den besten Bergsteigern der Welt. Er hat bei 3000 Bergfahrten etwa 100 Erstbegehungen durchgeführt und als einziger Mensch auf der Welt 12 Achttausender bestiegen. Für seine 25 Buchveröffentlichungen z. B. »Arena der Einsamkeit«, »Everest«, »Alleingang«, »K2« hat er hohe Auszeichnungen in Italien, Nepal und Pakistan bekommen. In seiner Verfilmung »Lenz« nach Georg Büchner hat er in einzigartiger Weise seine Talente als Künstler und Bergsteiger dargestellt. Heute lebt Reinhold Messner in Juval in Südtirol: Er hält Vorträge, schreibt Bücher, unterrichtet in seiner Bergsteigerschule und bereitet neue Expeditionen vor.

Reinhold Messner

Mein Lieblingstier, der Yak

Yaks, diese halbwilden Haustiere der Tibeter, haben mich auf vielen Expeditionen begleitet. 1983 war es, auf dem Weg zum Cho Oyu, einem Achttausender an der Grenze zwischen Nepal und Tibet. Wir wären ohne diese zähen Tragtiere wohl stecken geblieben. Meterhoch fiel der Schnee. Mehr als eine Woche lang sahen wir »unseren« Berg nicht. Die Yaks ließen sich nachts einschneien, am Morgen schüttelten sie sich und weiter ging's. Genügsam wie sie sind, reichten am Morgen ein Büschel Heu und am Abend ein paar Kartoffeln zum Überleben. Hüfthoch war die Wühlspur, die sie in den Neuschnee gruben, der Nebel oft so dicht, daß wir uns verlaufen hätten, wären die Yaks nicht gewesen. Sie fanden trotz allem den Weg, trugen die Lasten. Ihnen verdanken wir den Erfolg am sechsthöchsten Berg der Erde. Ihnen verdankt auch das Oberhaupt Tibets sein Leben.

Auf seiner Flucht vor den Chinesen brach 1959 der jetzige Dalai Lama knapp vor der Grenze zusammen. Er hatte sich eine Erkältung zugezogen. Im letzten tibetischen Dorf hoben seine Fluchthelfer, die Khampas, ihren fiebernden Gottkönig auf einen Yak »und so verließ ich«, wie er selbst erzählt, »auf diesem vorzeitlichen Transportmittel Tibets mein Land«.

Damals war Tibet kaum mit Straßen erschlossen, und diese wurden von den Chinesen kontrolliert, die das Land besetzt hielten. »Tibet No 1« und »Tibet No 2« hießen die ersten Autos, die gut 30 Jahre zuvor auf Wunsch des 13. Dalai Lama importiert worden waren. Yak-Karawanen hatten die Wagen, in Einzelteile zerlegt, über die Pässe gebracht. Yak-Karawanen bildeten nun den Begleittreck zum fliehenden 14. Dalai Lama. Yak-Karawanen sind es heute noch, mit denen die Nomaden weitab von den Schotterstraßen von Weideplatz zu Weideplatz ziehen. Auf Yaks transportiert man Salz, Felle und Wolle über die fast sechstausend Meter hohen Himalaya-Pässe von Tibet im Norden ins Sherpaland im Süden.

Nach der Nomenklatur unser Zoologie ist Yak die Bezeichnung für eine Untergattung des Auerochsen, auch »Grunzochse« genannt. Der Yak ist etwas kleiner als unser Hausrind, langzottelig und überaus genügsam. Er wiegt zwischen 250 und 500 Kilo; die Schulterhöhe liegt bei 1,80 Metern. Seine Zunge ist so rauh, daß sie sogar Fleisch vom Knochen reißen kann. Sein dickes, teppichartiges Fell schützt ihn gegen Temperaturen bis zu minus 40 Grad. Die kurzen Vorderbeine sind, ähnlich wie bei der Gemse, zum Klettern ideal. Die kleinen Augen, Ohren und die schmalen Nüstern sorgen für geringsten Wasser- und Wärmeverlust. Die großen Lungen ermöglichen es dem Yak, in Höhen von 5000 und 6000 Metern zu leben, höher als jedes andere Säugetier der Welt. Die Tibeter verstehen unter Yak nur das männliche Tier dieser halbwilden Rinder, die vermutlich vor zweitausend Jahren domestiziert wurden. Die weiblichen Tiere heißen auf tibetisch »Dri«, die Sherpas nennen sie »Nak«.

Wegen ihrer Trittsicherheit sind die Yaks im unwegsamen Gelände des Himalaya die idealen Reit- und Packtiere. Am Mount Everest sind sie schon bis auf 6500 Meter Höhe gestiegen.

Als Haustiere geben sie Mist, Wolle, Milch, Fleisch – nach wie vor sind sie die wichtigsten Helfer bei der Feldarbeit. Aus der ellenlangen Wolle, ein idealer Wärmeschutz gegen Wind und Kälte, werden Seile geflochten, Decken und Teppiche gewebt. Wichtiger noch ist der Dung, der, an der Sonne getrocknet, das traditionelle Heizmaterial im holzarmen Hochland Tibet ist.

Bei den Sherpas, die vor ungefähr 300 Jahren mit Yak-Karawanen aus dem östlichen Tibet nach Solo Khumbu in Nepal überwechselten, ist die Zahl der Tiere ein sichtbares Zeichen für materiellen Wohlstand. Wer viele Yaks besitzt, ist reich und angesehen.

Das »Dzo«, eine Kreuzung zwischen Yak und Hauskuh, ist stark wie die väterlichen Vorfahren, zahm und willig wie die Kuh – ein ideales Arbeitstier. Im Gegensatz zum Yak kann es auch unterhalb von 2500 Meter Meereshöhe ohne Beschwerden leben.

Nur in seltenen Fällen haben Yaks bisher in den Niederungen überlebt. Heute stehen einige Exemplare im privaten Tierpark von Affi bei Verona und einige andere in Sulden am Ortler. Ihr nervöses Gehabe, ihr Trotz und die Schreckhaftigkeit sind ihnen geblieben. Wie die wenigen wilden Yaks, die sich in Regionen über 4500 Meter im tibetischen Hochland zurückgezogen haben, sind sie selten wirklich zahm.

Ein Yak kann vor allem an seinem Benehmen von allen anderen Rindergattungen leicht unterschieden werden. Ich mag sie gern, weil sie so eigenwillig sind.

Yak und Wasserbüffel waren nach der Legende einst gute Freunde. Sie lebten zusammen auf einem Hügel. Der Büffel begann sich jedoch schon bald zu beklagen, ihm sei es zu kalt. Der Yak hingegen litt unter der Hitze. So beschlossen sie, sich zu trennen. Der Büffel stieg hinab in die warme Ebene. Der Yak aber wanderte hinauf zu den Gletschern. So lebten sie jeder für sich. Nach einer Weile begannen sie aber, einander zu vermissen. Der Büffel stand lange Stunden, den Kopf bergwärts gehoben, um seinen Freund, den Yak, zu erspähen. Der Yak stand mit gebeugtem Kopf oben am Berg und spähte nach unten, um den Büffel zu suchen. So schauen sie beide noch heute.

Barbara Noack

Barbara Noack, geboren 1924, brachte 1955 ihren ersten Roman heraus. »Die Zürcher Verlobung«, der auch sogleich von Helmut Käutner verfilmt wurde. Ihre nicht immer ganz leichten Erfahrungen mit ihrem Sohn Jan regten sie zu dem Buch »Eines Knaben Phantasie hat immer schwarze Knie« an, aus dem nachfolgende Geschichte entnommen wurde. Großen Erfolg brachte Barbara Noack 1977 der Roman »Bastian«. Er diente einer äußerst beliebten Fernsehserie als Vorlage. Mit ihrem autobiographischen Roman »Eine Handvoll Glück« wagte sie sich erstmals an ein Thema mit ernstem Hintergrund: Die Handlung spielt zur Zeit des Zusammenbruchs der Weimarer Republik und des Dritten Reiches bis zum Ende des Weltkrieges.

Barbara Noack

Tod eines Goldhamsters

Der kleine Gottlieb ist vom Schrank gefallen und hat sich das Rückgrat gebrochen. Als wir ihn fanden, war er schon tot. Die Kinder weinten sehr um ihn. Ausgerechnet ihr Gottlieb. Daß sie noch vierzehn lebendige Hamster haben, bedeutet gar keinen Trost für sie. Sie sagen, sie hätten auch vierzehn Tanten. Wenn die vom Schrank fielen, ginge ihnen das auch nicht so nahe – bis auf Tante Hertha. Wenn die Tante Hertha fiele, das wär' schlimm.

Während sie im Garten ein Grab in die hartgefrorene Erde hacken und dabei Tränen und noch was anderes in ihre Handschuhe wischen, möchte ich kurz die Geschichte unserer Goldhamster erzählen.

Zuerst hatten wir den braunen Hans-Joachim. Der war aber so allein. Darum schenkten wir ihm die weiße Erna. Die beiden vermehrten sich zügig. Sieben Kinder auf einen Schlag. Arme Erna.

Weil sie aber so eine gute Mutter war, blieben alle Hamsterchen am Leben und balgten sich den ganzen Tag und die ganze Nacht um ihre geduldigen Milchquellen. Sie wurden viel zu schnell groß und immer lustiger und fuhren sieben Mann hoch im Rhönrad. Wir haben viele Farbaufnahmen davon gemacht, leider sind sie nicht gut geworden. Eines Tages waren die Hamsterchen erwachsen genug, um verkauft zu werden.

Der Abschied fiel uns so schwer, daß wir sie nicht verkauften, sondern alle leerstehenden Vogelbauer der Nachbarschaft erwarben, um neue Heimstätten zu schaffen. Ein viertel Quadratmeter für zwei Hamster. Das war human. Wir nannten sie nach unseren Bekannten Hertha, Dietmar, Manuel, Frau Oberhuber, Uwe, Gottlieb und Doktor. Dietmar und Frau Oberhuber sind unsere wertvollsten, weil braunweiß gescheckt. Sie sehen aus wie eingelaufene Meerschweinchen, was bei Hamstern sehr selten ist, und man hat uns schon 5 Mark 50 pro Stück für sie geboten, aber wir denken nicht daran.

Von Anfang an war der kleine Gottlieb unser Liebling. Ein ganz gewöhnlicher, brauner Hamster, aber was für ein Charakter! Immer sanft und zutraulich. Viel zu gut für diese Welt. Seinem Bruder Manuel glich er wie ein Ei dem anderen oder wie ein gewöhnlicher Goldhamster einem anderen gewöhnlichen Goldhamster. Sie zogen gemeinsam in einen Vogelbauer, das heißt, Manuel ging gerne auf Tournee durch alle Zimmer. Er hatte Schlafstellen und Versorgungsdepots in der Spielkiste und hinterm »Deutschen Liederschatz« im untersten Regal. Manchmal nahm er den kleinen Gottlieb mit. Aber der kehrte spätestens nach einem Ausflugstag zurück, und wenn wir des Nachts ein einsames Rhönrad unermüdlich quietschen hörten, dann wußten wir: Jetzt fährt Gottlieb Richtung Tutzing.

Hamster sind ja überhaupt Nachtmenschen. Sie leben wie die Gaukler. Abends werden sie munter und geben Vorstellungen, ob sie Publikum haben oder nicht. Gegen Morgen schlüpfen sie in ihre Häuschen, machen die Türen dicht und pennen. Einer über dem anderen.

Aber zurück zu Gottlieb. Im Vergleich zum scheuen, bissigen Manuel war er ungemein kontaktfreudig. Er saß auf den Kindern herum, auch mal in ihren Hosentaschen. Er half bei Schulaufgaben, nahm am Abendessen teil, sah mit uns fern und überraschte uns eines Morgens durch Mutterfreuden. Aber da war es schon zu spät, ihn umzutaufen. Sie blieb der kleine Gottlieb bis zu ihrem viel zu frühen Unfalltod.

Wir haben einen wunderschönen, duftenden Sarg für Gottlieb gefunden. Eine Luxuspackung, noch von Weihnachten. Er paßte genau in die Öffnung, in der vorher die Parfümflasche lag.

Die Kinder legten ihm ein Salatblatt und Körner für die lange Reise mit hinein. Dann nahmen sie Abschied, ein streichelnder Zeigefinger nach dem anderen. Sie deckten ihn mit Watte zu und schlossen den Sarg. Das hatte etwas sehr Endgültiges. Auf einem ausrangierten Spielzeugauto zog Gottlieb-im-Sarg noch einmal an den Heimstätten seiner zahlreichen Familienmitglieder vorbei – nur sein Bruder und Gatte Manuel fehlte, wie üblich.

Philip hielt eine Rede am offenen Grabe. »Lieber Gottlieb«, sagte er, »hier liegst du nun. Amen.«

Ich sah dabei auf den Sargdeckel. Las »Christian Dior – Diorissimo – Parfum – Paris« und darüber, in schwarzer Schönschrift: »Unser Gottlieb«. Auch auf dem selbstgezimmerten Holzkreuz stand: »Unser Gottlieb«.

Als sie Tannen auf das Grab legten, begann es zu schneien. Eine schöne Beerdigung. Den ganzen Abend, der danach folgte, litten die Kinder unter der Leere, die durch das Nicht-mehr-da-Sein einer lebendigen Handvoll Fell entstanden war.

Einen Tag später.

Entweder ist heute ein Wunder geschehen oder gestern ein Irrtum. Als wir vorhin Schularbeiten machten, saß plötzlich ein Hamster vor uns auf dem Schreibtisch gleich neben dem Bleistiftspitzer. Er machte Männchen. Zwinkerte mit den Barthaaren. Sah uns unentwegt mit schwarzen Stecknadelknopfaugen an.

»Das ist doch –«

»Nein«, sagt Philip, »Gottlieb ist tot. Das ist Manuel – und er weiß noch gar nichts von dem Unglück.« Ganz vorsichtig schlich seine Kinderhand an den Hamster heran, um ihn nicht zu erschrecken – Manuel ist doch so scheu. Aber

Manuel ließ sich aufnehmen, sogar streicheln, ohne zu beißen, rannte Philips Ärmel herauf und nahm in seinem Kragen Platz – wie der kleine Gottlieb selig. Er war der einzige von allen Hamstern, der das immer getan hatte.

Für mich gab es keinen Zweifel: »Manuel ist vom Schrank gefallen. Wir haben Manuel beerdigt. Gottlieb lebt!«

Eisiges Kinderschweigen.

Dann Philip, sehr bedächtig und sehr bestimmt: »Gottlieb ist tot. Es steht auf seinem Sarg.«

»Und auf seinem Grabkreuz«, sagt Moni.

»Aber –« sagte ich.

»Gottlieb ist tot«, sagte auch Peter. Und da begriff ich.

Die Kinder hatten ihren großen Schmerz um Gottlieb im Garten zu Grabe getragen. Mit Tannen und viel Schnee zugedeckt. Ihre vergossenen Tränen und Gefühle ließen sich nicht rückgängig machen. Sollten sich auch nicht noch einmal wiederholen. Denn wenn Gottlieb wirklich Gottlieb war und nicht Manuel, dann stand ihnen der Schmerz um seinen Tod eines Tages noch mal bevor, und davor fürchteten sie sich, verstehen Sie?

Gottlieb persönlich ist es piepegal, daß er als Manuel weiterleben muß – wo er doch sowieso ein Mädchen ist.

Karl Ridderbusch

Karl Ridderbusch, 1932 in Recklinghausen geboren, lebt mit 90 Fischen, einem Rottweiler und einer Schäferhündin in Duisburg. In der Folkwangschule in Essen wurde er 1957 als Opern- und Konzertsänger ausgebildet. Seine Laufbahn führte ihn zunächst an die Städtischen Bühnen Münster und Essen. Seit 1965 ist er Mitglied der Deutschen Oper am Rhein, Düsseldorf-Duisburg, seit 1966 Mitglied der Wiener Staatsoper, von 1966 bis 1977 durfte man Karl Ridderbusch bei den Bayreuther Festspielen und den Osterfestspielen in Salzburg als Bassist bewundern. Karl Ridderbusch ist ein Pferde- und Hundefreund. Ein von ihm geprägter Satz lautet: »Ein Leben ohne Hund ist ein Hundeleben!«

Karl Ridderbusch

Rex bei den Bayreuther Festspielen

Es war 1973 – ich habe damals gerade mein neues Haus bezogen und hatte, wie viele Leute, natürlich Angst vor Einbrechern. Aus diesem Grunde wollte ich natürlich sofort einen Hund haben.

Ich fuhr also ins Sauerland und schaute mir einen zweijährigen Schäferhund an. Er gefiel mir auf Anhieb und wurde mir auf dem Hof des Züchters vorgeführt. Draußen vor dem Tor ging zufällig eine Frau mit einem kleinen Dackel vorbei, und Rex – so hieß der Schäferhund bzw. der Hund, der mein Eigentum werden sollte – sah diesen Dackel, spielte sogleich verrückt und hatte nichts anderes im Sinn als raus aus dem Tor, um den Dackel zu packen. Da Rex an der Leine war, ging das nicht. Vier Minuten später ließ der Besitzer den Schäferhund los – und weg war er, einfach über's Tor gesprungen. Wir kamen gar nicht so schnell nach, wir hörten nur noch Sekunden später einen Schrei und sahen dann folgendes: Rex stand vor der Dame. Sie hatte ihren Dackel an der Leine und drehte ihn über ihrem Kopf. Dabei schrie sie unentwegt: »Hilfe, Hilfe!«

Der Dackel machte also einen Rundflug, und nach 4–5 Umdrehungen schlüpfte der Kopf aus dem Halsband heraus, und der Dackel sauste durch die Luft ins nächste Gebüsch und ward nicht mehr gesehen. Rex natürlich hinterher. Aber er hat ihn nicht gefunden. Und wir haben auch nicht mehr erfahren, was aus diesem Dackel geworden ist – er war spurlos verschwunden. Das war also meine erste Begegnung mit Rex.

Wir sind dann gute Freunde geworden und Rex begleitete mich auf all meinen Reisen. Natürlich auch zu den Bayreuther Festspielen, zu den Osterfestspielen nach Salzburg und sogar zu Vorstellungen an die Staatsoper nach Wien. Wie der verehrte Leser sicherlich weiß, ist das Betreten des Theaters für Vierbeiner grundsätzlich verboten. Das gilt natürlich auch für das Festspielhaus in Bayreuth. Aber was sollte ich machen – ich hatte meinen Hund dabei. Ich konnte ihn doch nicht so lange alleine lassen. Andererseits konnte ich ihn auch nicht von nachmittags vier bis abends viertel nach zehn vor dem Bühneneingang ablegen. Das hätte sicherlich der Hund nicht mitgemacht – obwohl er gut ausgebildet war.

Ich bestach also den Pförtner des Festspielhauses mit einer Schallplatte. Mein Rex durfte sich nun unter dem Tisch in der Pförtnerloge verstecken. Sie können sich denken, daß ich mit gemischten Gefühlen in meine Garderobe ging, um mich einzustimmen, zu schminken und mich für die Vorstellung umzuziehen. Ich kannte meinen Hund.

Der Pförtner berichtete mir später folgendes:

Rex war brav, bis ein harmloser Telefonanruf das Unheil auslöste und damit dem Bayreuther Publikum – für das Pferde auf der dortigen Bühne ja nichts neues sind – beinahe eine Tristan-Aufführung, in der ein deutscher Schäferhund auftritt, dargeboten hätte. Das wäre die Uraufführung überhaupt in Bayreuth gewesen!

Ein Fan, der von der Auswirkung seines Anrufes nicht die blasseste Ahnung haben konnte, wollte nämlich wissen, ob ich schon auf der Bühne stünde oder ob es möglich wäre, mich kurz telefonisch zu sprechen.

Hätte der Unglückliche gewußt, was er auslöste, hätte er mir sicher diesen Anruf erspart.

Der pflichtbewußte Pförtner gab natürlich die Auskunft: »Ridderbusch steht auf der Bühne.«

Aber das genügte dem Anrufer leider nicht, er ließ nicht

locker. Und um diesen dann endlich zu überzeugen, drehte der Pförtner den Lautsprecher auf – und damit nahm das Unheil seinen Lauf. Rex hörte die Stimme seines Herrn!

Ich stand nämlich auf der Bühne und sang gerade Markes Klage. Mich hören und der Gedanke »ich muß ihn finden« war für Rex eins.

Ein Satz zur Tür, ein Sprung auf die Türklinke – und Rex befand sich bereits im Flur, der zur Bühne führt; nur noch durch eine Tür war er von seinem Herrn getrennt.

Die Spur zu mir konnte verfolgt werden.

Rex drehte sich drei-, viermal im Kreise, schnuppernd, die Nase immer auf dem Fußboden, die Ohren gespitzt. Gespannt wie ein Flitzebogen ahnte er wohl, ich sei sicher nur zu erreichen, wenn er diese Tür auch noch öffnen konnte. Die letzte, die zu mir führte.

In diesem Augenblick kam ein Bühnenarbeiter Rex zu Hilfe. Der Mann, der wohl eben von der Kantine kam und auf die Bühne wollte, öffnete die Tür – und Rex war drin!

Es waren jetzt nur noch ein paar Sätze nötig, um mich zu erreichen, aber ein mutiger Feuerwehrmann warf sich dazwischen und rettete somit Tristan und Isolde. Damit bewahrte er das Theater und alle Beteiligten vor einem Skandal, vor einer schlechten Presse und vor dem ersten Auftritt eines deutschen Schäferhundes auf der Bayreuther Festspielbühne.

Als ich ihn in der Pause besuchte, lag er brav auf seinem Platz und schaute mich treuherzig an, als ob überhaupt nichts gewesen wäre. Neben ihm allerdings ein zertrümmertes Telefon und ein bleicher und verstörter Pförtner. Denn das Telefon, das alles ausgelöst hatte, wurde am Schluß noch das Opfer seiner Rache.

Nachdem man ihn mit viel Mühe und Not in die Pförtnerloge zurückgebracht hatte, nahm er sich das Telefon vor und demolierte es völlig. Das war sein letztes Wort zu dieser Angelegenheit.

Ich könnte noch so manche Geschichte über Rex erzählen. Wir haben viel gemeinsam erlebt und haben gemeinsam die ganze Welt bereist. Rex hatte eine Sonderbox bei der Lufthansa – er war immer dabei. Etliche Freunde nannten ihn sogar 4711, weil er immer dabei war. Unsere gemeinsame Welt war das Theater, und Rex hat das Theater geliebt. Er war ein musisch begabter Hund. Und er war ein guter Kumpel, man konnte mit ihm wirklich alles machen, ja, man konnte mit ihm Pferde stehlen. So auch in Wien, an der Staatsoper zum Beispiel. Er war der einzige Hund der Welt, der eine Sondergenehmigung hatte, das Haus betreten zu dürfen.

Eines Tages, ich erinnere mich sehr gut, gaben wir Don Giovanni. Ich war gerade auf der Bühne und sang die Friedhofsszene, komme zurück, um mir die Ritterrüstung anzuziehen, wer kommt mir da entgegen? – Da steht doch mein Rex in voller Montur im Gang. In meiner Garderobe hatten sie ihm die komplette Rüstung angezogen – der Hund hat sich das gefallen lassen.

Wir haben viel erlebt – es waren tolle Stunden, die wir gemeinsam verbracht haben. Rex war trotz seiner Gutmütigkeit ein scharfer Hund, er war gut ausgebildet und wußte im richtigen Moment zuzupacken. Ich habe ihn leider einige Jahre später einschläfern lassen müssen, da er Knochenkrebs hatte. Heute habe ich natürlich wieder Hunde, auch hier könnte ich manche Geschichte erzählen, aber das würde zu weit führen, das würde ja Bücher füllen. Darum belassen wir es dabei – bei dieser einen Geschichte von meinem geliebten Rex.

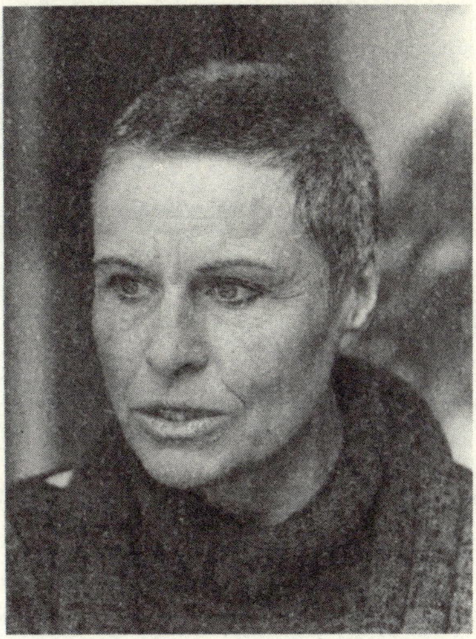

Barbara Rütting

Barbara Rüttings Filmkarriere begann 1952. Ein Jahr später erhielt sie den Bundesfilmpreis. Neben 45 Filmen (die bekanntesten sind »Die letzte Brücke«, »Canaris«, »Die Geierwally«) spielte sie so gut wie alle großen Frauenrollen der Bühnenliteratur wie Maria Stuart, Lady Macbeth, Mutter Courage etc. Sie schrieb einen Roman »Diese maßlose Zärtlichkeit«. Es folgten zwei Kochbücher mit Schlemmereien aus der Vollwertküche und das Kinderbuch »Ach du grüner Kater«. Barbara Rütting lebt mit vielen Tieren auf einem Bauernhof und ist überzeugte Vegetarierin nach dem Satz von Tolstoi: Solange es Schlachthöfe gibt, wird es Schlachtfelder geben.
Aus Protest gegen Tierversuche auch für Haarfärbemittel ließ sie sich die (bislang gefärbten) Haare abscheren. Sie ist mit Haut und (inzwischen wieder gewachsenem grauem) Haar engagiert in Fragen gesunder Ernährung, im Umwelt- und Tierschutz sowie in der Friedensbewegung.

Barbara Rütting

Wie eine zur Tierversuchsgegnerin wurde

Tierschutz ist Menschenschutz!

Schauplatz: eine gemütliche Runde – im Jahr 1979 oder so – in einem Gasthof im Salzburgischen Land. Beim Gläschen Wein erzählt mir mein Tischnachbar sinngemäß: Wer nach einem Atomkrieg überlebe, sei durchaus nicht unbedingt verloren. Das hätten Atombombenversuche an Schafen auf einem Atoll gezeigt. Man könne z. B. immer noch, wenn alles Wasser verseucht sei, die Zentralheizung anzapfen und dieses Wasser trinken.

Mein Gesprächspartner entpuppt sich als einer der in Deutschland führenden Tierexperimentatoren, eine der Choryphäen der experimentellen Chirurgie. Später erfahre ich, daß er über Jahre Herzen von einer Tierart in die andere verpflanzt und aufgezeichnet hat, wie lange diese Tiere jeweils überlebten – »wichtige Vorstudien« zur Verpflanzung z. B. des Pavianherzens in den Körper von Baby Fae.

Etwa ein Jahr danach. Eine Schauspielerin gibt mir Informationsmaterial mit Fotos von gräßlich zugerichteten Versuchstieren. Ich fühle mich außerstande, »das alles anzusehen«, vergrabe das Informationsmaterial in der hintersten Schublade – ohne je zu vergessen, daß es da ist. Dann der endgültige Anstoß, der mir hilft, meine Feigheit zu überwinden: ein Bericht in der TAZ von einem Tierpfleger des Schering-Konzerns über die dort praktizierten Tierversuche. Noch am selben Tag rufe ich bei der TAZ an, erkundige mich, wo es Organisationen gegen Tierversuche gibt, fahre zum erstbesten Treffen der erstbesten Gruppe, nämlich am 17. Mai 1981 zum Berliner Arbeitskreis gegen Tierversuche in Berlin – und von nun an ist das Leben nie wieder wie vorher, wird es nie wieder sein. Wer sich jemals mit den entsetzlichen Qualen der Versuchstiere auseinandergesetzt hat, wird ein anderer Mensch und kommt zu der Erkenntnis: Tierversuche müssen verboten werden – und zwar aus ethischen wie aus rationalen Gründen.

Es folgen Fahrten zu allen Demonstrationen gegen Tierversuche, von denen ich höre, in Frankfurt, Lübeck, Stuttgart, München etc., die Ankettungsaktion am Tor des Parkhauses vom Schering-Konzern mit Mitgliedern der autonomen Tierschützer, Diskussionen im Fernsehen, im Rundfunk und wieder und wieder Informationsstände in Fußgängerzonen. Mein Beruf – die Schauspielerei – wird immer fragwürdiger vor dem Hintergrund dieses Wahnsinns Tierversuche, die, wie ich erkennen muß, dem Menschenversuch vorangehen bzw. mit ihm parallel laufen. Schlimm ist die Belastung der persönlichen Beziehungen, zu Partnern, Freunden – das geht allen gleich, die zu Tierversuchsgegnern werden. Die ohnmächtige Verzweiflung, für viele mit Selbstmordgedanken verbunden, ist nur zu lindern durch Tätig-werden – und so sind überall Initiativen Gleichgesinnter entstanden. Da ich in Österreich wohne, starteten wir auch in Salzburg eine Initiative – zunächst zu zweit – in 3 Jahren zählten wir allein in Salzburg 1000 Mitglieder. Ähnliche Initiativen gibt es heute in allen größeren österreichischen Städten.

Nebenbei habe ich mich intensiv mit dem Zusammenhang zwischen Krankheit und Ernährung beschäftigt. Meine Mutter ist, wie ich heute weiß, nicht an ihrem Rheuma so qualvoll gestorben, sondern an den ihr gegen dieses Rheuma verordneten Medikamenten – alle an Tieren getestet, und dennoch inzwischen wegen ihrer für den Menschen schädlichen Nebenwirkungen vom Markt genommen. Mein eigenes Rheuma konnte ich durch Umstellung auf Vollwerternährung heilen. Durch das Leben auf dem Lande wurde ich darüber hinaus immer stärker mit Umweltproblemen konfrontiert und erkannte die Zusammenhänge zwischen Umweltschutz, Ernährung, Medikamentenmißbrauch, Rüstung und Tierversuchen – denn auch jede für das Töten von Menschen entwickelte Waffe wird zunächst am Tier getestet. Was immer den Tieren geschieht, geschieht bald auch den Menschen, lautet ein Indianerspruch. Ich bin heute fest überzeugt, daß Tierversuche der Menschheit mehr geschadet als genutzt haben – sie führten die gesamte medizinische Entwicklung in eine falsche, nicht menschenbezogene Richtung. Immer mehr verantwortungsbewußte Ärzte bestätigen diese These. Die geplante unsägliche Tierschutznovelle unseres Landwirtschaftsministeriums würde das Quälen von Tieren bis in alle Ewigkeit legalisieren, sie muß verhindert werden. Vor einiger Zeit erhielt ich den Brief eines Eisenbahners. Er schilderte seine Verzweiflung beim Aus- und Umladen der für Versuchslabors bestimmten Tiere – Tiere, die unterwegs gestorben sind oder zerquetscht, sich gegenseitig aufgefressen haben –, und er schrieb mir: Ich flehe Sie an, machen Sie den Mund auf, Sie sind prominent, da hört wenigstens einer hin – wenn ich meinen Mund aufmache, verliere ich nur meinen Job.

Wir müssen das totale Verbot der Tierversuche fordern, aus rationalen wie aus ethischen Gründen. Und wir müssen unsere Politiker so lange unter Druck setzen und mit Wahlboykott drohen, bis sie dieser Forderung entsprechen. Die Verantwortung, die wir für unsere Mitmenschen, für unsere Umwelt empfinden, darf nicht vor dem Tier haltmachen. Ethik ist unteilbar. Meine sogenannte Prominenz benutze ich bewußt, um immer mehr Menschen die Augen zu öffnen.

»Wenn einer träumt, bleibt es ein Traum. Wenn viele träumen, fängt der Traum an, Wirklichkeit zu werden.«

(Im Autoradio gehört)

Carl-Heinz Schroth

Carl-Heinz Schroth, 1902 in Innsbruck geboren, studierte zunächst Rechtswissenschaft und Theaterwissenschaft, wurde dann Schauspieler und Regisseur. Seit 1924 Bühnentätigkeit und zahlreiche Filme (z. B. »Der Kongreß tanzt«, »Gauner im Frack«). Ganz besonders beliebt wurde er durch seine Rolle in »Jakob und Adele«, von denen die Zuschauer nicht genug bekommen können. Carl-Heinz Schroth widmet sich in seiner Freizeit nicht nur dem Malen (er ist ein großartiger Maler und Zeichner), sondern beschäftigt sich genauso gerne mit seinen Hunden. Aus seinem autobiographischen Buch »Keine Angst vor schlechten Zeiten . . .« wurde der nachfolgende Text entnommen.

Carl-Heinz Schroth

Lupetto

Ich möchte von Lupetto erzählen. Er war der Vorgänger von Bello. Wir haben ihn geschenkt bekommen. Lupetto war ein Hund, ein ganz gewöhnlicher Hund, ohne Stammbaum und so, er war natürlich eine Kreuzung. Die Mutter ein Labrador, der Vater unbekannt, vielleicht ein Wolf, denn so wie Lupetto (Lupo = der Wolf) aussah, bin ich nicht sicher, ob nicht eines Nachts ein Wolf aus dem Wald gekommen war und mit der Mutter eine folgenschwere Unterhaltung hatte, denn die Arme war Tag und Nacht an der Kette und unbeaufsichtigt.

Unter fünf kleinen Welpen, die natürlich alle zum Tode verurteilt waren, hatten wir uns den schwächsten herausgesucht, um wenigstens ein Hundeleben zu retten. Er hat es uns gedankt, indem er der stärkste Hund vom Ortasee wurde, der gefürchtetste und der liebste, und indem er uns fünf Jahre seine Liebe geschenkt hat und sehr viel Freude. Daß er so früh sterben mußte, gehört zu den Dingen, die ich nicht begreifen kann, und wer jetzt sagt »Na, na! Was soll das? Es handelt sich doch nur um einen Hund«, der möge jetzt bitte aufhören zu lesen. Wer nicht fühlt, wie innig das Verhältnis Tier – Mensch sein kann, wer nie erlebt, welche Traurigkeit ein Tier befällt, wenn Herrchen und Frauchen weggehen müssen, ohne ihn, und welche Freude das Wiedersehen bringt, der ist arm.

Um es gleich vorwegzunehmen: Lupetto wuchs uns so ans Herz, daß wir seinen gewaltsamen und unerwarteten Tod nur sehr schwer verwunden haben. Wir hatten ein Kind verloren. Wer darüber lächeln will, der möge es tun. Er war mittelgroß, ganz schwarz mit einem kleinen weißen Fleck auf der Brust, hatte große Schlappohren, die beim Laufen immer ein klatschendes Geräusch machten. Er konnte nie überraschend irgendwo auftauchen. Wenn es »klatsch-klatsch« machte, wußte man: »Lupetto kommt.« Er war unser Kind und unser Freund und kam natürlich überall mit. Wir gehörten zusammen, ohne ihn konnte man sich uns gar nicht vorstellen.

Das ging so weit, daß andere, ganz vernünftige Leute, von uns angesteckt wurden. So hatte er die Erlaubnis vom Intendanten eines großen Theaters, die Proben eines Stückes vom Anfang bis zu Ende mitzumachen. Und das kam so: Eines Tages bekam ich einen Anruf von Boy Gobert, dem Intendanten des Hamburger Thaliatheaters, er bot mir die Rolle des »Spiter« in »Niemandsland« von Harold Pinter an. Das war ein sehr reizvolles Angebot, sowohl wegen Pinter als auch wegen Gobert.

Da ich als im Ausland Ansässiger mich nur eine beschränkte Zeit in Deutschland aufhalten durfte und dieses Kontingent aufgebraucht gewesen wäre, wenn ich alle Proben in Hamburg mitgemacht hätte, kamen wir zu folgendem Kompromiß: Wir beschlossen die ersten vier Wochen in meinem Haus in Italien zu probieren. Ich hatte mir im Haus ein kleines Atelier eingerichtet, da ich zu malen angefangen hatte. Nicht groß, aber groß genug, um mit zwei Personen zu probieren, wenn man guten Willens und bereit ist, sich einzuschränken.

Das Stück ist so gebaut, daß der größte Teil aus diesen zwei Personen besteht. Das waren in unserem Fall der mir lieb gewordene Kollege Richard Münch und ich. Wir machten also in diesen vier Wochen alle Szenen zwischen Münch und mir fertig und bauten dann in den folgenden zwei Wochen in Hamburg die Szenen mit den anderen beiden dazu, das waren Christian Rudolph und Gunnar Möller. Das

Stück hat nur vier Personen. Die Sache wurde nur dadurch etwas kompliziert, daß Münch und Gobert an jedem Sonntag eine Vorstellung in Hamburg hatten, also am Samstag wegfuhren und am Montag wiederkamen. Das klingt ganz einfach, war es aber keineswegs. Der eine, Gobert, kam mit dem Flugzeug, der andere, Münch, ist Nichtflieger und kam mit der Bahn. Da Orta weder einen Flugplatz noch eine Fernbahnverbindung hat, mußte jeder abgeholt werden, und zwar da, wo er ankam. Das war bei Gobert der Flugplatz in Mailand, bei Münch der Bahnhof in Chiasso (Como). Das bedeutete für Barbara, die als Chauffeur, Souffleuse und Köchin im Einsatz war, eineinhalb Stunden zum Flugplatz Mailand Linate und zurück. Das waren schon mal drei Stunden, und auch die nur deshalb so schnell, weil Barbara Mailand wie ein Taxichauffeur kennt. Und dann noch mal dreieinhalb Stunden nach Chiasso und zurück. Das waren mal eben vierhundert Kilometer. Also, auf der faulen Haut lag sie in der Zeit bestimmt nicht.

Ich hatte ein bißchen Angst vor Gobert, dem der Ruf vorausging, außerordentlich penibel zu sein. Man sagte, er hätte ganze Abstechervorstellungen platzen lassen, wenn ihm die Ausmaße der jeweiligen Bühne nicht gepaßt hätten. Da ich dies gehört hatte, war ich mit meinem kleinen Atelier doch recht verunsichert. Vielleicht würde er sagen: »In dem Loch probiere ich nicht.« Nichts von dem trat ein. Gobert war reizend und die Proben mit ihm und Münch ein ganz großes Vergnügen, an das ich gerne zurückdenke.

An diesen Proben nahm die ganze Familie teil: Barbara als Souffleuse, und Lupetto durfte zusehen. Er saß brav neben Barbara, quasi als Regieassistent. Er rührte sich nicht, sondern sah und hörte aufmerksam zu, mit einer Miene, als verstünde er jedes Wort. Er unterschied sich dadurch vorteilhaft von mir, dem mancher Satz von Pinter schleierhaft war und heute noch ist.

Aber es gehört zum schauspielerischen Handwerk, Sätze,

die man nicht versteht, so zu sprechen, als verstünde man sie besonders gut, und als würde man sich irrsinnig viel dabei denken. Der Zuschauer, der den Satz natürlich auch nicht verstanden hat, wird durch die vorgetäuschte Sicherheit des Schauspielers irritiert und führt sein Nichtverstehen auf seine eigene Dämlichkeit zurück. Dabei ist der Satz tatsächlich unverständlich. Ich habe Pinter im Verdacht, daß er das absichtlich macht und sich im geheimen über die Leute amüsiert, die sich krampfhaft bemühen, einen Sinn zu entdecken, wo gar keiner ist.

Nun gibt es eine Szene in diesem Stück, in der einer der beiden, in diesem Fall war es Münch, zusammenbrechen und auf den Boden fallen muß. Ich hatte nicht rechtzeitig daran gedacht, den Hund an diesem Tag aus dem Atelier zu verbannen. Jetzt war es zu spät, denn wir hatten die Szene bereits begonnen, und Münch war schon so eingestiegen, daß ich ihn nicht mehr unterbrechen konnte. Mir war klar, daß sich das Tier auf den zusammenbrechenden Münch stürzen würde. Ich glaube, auch jeder Laie kann sich vorstellen, daß eine Szene, die mit einem solchen Zusammenbruch endet, eine gewisse Entwicklung, einen gewissen Anlauf hat, und als Münch anfing, diesen Anlauf zu spielen, merkte ich schon, wie Lupetto besonders aufmerksam wurde und schließlich zu zittern begann. Münch ließ sich überhaupt nicht stören und spielte weiter, bis er zu Boden stürzte – direkt vor den Hund. Pause! Nichts geschah! Lupetto war wie hypnotisiert, er starrte auf Münch, zitterte am ganzen Körper und ging im Zeitlupentempo aus der sitzenden in eine liegende Stellung über, schließlich lag er vor Münch, die Schnauze fest an den Boden gepreßt, immer noch zitternd und Münch nicht aus den Augen lassend.

Und in den nächsten Tagen, immer wenn wir in die Nähe dieser Szene kamen, fing Lupetto schon drei Seiten vorher an zu zittern. Gobert befreundete sich sehr mit ihm, er meinte, Lupetto sei der einzige, der ihn in der Pinterregie verstünde, und als wir in Hamburg weiterprobierten, durfte er als einziger den Proben im Zuschauerraum beiwohnen. Schon deshalb bin ich Gobert verfallen.

Und nun möchte ich noch die Geschichte mit der Tasche erzählen: Da wir ohne Lupetto nirgends hingingen, war er natürlich auch beim Einkaufen dabei, und Barbara hatte eine alte Einkaufstasche, die er tragen durfte. Diese Tasche war uralt und vergammelt, und man konnte sich wirklich nicht mehr damit sehen lassen. Ich überredete Barbara, beim nächsten Einkauf auf die Tasche zu verzichten. Wir gingen also ohne Tasche, und Lupetto neben uns ließ den Kopf hängen. Plötzlich drehte er um und raste zurück. Das hatte er noch nie gemacht. Wir blieben verdutzt stehen, um zu beraten, was zu tun sei, da kam er wieder, in der Schnauze die Tasche. Barbara hatte sie in der Garage in eine Ecke geschmissen und mit anderem Gerümpel zugedeckt. Er hat sie offenbar hervorgezerrt und war jetzt wieder bester Laune. Am Abend wollte ich die Tasche zum Müll tun, der abgeholt werden sollte, aber sie war nicht aufzufinden. Am nächsten Tag gingen wir zum Boot, Gott sei Dank ohne Tasche, denn sie war ja weg. Wir fuhren zur Anlegestelle an der Piazza. Lupetto, wie immer auf seinem Stammplatz: An der Spitze eines Bootes befindet sich meistens eine dreiecksförmige Bank, und auf dieser pflegte er als Galionsfigur zu stehen. Er war bester Laune, dabei war die Tasche doch gar nicht da. Beim Aussteigen kroch mein Lupetto schnell unter seinen Sitz, kam natürlich mit der Tasche in der Schnauze heraus und haute vorsichtshalber schnell ab, Richtung Piazza. Jetzt war mir auch klar, warum ich gestern die Tasche nicht fand. Er hatte sie vorsorglich am Tag vorher im Boot deponiert. Allmählich entstand ein Machtkampf zwischen ihm und mir wegen der Tasche. Ich hätte natürlich eine Gelegenheit finden können, sie endültig verschwinden zu lassen, aber ich brachte es nicht mehr übers Herz, nachdem ich gemerkt hatte, wie sehr er daran hing. Also habe ich versucht, ihm die Sache zu erklären. Ich zeigte ihm die Tasche und machte ihn auf ihren Zustand aufmerksam, zeigte ihm die abgerissenen Träger, die Löcher, die Flecken und hielt ihm einen, wie ich meine, sehr einleuchtenden Vortrag. Er hörte aufmerksam zu. Am nächsten Tag im Boot folgendes Gespräch: »Lupetto, wir steigen jetzt aus, tu mir den Gefallen und laß die Tasche liegen, Du hast doch jetzt begriffen, daß man damit nicht mehr gehen kann!« Lupetto kam mit und ließ die Tasche tatsächlich liegen. Allerdings konnte er es sich nicht verkneifen, sich dauernd nach dem Boot umzugucken, wo sie lag.

Wir kauften ein wie immer, und da gerade Markt war und die ganze Piazza vollgestellt war mit Ständen, die ihre Waren zum Verkauf anboten, hatten wir Lupetto aus den Augen verloren, bis ich ein Kratzen am Hosenbein spürte. Ich kannte dieses Kratzen und wußte: »Das ist Lupetto.« Er war es auch. Er saß vor mir, und in der Schnauze hatte er eine funkelnagelneue Tasche, so ähnlich wie die alte, mit einem großen Bügel zum Tragen. Er hatte sie von einem der Stände, die Lederwaren anbieten, abgehängt und uns gebracht, weil er wußte, daß wir eine neue brauchten. Es war klar, daß wir die Tasche kauften, aber nicht zum Einkaufen. Zum Einkaufen wurde wieder die alte genommen, an der er so hing.

Er hat sie mit ins Grab bekommen. Vielleicht geht er im Hundehimmel damit spazieren und denkt an uns.

Abschiedsbrief an Lupetto

Mein lieber Lupetto, gestern bist Du in den Armen von Barbara gestorben, und ich habe nicht den Mut gehabt dabei zu sein, ich war im Nebenzimmer und habe geweint wie ein Kind, ich hatte noch eine kleine Hoffnung, daß sie kommen und sagen würde: »Er kommt durch.« Aber sie mußte sagen: »Er ist tot.«

Ich weiß nicht, wie ich es verkraften soll, ich kann es

einfach nicht verstehen, daß Du nicht mehr jeden Morgen kommst, um uns lauter Guten-Morgen-Küßchen zu geben und daß Du nie mehr Dein Brüstchen herreichen wirst, auf daß man es kraule, und dabei hast Du immer ein ganz verzücktes Gesicht gemacht mit ein bißchen verdrehten Augen und hängenden Ohren, und dabei hast Du immer ein bißchen dumm ausgesehen, eben ganz auf Genuß konzentriert, und wenn man endlich aufgehört hat, dann hast Du Dir mit Deiner Pfote die Hand zum Weitermachen geholt. Dann warst Du wieder ein ganz ganz kleiner Hund. Das warst Du sonst gar nicht!

Du warst ein rechter Rabauke, und viele Leute haben Angst vor Dir gehabt. Wenn Du als Generaldirektor im Auto saßt, da durfte aber keiner in die Nähe kommen, und jeden hast Du angeblafft, wenn er sich erlaubt hat, die Straße zu benutzen, die Du gerade im Auto zu durchfahren geruhtest. Auch uns, Deinen Eltern, war es strengstens untersagt, vom Wagen aus irgendwelche Unterhaltungen zu pflegen. Das war manchmal recht lästig, und wir haben geflucht über diesen gräßlichen Hund. Aber dann warst Du wieder unser Lumpenhund, und alles war vergessen.

Du warst eben eine ganz große Persönlichkeit und unser großes Glück. Ich hätte mich nicht einen Augenblick gewundert, wenn es plötzlich einen Knall gegeben hätte und der verwunschene Prinz hätte dagestanden und gesagt: »Ihr habt mich erlöst, ich bin gar kein Hund, ich bin ein verzauberter Prinz.« Aber Lupetto war mir so lieber gewesen.

Erzogen warst Du gar nicht, und wenn die Leute sagen, daß Du das unerzogenste Schrothkind von allen wärst, dann haben die Leute recht. Erzogen warst Du nicht, aber geliebt warst Du und klug warst Du. Du saßest bei Tisch, hast jedes Wort verstanden, und wenn beiläufig die Rede auf Dich kam und einer von uns sagte: »Morgen müssen wir aber ohne die Hunde ins Dorf gehen«, drehtest Du Dich um und gingst beleidigt unters Bett. Und wenn wir dann wirklich ohne Dich wegfuhren, standest Du da, als wolltest Du sagen: »Das könnt Ihr mir nicht antun, seht Ihr nicht, wie traurig ich bin?« Vielleicht hast Du dabei auch ein bißchen Theater gespielt, aber Du hast es gut gespielt, und die Freude, wenn wir wiederkamen, war nicht gespielt. Und wie gerne hast Du Stöckchen gespielt, besonders im Wasser, und was warst Du für ein Schwimmer und Springer!

Und das alles soll nicht mehr sein? Wie sollen wir diese Orte alle wieder aufsuchen? Ohne Dich. Unsere Familie, Du und Flicka und Barbara und Mutti und ich, wir waren das, was man eine glückliche Familie nennt, warum mußtest Du uns verlassen. Böse gemeine Menschen haben Dir Gift gegeben, und selbst in Deinen Schmerzen hast Du Haltung bewahrt und dagelegen mit Augen, die ratlos waren und zu sagen schienen: »Was ist denn bloß mit mir los?« Und im Tod hast Du ausgesehen, als würdest Du schlafen, und ich schäme mich meiner Tränen nicht und Barbara und Mutti auch nicht, und wer das nicht begreift, der möge es lassen. Wer nicht ein Tier einmal sehr lieb gehabt hat, der ist ein armer Mensch. Du hast uns reich gemacht, und wir werden Dich nie, nie, nie vergessen.

Wir haben Dich in Deinem Körbchen mit Deiner Decke begraben, und auch den Ball, mit dem Du so gerne gespielt hast, haben wir Dir mitgegeben, und Dein Grab ist neben der Terrasse, so daß wir jeden Tag bei Dir vorbeigehen und Dich grüßen, mein geliebter kleiner Lumpenhund.

Petra Schürmann

Petra Schürmann studierte zunächst Philosophie, Kunstgeschichte und Anglistik, nahm dann Schauspiel- und Ballettunterricht und arbeitet als Moderatorin beim Bayerischen Fernsehen und ZDF. Wir konnten ihre vielschichtige Arbeit als Schauspielerin, Fernsehmoderatorin und Journalistin bewundern. Veröffentlicht wurden z. B. »Die Frau im Rückspiegel«, »Das Abenteuer, erwachsen zu werden«. 1978 erhielt sie den Preis des HUK-Verbandes für ihre Mitarbeit am Buch »Frau im Rückspiegel.«
Zur Zeit können wir sie in mehreren Folgen im ZDF als Moderatorin der Sendung »Das Verkehrsgericht tagt« erleben. Sie ist eine große Tierliebhaberin, vor allem aber liebt sie ihren Schäferhund Troll. Im nachfolgenden Text lernen Sie ihn kennen.

Petra Schürmann

Mein Troll ist toll

Nie würde ich mir anmaßen zu behaupten, etwas von Hunden zu verstehen – außer von Schäferhunden vielleicht. Auch ein Völkerkundler wäre unglaubwürdig, wenn er behauptete, daß ihm Eskimos genauso vertraut seien wie Afrikaner oder Asiaten. – Unterschiedliche Verhaltensweisen bei Menschenrassen sind Weltreisenden bekannt. Das ist ja der tiefere Sinn des Reisens, diese Unterschiede zu erleben und darüber nachzudenken – warum sollte es bei Tieren anders sein? Sie bevölkern wie wir unser Raumschiff Erde, und wir sind alle aufeinander angewiesen, ob wir es wahrhaben wollen oder nicht. Die beste Lösung des Zusammenlebens auf engem Raum ist immer noch die Freundschaft – *Die Freundschaft auch mit Tieren –*. Kurzum: Mein toller Troll ist ein vierjähriger Schäferhundrüde – wir lernten uns kennen, als er drei Monate alt war. Man bezeichnete ihn als reinrassig, und ich danke täglich meinem Tierarzt, daß er mir riet, diesen und keinen anderen Züchter aufzusuchen, um den so erfreulichen »Familienzuwachs« zu planen.

Extreme Inzucht, erklärte er mir, kann zu Degenerationserscheinungen führen. Ist es bei Menschen anders? So manche Dynastie hat Ärger und Untergang erlebt, weil standesgemäße »Kopulation« zur Verblödung führte. Überzüchtung ist für Tiere schlecht. Genetiker wissen das – Tierliebhaber sollten es lernen!

Nach so viel geistiger Vorarbeit wurde also Troll ein ernstzunehmendes Familienmitglied mit allen Rechten und Pflichten: Er wurde unser Freund – unser Hausgenosse –

unser unentbehrlicher Leibwächter. Wenn er meine Tochter in die Schule begleitet, fühlt sie sich sicher und ich mich beruhigt.

Wenn unangemeldete Besucher kommen, schnuppert und meldet er pflichtgemäß, um dann mir die Entscheidung zu überlassen. Er ist nicht bissig, aber er hat mein gesundes Mißtrauen übernommen. Dafür reden wir ja miteinander! Das ist wichtig! Apropos Reden: Hunde haben ein hervorragendes Gehör und sie lernen sogar spezifische Wörter und Sätze. Mein Troll kann etwa 20 haargenau unterscheiden. Das kann man leicht nachprüfen. Wenn eines dieser 20 Wörter in einem Gespräch fällt, das nicht direkt an ihn gerichtet ist, reagiert er fast im Schlaf. Z. B. »Aufpassen« – »Weggehen« – »Gib a Ruah« oder »Ich komme bald wieder«. Mit Tieren muß man im Dialog bleiben – grad' so wie mit Menschen.

Als Fernsehjournalistin ist es für mich ein unerklärliches Phänomen, daß mein Troll die zwei Möglichkeiten »Live« und »Aufzeichnung« eindeutig unterscheiden kann.

Weibliche Neugierde verführte mich zu folgendem Versuch: Ich sprach in bester Tonbandqualität einige Befehle, Schmeicheleien, Lob und Tadel auf Band. Dann ließ ich es in Stereoqualität vor dem alleingelassenen Hund ablaufen. Er schnupperte am Lautsprecher. Resultat: Er schaute kaum hin, legte sich auf seinen Platz – und nach dem Gesichtsausdruck zu schließen, dachte er möglicherweise an Götz von Berlichingen und sein klassisches Zitat!

Und der Gegenversuch: Am Gartentor hängt die übliche Sprechanlage, zweckmäßig, aber in verzerrter schlechter Tonqualität. Der Hund bellt, weil jemand läutet. Mit seinem angeborenen Revierdenken verteidigt er sein Reich. Ich nehme dann den Hörer ab und bitte ihn, den Besucher passieren zu lassen. Und siehe da: Schwanzelnd begrüßt er den Gast, oder kommt – stolz darauf, wieder einmal seinen Verteidigungspflichten genügt zu haben – im Galopp zur

Haustür, um »Meldung zu machen«. Die Livesendung siegt vor der perfekten Aufzeichnung – grad' wie im richtigen Leben.

Ich bin froh, in diesem Buch Gelegenheit zu haben, einem unguten Trend bei der Verteufelung des Schäferhundes einiges entgegenzusetzen: Erschien doch vor nicht allzu langer Zeit im sonst so objektiven »Stern« ein von Sachkunde ungetrübter Bericht unter dem reißerischen Titel »Das deutsche Mistviech« – gemeint war der Schäferhund. Wie immer bei schlechtem Journalismus: Die Geschichten von verletzten oder gar getöteten Menschen stimmten – die Hintergründe und Zusammenhänge fehlten!

Das hätte ja eben auch Mühe und Sachkenntnis erfordert – aber Time is Money –, die »Tagebücher« des deutschen Schäferhundes sind ebenso ge- und verfälscht wie die des Herrn A. H. Was soll diese Panikmache!

Bleiben wir beim Thema: Ein Hund ist ebenso wie ein Mensch böse zu machen – und damit gefährlich. Vor allem der dressierte Hund ist – wie der dressierte Mensch – mitunter aggressiv und somit unberechenbar. Das trifft beileibe nicht nur für den Schäferhund zu. Ich kenne die Fälle von Doggen, Dobermännern, Boxern – sogar von den filmbekannten Bernhardinern oder Lassies. Hunderassismus sollte es auch nicht geben. Wie es in den Hund hinein ruft, so schallt es heraus! Wer so wenig von Tieren versteht, daß er sie lediglich kauft, versteuert und füttert, der sollte sich lieber einen Teddybären kaufen, aber kein lebendiges Wesen, das von Haus aus gut und niemals gefährlich ist.

Streicheln kann jeder – füttern können viele –, verstehen nur wenige. Ein Hund ist kein Gebrauchsgegenstand, den man – sei es als Schutz oder als Statussymbol – so einfach um sich herum wedeln läßt.

Wir brauchen ihn speziell dressiert bei der Polizei. Er stellt Diebe und Haschischhändler. Kurzum: Er ist ein unersetzlicher Helfer.

Jedoch jeder Hundeführer ist von Anfang an bei seinem Tier und darum mit ihm auch so vertraut wie jeder andere Tierliebhaber. Ich habe noch keinen Polizeibeamten mit Schäferhund getroffen, der nicht bei Dressur und Schulung anwesend war. Da ist eine innige Beziehung – man kann schon sagen Liebe – vorhanden. Ein so ausgebildetes Tier ist keine seelenlose Waffe gegen das Verbrechen, es ist der vertraute Mitarbeiter – und wie wir alle wissen mit großem Erfolg!

Ein dressierter Hund ist kein sprechender Papagei oder ein Floh im Flohzirkus, den man dressiert zu erhöhten Preisen weiterverschachert.

Gefährlich kann es werden, wenn man sein Tier fremddressieren läßt. Dann kann es aggressiv reagieren, weil es nicht mehr unterscheiden kann zwischen Gelerntem und Zweckmäßigem. Das ist nicht die Schuld des Hundes, sondern seines unwissenden Herrn! So gesehen kann auch ein Schäferhund zur unberechenbaren Waffe werden.

Zurück zu Troll. Die »Rudel-Instinkte« seiner Urahnen, der Wölfe, sind unverkennbar. So wie der Schäferhund die Herde zusammenhält, treibt er's mit der Familie. Wehe, wenn wir auf einem Spaziergang zu weit auseinandergeraten. Dann umkreist er die »Herde«, und wenn wir 5 km wandern, bedeuten das für ihn mindestens 15 km. Schließlich muß er nach dem Rechten sehen, damit ja kein »Schaf« verloren geht.

Zu Hause ist es nicht anders. Am liebsten hat er, wenn alle in einem Raum beieinander hocken, da schläft er beruhigt ein, schnarcht ein wenig und strampelt im Traum bei einer wilden Verfolgungsjagd.

Das Nonplusultra ist die gemeinsame Fahrt im Auto: Dieser Käfig kommt ihm grad' recht. Und vor allem der Körperkontakt ist so wichtig für ihn, da kommt ihm keiner aus, das ist ihm wichtiger als alle Bequemlichkeit. An warmen Tagen steckt er seine Schnauze durch einen Fensterschlitz. Wenn wir in einem Autostau neben einem anderen Wagen zum Stehen kommen, gibt er schon mal knurrend seine Meinung über die freundlich schauenden Nachbarn ab. Meist wedelt er verlegen mit dem Schwanz, als sei er ein tröstender Stauberater.

Körperkontakt ist überhaupt das wichtigste. Am Schreibtisch, z. B. jetzt, während ich schreibe, muß er auf meinen Füßen liegen. Nach spätestens einer Stunde ist Streicheln der Lohn für seine Geduld. Gar nicht mag er, wenn ich telefoniere, d. h. spreche, ohne daß er gemeint ist. Nach spätestens drei Minuten paßt ihm mein wortreiches »Fremdgehen« nicht mehr, mit sanfter Gewalt packt er meinen Unterarm, stört fürchterlich und zwingt mich so zum Tempo. »Fasse dich kurz«, heißt das, »ich bin schließlich auch noch da.« Ich habe noch nicht berechnet, wieviel Telefoneinheiten er mir schon erspart hat. Ich müßte den Betrag auf sein Knochen-Konto überweisen.

Berührt werden, schmusen, das ist alles für ihn. Zwischen Parterre und erstem Stock habe ich eine etwa ein Meter breite Treppe. Durch diese hohle Gasse müssen wir alle. Logischerweise legt er sich da quer, und nur wer den Zoll in europäischen Streicheleinheiten zahlt, darf passieren. Diese Kontaktgier geht so weit, daß er sogar nachts lieber auf der unbequemen Treppe schläft als auf seinem sonstigen, viel gemütlicheren Stammplatz mit allem Komfort. Ich gestehe, mich rührt dieses Liebesopfer jedesmal.

Ob nun Baden, Bürsten oder Zecken-Entfernen – alles läßt er wedelnd über sich ergehen, wenn's mit Kontakt verbunden ist.

Ich kenne viele Hundebesitzer, deren Viecherl bei Gewitter oder Feuerwerk oder gar einem Düsenknall den Schwanz einziehen und sich zitternd in den dunkelsten Winkel verziehen. Ganz anders mein Troll: Der schaut frech in den Himmel, und amüsiert mag er denken: Die Menschen haben ja alle einen Knall, warum nicht auch einmal einen lauten! So unrecht hat er da nicht, und seine guten Nerven übertragen sich auf die ganze Familie – er ist eben kein überzüchtetes Sensibelchen; dennoch hat er viel Herz und Anlehnungsbedürfnis.

Tägliche Besucher, wie z. B. den Briefträger, liebt er ganz besonders, die wissen das und reden besonders vertraut mit ihm.

Wenn man da von aggressiven Hunden hört, liegt das nicht am Hund, sondern an falscher Behandlung durch seinen Herrn. Troll liebt überhaupt Uniformen, und ich vermute, ein Kindheitserlebnis hat das bewirkt: Als er etwa sechs Monate alt war, wutschte er aus seinem Halsband, um in Ruhe seine erste Ortsbesichtigung zu unternehmen. Ein tierlieber Polizist erkannte schnell Jugend und Verkehrsunsicherheit und nahm ihn mit aufs Revier. Die Beamten waren offensichtlich begeistert vom Charme ihres »Häftlings«. Jeder spendete ein Zehnerl für warmen Leberkäs, und weil er den bei mir sonst nie bekommt, inhalierte er förmlich die ungewohnte Delikatesse. Zurück blieb, als ich ihn wohlbehalten abholte, das Engramm in seinem kindlichen Hirn »Männern in Uniform kannst du trauen, die füttern dich sogar mit ansonsten verbotenen Früchten, die bekanntlich am besten schmecken«. Kindheitserlebnisse prägen eben nicht nur Menschen!

Ein echtes Problem im Umgang mit Hunden ist die Strafe. Wie kann der Mensch dem Tier klarmachen, daß sein temperamentvolles Wesen auch Grenzen haben muß. Sei es die läufige Hündin in der Nachbarschaft, sei es der berechtigte Freiheitsdrang und die Neugierde, die natürlicherweise auch das domestizierte Tier übermannt, womit es sich aber leicht selbst in Gefahr bringt.

Mein Rezept ist: Ich strafe ihn mit Verachtung. Strafmaß: so sechs bis zwölf Stunden absolutes Desinteresse, kein liebes Wort, kein Streicheln. Das zieht! Nach »verbüßter Strafe« ist die Versöhnung ungestüm, aber die Methode funktioniert. Die Abstände zur nächsten »Sünde« werden größer.

Wer mangels Tierliebe und eigenem Durchsetzungsvermögen einen Hund schlägt oder ihn gar gehorsam prügelt, sollte seine Freunde in der Schlägerszene suchen – Tiere aber in Ruhe lassen!

So leid es mir tut: Ich kann meinen Journalistenschnabel leider nicht halten, wenn es um manche Perversitäten im Bereich der Pseudo-Tierliebe geht. Ich erschrecke, wenn ich in meinem Umfeld erlebe, daß Hunde am Eßtisch mit Fleisch- oder Knochenresten gefüttert werden. Gänsehaut bekomme ich, wenn unsere Mitgeschöpfe in maßgeschneiderte Jäckchen gezwängt werden, auf daß sie die Unbill des Wetters besser überstehen.

Goldene Halsbänder – Futterschalen aus Meißner Porzellan – Friseuraufenthalte mit Fön und Lockenwicklern – eine Hundehütte in hündischem Neubarock – vielleicht noch eine Stereoanlage hinterhöfischer Hundebellerei –, das alles ist pervers, daß Tierfreunde aufgerufen sind, diesem Fetischismus dadurch ein Ende zu setzen, daß sie diese Auswüchse der Lächerlichkeit preisgeben. Was ich hiermit tue!

Affenliebe zu Hunden ist nicht mein Fall. Wohl aber tiefe Zuneigung zur beiderseitigen Freude am Dasein. Richtig froh bin ich, daß ich das alles aufschreiben konnte – mein Troll ist nämlich wirklich toll!

Fred C. Siebeck

Fred C. Siebeck, geboren 1925, ist tätig als Schriftsteller, Ethnograph, Publizist und Hochschullehrer. Er ist ständiger Mitarbeiter bei Presse, Funk und Fernsehen. Der Weltpreisträger der PATA 1980 kann auf zahlreiche Veröffentlichungen als Buch-, Bühnen- und Filmautor sowie in allen Medien verweisen. Von seinen Filmen sind die bekanntesten: »Rote Steppe Mongolei«, »Karibu«, »Wolf unter Wasser« und »Heia Safari«. Das bekannteste seiner Bühnenstücke ist »Strandgut«.
Das Foto zeigt den Autor auf einer seiner großen Reisen mit Papuas in Neuguinea.

Fred C. Siebeck

Oskar, das Schwein

Ein Metzger, der kein Fleisch mehr essen kann, weil er täglich bis zu den Ellenbogen darin herumgrabschen muß, ist für mich keine Überraschung. Ich könnte es auch nicht. Wenn aber ein Metzger sein Beil sinken läßt, weil ihm ein Schwein schöne Augen macht, dann bin ich platt.

Sie halten diese menschliche Regung bei einem Metzger für ausgeschlossen? Ich kann den Vorgang beschwören. Ich kannte sie beide, das Schwein und den Metzger. Ich habe in ihrer Gesellschaft so manches Viertele geschlozt, denn der Metzger führte nach schwäbischem Brauch nebenher eine ländliche Gastwirtschaft, und das Schwein, das herzerweichend kokett sein konnte, wich ihm nicht von der Seite.

Es rieb sich das Steak an den Beinen seines Herrn, wenn er hinter der Theke stand und seinen Hauswein einschenkte; es schmeichelte, schwänzchengeringelt, den Gästen und machte auf seinen Schweinshaxen Männchen; es ließ sich hingerissen den Schweinebauch kraulen; es verdrehte sehnsüchtig wie eine entwöhnte Ehefrau die Augen, schnurrte wie eine Katze, wenn ihm die Schwarte gestreichelt wurde, und diente als Hofhund. Nur bellen konnte es nicht. Doch einem Schwein, das so viele Fähigkeiten besitzt, sollten Sie diesen Mangel nachsehen. Es war ein herziges Schwein.

Es war bei einem Bauern im Bottwartal gekauft worden und sollte, fett wie es war, den Weg allen Fleisches gehen. Doch als der Metzger das Tier in den Griff nahm, um ihm den Todesstoß zu versetzen, stellte es sich flugs auf die Hinterbeine, neigte allerliebst den Kopf zur Seite, klapperte wie ein Komiker mit den Augendeckeln, verschränkte die Vorderbeine vor der Brust und tanzte Spitze.

– Da haut's di nieder, dachte der Metzger, als er sah, was er für einen Fang gemacht hatte. »Bischt du e Sau«, fragte er fassungslos, »oder bischt du koi Sau?«

Er musterte argwöhnisch das Tier, das sich vor ihm graziös im Kreise drehte, und fand bestätigt, daß das Schwein eine Sau war. Aber es war eine Sau mit Talent! Da klopfte ein Herz unter dem Rippenspeck! Da saß eine Seele im Schinken!

Die Sau hatte Gefühl!

Das verband den Metzger mit der Sau, denn ein Gefühl hatte er auch. Böse Zungen lästern gern über den Schwaben, doch sein Gefühl können sie ihm nicht absprechen. Ein rechter Schwabe hat auch rechte Gefühle. Ein Schwein zu schlachten, das auf den Zehenspitzen tanzen konnte, wäre Mord. Und morden, nein, das kann ein Schwabe nicht.

Der Metzger ließ das Beil sinken, strich die Schlachtplatte von der Speisekarte, nannte das Schwein Oskar und lebte mit ihm fortan friedlich unter einem Dach. –

Ich kann nur mit Wehmut an dieses anschmiegsame Wesen denken, das alles andere war, nur kein Schwein. Es war vielmehr eine Schmeichelkatze, ein Schoßhund, ein Liebediener und Spaßvogel, ein Küßchengeber und Küßchennehmer. Es war eine liebenswerte Landpomeranze. Seine Gesellschaft war mir stets angenehm, denn es zeigte weder Neid noch Ehrgeiz. Es übte keine böse Nachrede. Es ersparte mir das verblasene Geschwätz über moderne Kunst und verschonte mich mit den hochgestochenen Dummheiten über die große Politik, die nicht auf dem eigenen Mist gewachsen sind, sondern vom Fernsehen verabreicht werden.

Die Flimmerscheibe ist unser Lebensspiegel. Wir schlukken brav, was andere uns vorgekaut haben, und geben es am nächsten Tag als unsere Meinung wieder, im Brustton des Hüters der einzigen Wahrheit. Wir sitzen, händchengefaltet, vor dem Fernsehschirm und würgen wahllos herunter, was uns vorgesetzt wird.

Oskar war da anders.

Fernsehen lehnte er ab. Wenn der Kasten auf dem Regal über der Theke eingeschaltet wurde, verließ er grunzend das Lokal. Die Gäste blieben. Aber das Schwein ging.

Es war nicht etwa die volle Blase, die Oskar ins Freie trieb, denn er wußte, was sich gehört. Nein, es war das Fernsehen. Der Metzger hob jedesmal verständnislos die Schultern, wenn Oskar davonrauschte.

»'s Fernsehen«, sagte er bekümmert, »isch dem Oskar z'wider. Ha, so ebbes.«

Vor allem politische Darbietungen konnte Oskar nicht ausstehen. Vor dem Durcheinandergerede bei politischen Diskussionen, vor den langweiligen Referaten soziologischer Weltverbesserer und gesellschaftsveränderndem Hokuspokus flüchtete er angewidert in den Hinterhof.

Dieses Feingefühl hat mich oft verblüfft. Da sage einer, daß ein Schwein keinen Geschmack hat. Oskar hatte mehr als nur Geschmack. Er hatte Format. Der Bildschirm ließ ihn kalt. Daran können Sie erkennen, daß er kein Mensch war. Denn welchen Menschen läßt heutzutage das Fernsehen kalt? Kennen Sie einen? Ich kenne keinen. Ich kannte nur ein Schwein, das diese Größe aufbrachte.

Oskar war einzigartig.

Er lebte ungeschlachtet fünf Jahre über seine Zeit hinaus und starb an einem Sonntagabend, als im Deutschen Fernsehen der »Weltspiegel« begann. Aber ich wage nicht zu behaupten, daß das Dahinscheiden durch den »Weltspiegel« bewirkt wurde. Nein.

Oskar hatte ganz einfach genug.

Er war überdrüssig der Zeit.

Er zog sich still in einen Winkel des Hinterhofes zurück und tat, was er eigentlich schon fünf Jahre zuvor hätte tun sollen: Er starb. Er legte seine Schweinshaxen zusammen, blinzelte abschiednehmend dem Himmel zu, an dem vielleicht – ich erinnere mich nicht – der Vollmond stand, gab einen Grunzer von sich, der nach den ästhetischen Begriffen eines Schweins ein Seufzer war, und ließ, indem er alle viere von sich streckte, Haus und Hof, seinen mildherzigen Herrn, das Deutsche Fernsehen und die Gäste allein – mich auch.

Er erfüllte ohne Murren seine Bestimmung, die aller Schweine Schicksal ist, wenn sie fett genug sind. Aber er endete nicht unter dem Beil. Er wurde nicht durch den Wolf gedreht. Der Metzger hat ihn nicht verkauft.

Man kann nicht verkaufen, was man geliebt hat.

Oskar wurde begraben.

Ich kann es bezeugen.

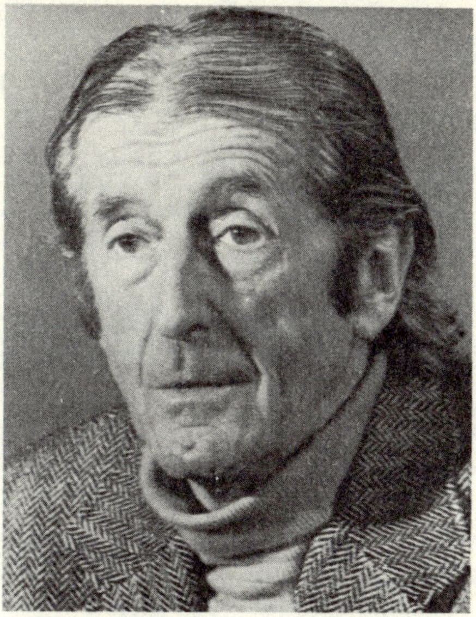

Sigi Sommer

Siegfried Sommer (Sigi), 1914 in München geboren, begann mit sechzehn Jahren Kurzgeschichten zu schreiben. Der Zweite Weltkrieg brachte ihn nach Frankreich und Rußland. 1945 kehrte er nach München zurück. Seither lebt er in seiner Vaterstadt als Schriftsteller, Journalist und Kolumnist »Blasius«. Veröffentlichungen u. a. »Meine 99 Bräute«, Bücher über München, 24 Bände Kurzgeschichten, u. a. die vielen Blasius-Geschichten, der bedeutende Roman »Und keiner weint mir nach« (in 14 Sprachen übersetzt, darunter japanisch und russisch). Ausgezeichnet wurde Sigi Sommer u. a. mit dem »Bayerischen Poetentaler«, der Goldmedaille »München leuchtet«, dem »Bayerischen Verdienstorden«. Auch Sigi Sommer engagiert sich energisch für den Tierschutz.

Sigi Sommer

Hotel zum blinden Dobermann

Zuerst ist es nur ein ganz kleines Gewinsel. Aber dann schwillt es an, wird zum Jaulen und schließlich zum Heulen. Und »blaff«, »waff«, »klöff« und »blöff« tönt es durch das ganze Tierasyl. Das Vaterunser der armen Hunde: »... erlöse uns von der Einsamkeit.«

Und das jedesmal, wenn irgendein fremder Gast die Pensionsräume des Münchner Tierheims betritt. Denn alle die Schnauzl, Foxl und Rußl, die dort von der Polizei oder alten Leuten, die sich zur großen Reise rüsten, abgegeben werden, wittern in jedem Besucher sofort ein neues Herrchen. Und sie zeigen sich dann von ihrer schönsten Seite. Sie schmusen, wedeln, schwänzeln und machen Männchen mit Herzerweichungs-Musik. Doch sie müssen nicht alle ewig winseln. Denn von den nahezu eintausend Fundhunden, die in jedem Jahr hier ein Obdach bekommen, ist kaum einer länger als 12 Monate da. Weil die Münchner Tierliebe und Münchens Zamperl-Hotel in Europa kaum seinesgleichen hat.

Notizen aus dem Gästebuch: Neben den knapp tausend Findlingen wurden 1983 auch noch 852 Hunde abgegeben von Leuten, die sich wegen Platzmangels, neuen Wohnungen oder Überseereisen von ihren haarigen Lieblingen trennen mußten. Sowie ein wohl wegen Altersschwäche ausgesetzter blinder Dobermann, der aber dann ganz rasch verstarb. Ferner fanden Unterschlupf und Pflege 67 Amseln, 13 Drosseln, 12 Finken und 19 Stare. Alle verletzt, aus dem Nest gefallen oder krank. 32 Tauben, die in letzter Zeit aufgenommen und gesundgepflegt wurden, wählten nicht mehr die Freiheit, sondern blieben lieber bei den vollen Töpfen des Asyls. 14 Schildkröten, zwei junge Falken, die beim Abbruch eines alten Hauses von ihren Eltern verlassen wurden, drei Dutzend Hamster, das Reh Nannerl, von einem Bauern angemäht, 8 Meerschweinchen, 27 entflogene Kanari, Sittiche und Kreuzschnäbel, zwei Goldfasane, ein Igel und 21 Laubfrösche zählten zu den weiteren Betreuten. Als kleinsten Gast brachte ein riesiger farbiger Soldat einen verletzten Zaunkönig an, der ihm in den Kühler seines Lastwagens geflogen war. Er hatte ihm in seinem Stahlhelm ein weiches Nest gemacht.

Streuner und hilfsbedürftige Tiere kommen manchmal sogar im noblen BMW der Funkstreife vorgefahren. Verletzte Vögel werden von den Passanten, die sie finden, auch auf der Polizeiwache abgegeben oder gleich an die Schaffner, welche die Strecke nach Riem befahren.

Eines Tages entdeckten Fahrgäste auf der hinteren Plattform der Linie 27 beispielsweise die herrenlose Nil-Gans Afra. Kein Mensch wußte, woher dieser Sonntagsbraten aus dem Lande Tut Ench Amuns kam. Aber immerhin hatte sie die richtige Trambahnlinie gewählt. Nur vom Umsteigen in Steinhausen wußte die Afra wahrscheinlich noch nichts. Da halfen die Leute dem schnatternden fluglahmen Kirchweih-Adler in den Bus, der zum Viecherl-Heim fährt. Afra starb später ruhig und friedlich an Altersschwäche.

Für rund 100 000 Mark Futter kauft das Fremdenheim »Zum blinden Dobermann« jährlich. Dazu kommen manchmal auch noch hochwillkommene Naturalspenden. Zum Beispiel wurden 3 Zentner Suppennudeln, die falsch geschnitten waren, von einer großen Firma geschickt. Auch 500 Menüs einer bekannten Fluggesellschaft, die wegen »Überlagerung« den Passagieren nicht mehr zugemutet werden konnten, aber sonst noch pfenniggut waren, wurden den erstaunten Rehpinscherln serviert.

Daß brave alte Weiberl nächtlicherweise Wurstzipferl-Packerl vor das Portal des Bernhardiner-Sanatoriums hinlegen, ist nicht mehr neu. Neulich aber kam ein Metzgermeister mit einer einmaligen Gabe. Zwei Zentner frischen warmen Leberkäs brachte er an. Erstklassige Ware. Nur hatte der Gehilfe leider vergessen, ihn zu salzen. Deshalb war er unverkäuflich. Und ausgerechnet am Namenstag des Heiligen Franz von Assisi traf diese Sonderration ein. Fürwahr ein Schutzpatron mit einer beachtlichen Reichweite.

Jeder Mensch weiß, daß es feine Hunde gibt, blöde, raffinierte, spinnate, dumme, arrogante oder Windhunde. Wer aber hat schon von einem afrikanischen Nackthund gehört? In Riem draußen war einer lange der viel bewunderte Jungrentner der Mitleidspension. »Peterl« hieß er nach dem Willen des Finders. Er war schätzungsweise schon elf Jahre alt und von Natur aus so kahl wie eine abgeschälte Kartoffel. Und ein kleines nacktes Sauschwanzerl hatte er auch noch. Und somit schaute er fast aus, als wäre er gerade von einer Schlachtschüssel heruntergefallen. »Aber sovui liab is er hoit«, sagte die zuständige Pflegerin. Am liebsten fraß der Peterl Radieschen und Tomatensalat, weil er nämlich so zahnlos war wie ein uralter Häuptling aus seiner tropischen Heimat. Denn er stammte tatsächlich aus dem Kongo. Und weil's ihn halt bei uns immer fror, strickte ihm eine brave Wittib einen knallroten Rollkragenpullover. Wenn er mit diesem dann ein Manderl machte, schaute er direkt aus wie der Torwart vom VFB Spanferkel. Wenn er einen Elfmeter halten wollte.

Und wer zählte sonst noch die Rassen und kannte die Namen. So zum Beispiel den Bastardl, der auf den Ruf »Pantscherl« reagierte. Ein kleiner vaterloser Wadlbeißer. Nein, er stammte natürlich aus keinem Zwinger. Schon eher vom Zwingerbergl. Seine Mutter nämlich war eine lebenslustige Spitz-Mama. Sein Erzeuger den Merkmalen nach aber ein kleiner fetter Mops. Doch das Paar liebte sich eben sehr.

Gerne wären sie wohl nach Gretna Green gereist zum Heiraten. Aber sie hatten halt leider keine Zeit mehr dazu. Denn die Hausmeisterin war schon mit einem Kübel voll kaltem Wasser hinter ihnen her, um den sündigen Clinch zu trennen. So wurde Pantscherl eben nur ein Kind der Liebe.

Melancholisch und brav blinzelt ein lädierter Jagdhund aus dem Gehege. Ein Fuchs erwischte ihn einst an der Pfote. Seitdem lahmt er. Seine amerikanischen Freunde mußten ihn hier lassen, als sie fortgingen. Aber immer wieder kommen Pakete an ihn. Und zu Weihnachten kam ein Brief aus Minnesota. Zwei Dollar waren auch darin. Für den Wärter, der dem »Snocky« den Brief von seinen fernen Freunden am Heiligen Abend vorlesen sollte.

Und die Liebe nimmt kein Ende mehr: Die elfjährige Hundemutter Leila und ihre siebenjährige Tochter Muschi gehören einer kleinen Sekretärin. Sie sind in Pension hier und werden nur jedes Wochenende zum Streicheln abgeholt. Am Montag kommen sie dann wieder. Für den Pensionspreis das ganze lange Jahr über könnte sich die Sekretärin auch einen Volkswagen halten. »Aber der wedelt doch nicht mit dem Schweif«, sagt sie.

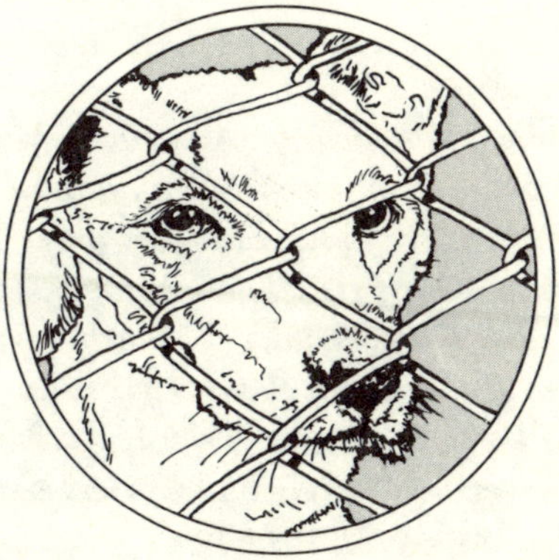

Sina Walden

Sina Walden lebt als freie Autorin in München. Ausbildung: abgeschlossenes Jurastudium, Zweitstudium Germanistik, Kunstgeschichte, Philosophie. Autorin der Fernsehserie »Das Fernsehgericht tagt«, »Ehen vor Gericht«, »Alles Gute, Köhler«, Mitarbeiterin mehrerer Zeitschriften, Buch »Endzeit für Tiere«, zusammen mit Gisela Bulla (Rowohlt Verlag). Aktiv in der Tierrechtsbewegung, Mitglied der »Tierversuchsgegner München«.

Sina Walden

Schlaflose Nacht

> Alter Freund! Immergetreuer Schlaf,
> fliehst du mich auch
> wie die übrigen Freunde?
>
> *Goethe, Egmont*

Nacht, meine liebe Schwester, kommst du wieder ohne dein bestes Geschenk, den Schlaf? Da sitzt du an meinem Bett und zwingst mich in deiner stillen Art, an Luweng zu denken. Was bedeutete noch dieser Name? Ach ja, einfach: Mädchen. Ich denke an dich, Luweng, mein kleines Affenmädchen. Ich sehe dich auf dem Sandboden hocken an der kurzen Eisenkette, die dich daran hindert, den Baum zu erreichen, der nur einen Meter vor dir steht mit seinen grünen Blättern. Ich hocke neben dir, fühle den kleinen warmen Körper, der sich an mich preßt, spüre deine Fingerchen in meinen Haaren rupfen, deine hellbraunen Augen schauen mich verständig an. Die Touristen fotografieren uns beide, wie wir da engumschlungen auf der Erde kauern, manche fragen schüchtern, warum ich weine, bereit mir zu helfen. Mir.

Hunderttausend Touristen werden noch an dir vorübergehn, kleine Luweng. Die meisten werden lächeln, weil du so putzig aussiehst, sie werden einen Schritt zurücktreten, wenn du nach ihrer Kamera greifst und auch, weil sie gehört haben, daß Makaken beißen. Die Sekunden, in denen sie dich wahrnehmen, hinterlassen keinen Abdruck in ihrer Erinnerung, nur die Hundertstelsekunde auf dem Film. Sie haben dich schon vergessen, wenn sie den Laden betreten und die Bilder betrachten, keine Verbindung wird sich herstellen von dir zu dem gemalten Affenkönig Hanuman, der die Prinzessin Sita aus der Gewalt des Dämons Rahwana befreit. Heilig waren die Affen noch bis vor kurzem den Balinesen und allen Hindus, bis die Fremden kamen und sie putzig fanden. Da schämten sich die Balinesen, holten die Kinder aus dem Wald, banden sie an kurze Ketten und machten es den Fremden bequemer sich zu amüsieren. Sie verkauften auch gleich ihre Seele, die Heilige Kuh, und bieten sie nun als Steak an, die Schönäugige. Doch der gefräßige Tourist dankt es ihnen nicht mal, er bemäkelt es als zäh und schickt sich an, sie selbst zu fressen, bis nichts mehr von ihnen übrig ist. Doch darüber wird dein Leben hingehn, Luweng, du wirst erwachsen werden und vielleicht sogar eine alte Frau und wirst in dem Radius, den deine Kette beschreibt, leben und sterben. Ich konnte dich nicht retten, kleines Mädchen, nicht mit Geld und guten Worten. Dreimal bin ich zu dir gefahren, jedesmal hast du dich an mich geklammert und gehofft, daß ich die Kette abnehme, aber sie haben mich nicht gelassen. Sie waren freundlich, erklärten umständlich, daß du im Wald nicht mehr überleben könntest. Sie wollten dir ein »house« bauen, beruhigten sie mich. Ein Haus aus Gittern.

Auch dir konnte ich nicht helfen, graues Äffchen auf Luzon, angekettet vor einer Sehenswürdigkeit, die ich vergessen habe. Dich habe ich nicht vergessen auf der glühenden Eisenstange, auf der du halb wahnsinnig hin- und herrennst. Als Haus haben sie dir einen Blechkanister auf die Stange montiert, bei dessen Berührung ich mir den Finger verbrannte. Keinen Ausweg haben sie dir gelassen vor der entsetzlichen Sonne. Die Filipinos waren auch freundlich. Sie haben gelacht, als ich versuchte, das Schloß deiner Kette kaputtzumachen. Wenn es mir gelingen würde, lachten sie, würde dich der Nächstbeste schießen und aufessen. Ich höre dein ununterbrochenes, ununterbrochenes Schreien, aber niemand außer mir scheint es zu hören.

»Was soll ich in Amerika?« lacht der fette Ami, der Vietnamveteran, der sich hier auf den Philippinen ein Haus gekauft hat. An den Wänden hundert Fotos von asiatischen Mädchen, im Arm sein gegenwärtiges. »Hier ist doch das Paradies!« Und vor dem Haus, an der Kette, der ununterbrochen, ununterbrochen schreiende Affe, wie er wohl zum Paradies gehört. Sind sie denn alle taub, oder ist die Verzweiflung Musik in ihren Ohren?

Ist es Musik, was aus den Tausenden von Käfigen tönt? Der Vogelstimmenwalzer? Eine Symphonie aus Tausenden einsamer Hilferufe? Draußen sind die Freunde, die Liebespartner, draußen ist die Luft, in der man die Flügel ausbreiten und sich tragen lassen kann. Danke, Schwester Nacht, daß du mich an die denken läßt, deren Gefängnistür ich heimlich öffnen konnte. Ich sehe dich, großer Schwarzer mit dem gelben Schnabel, wie du eine Minute ungläubig vor der geöffneten Tür verharrst und dich dann hinausstürzt in die Luft, in der du die Flügel ausbreitest und dich davontragen läßt.

Auch deinen Käfig hab ich aufgemacht, kleines Tier im Hotelgarten, von dem ich erst nachher erfahren habe, daß sie dich Ameisenbär nennen. Aber du bist nicht davongelaufen vor Überraschung, oder weil du schon verrückt bist. Sie haben dich wieder eingefangen, lachend, ohne Brutalität, nur so, weil du nicht an deinem Platz warst. Dein Platz: auf einem Pfahl ein Holzkasten mit einer Gittertür, nicht viel größer als dein Körper, und darin drehst du dich nun wieder wie rasend ohne Pause, ohne Pause um dich selbst. Hospitalismus nennt man das wohl bei Menschen. Aber sie sehen es nicht. Die Hotelgäste spielen Billard neben dir, stundenlang, und stellen ihre Biergläser auf deinem »house« ab.

Nein, nicht den Zoo, Nacht, nicht den Zoo! Gib wenigstens, daß sie jetzt schlafen. Alles kann man den Lebenslänglichen nehmen, aber vielleicht doch nicht den Schlaf. Ich bitte dich um ein paar Stunden Bewußtlosigkeit für den unschuldig verurteilten Gorilla in Hellabrunn. Für die Giraffen in ihrem Verschlag, den menschlicher Verstand so hoch gebaut hat, daß ihr Hals darin Platz hat, nur den Beinen fehlen ein paar hundert Kilometer Savanne. Für die Seelöwen im gestylten Bassin, um abzuschalten von dem Stumpfsinn, Tag um Tag mit einem Holzklotz spielen zu müssen, weil nichts anderes da ist, um ihren wachen Sinn zu beschäftigen. Für Känguruh, Bär und Tigerin. Ich bitte um ein paar Stunden Schlaf für den Löwen im Zoo von Topkapi, den die Stadtjugend Tag um Tag mit Stöcken und Steinen lachend peinigen darf, und der nicht einmal mehr brüllt.

Schläfst du jetzt, sanftmütiger Beagle, deinen letzten Schlaf, bevor der Professor Brendel morgen früh in deine lebendigen Eingeweide schneidet? Hat es die Laborantin, die nette saubere in ihrem weißen Kittel, dir schon gesagt, die Walküre, die den Tod verkündet mit der Spritze als Speer? Ahnst du es von allein und findest keinen Schlaf vor wahnsinniger Todesangst, oder täuschen sie dich bis zuletzt mit tückischem Kopftätscheln? Haben die Millionen deines Volkes dir nicht das Wissen weitergegeben, daß du nur auf der Welt bist, um lebendig ausgeweidet zu werden – noch immer liebst du die Menschen?

Schläfst du, Mäuslein, in deinem Glaskasten, den dir die Gesellschaft für Strahlenforschung als Wohnung zur Verfügung gestellt hat? Schläfst du, lebendig eingemauert im Glassarg? Schlaf ein wenig, morgen mußt du dich wieder anstrengen, um das Unbegreifliche zu begreifen. Deine winzigen rosa Händchen werden die Glasscheibe hinauf- und hinunterfahren, hinauf hinunter, hinauf hinunter, ohne das Unbegreifliche zu begreifen. Wie kann ich dir sagen, daß ich es auch nicht begreife, obwohl mein Hirn doch so viel größer sein soll.

Die Schlaffunktionen des Gehirns. Beobachten sie die jetzt vielleicht gerade durch die Plastikscheibe, die sie dem Pavian im Max-Planck-Institut an die Stelle der Schädeldekke gesetzt haben? Wie schläft die Kuh aus dem Film über amerikanische Landwirtschaft, in deren Seite ein Plastikfenster eingelassen ist und aus deren Körper ein Dutzend Schläuche ragen? Oder die in Kiel, deren Bauch eine Plastikwanne geworden ist, auf der sie nicht liegen kann, so daß die Beine in Gurten hängen? Die Katzen mit Elektroden im Kopf oder die, denen die Augäpfel »entfernt« wurden? Ich will dir glauben, Schwester Nacht, daß sie Schlaf bekommen, irgendwie, sie werden ja noch gebraucht. Langfristig. Jahrelang.

Auf dem Lattenrost die Mutter Sau, der man ihre Kinder weggenommen hat, sie schläft vor Erschöpfung. Auf dem Eisenrost stehend das von aller Welt verlassene Kälbchen mit dem Kunstherz. Stehend schlafen die Pferde, denen man ihr Blut entzieht, bis sie keins mehr haben. Es schlafen die Millionen der todgeweihten Gefangenen in den Kellern unserer Städte.

Nein, du belügst mich, Nacht, ich weiß, wem du keinen Schlaf bringst. Sie machen doch auch Versuche, wie lange man aushält ohne zu schlafen, bevor man wahnsinnig wird oder das Weiterleben verweigert. Sie haben dich ausgetrickst. Bei den Hühnern ja auch: Da sperren sie dich durch künstliches Licht aus, wie den Tag. Und selbst wo du Zutritt hast, deine Güte erreicht nicht die, in deren Eingeweiden die Gifte wüten, in deren Augen sich die Säure ätzend weiterfrißt. In einer Ecke des Korridors liegen die Kaninchen, denen man den Harnausgang zugenäht hat. Ihre Zukkungen zeigen, daß sie nicht schlafen. Der Schmerz ist stärker als du, Nacht.

Die Angst auch. Sie hält die Kühe wach, die jetzt im Lastwagen aneinandergedrängt dem Schlachthof entgegenfahren. Die Peitschen der Treiber, die Stiefeltritte, die wüsten Stimmen haben ihre Nerven geschärft für das Bevorstehende. Sie nehmen den Geruch der Hinrichtungsstätte schon von weitem wahr. Von einer hab ich in der Zeitung gelesen, daß sie vor dem Tor entkommen konnte, die Straße entlangstürmte und acht Autos demolierte. Die Meldung war als Witz abgefaßt, wie solche Meldungen immer. Wie die vom Pavian, der in Köln am Rosenmontag aus dem Labor floh und den die Pappnasen über die Dächer verfolgten.

Jetzt ist es vier Uhr. Jetzt stolpern sie wohl die Rampe hinunter, die ihren Füßen keinen Halt gibt. Schneller, schneller, ihr Rindviecher. Aber wenn sie sich auch noch so beeilen, es dauert schon eine Zeit, bis man drankommt, an den Bolzenschußapparat, der zwischen die Augen zielt. Man muß anstehen nach dem Tod. In Reihen, nackt und frierend, die mageren Schweine, dem Genickschuß mit der elektrischen Zange entgegengetrieben, schon halbtot vor Angst, sie laufen zum ersten und zum letzten Mal auf ihren verrenkten, geschwollenen Füßen, bis eine unbekannte Macht sie hochreißt und an den Hinterbeinen aufhängt. Sie sollen entsetzlich schreien. Ich höre es nicht. Stumm ziehen sie an mir vorbei, am Fließband, an den Beinen aufgehängt, mit blauen Augen. Fünfzehnhundert tötet ein Mann in einer Nacht, mit dem Messer. Und schläft gut.

Bluten wie ein Schwein. Ängstlich wie ein Schaf. Zusammengepfercht wie Schafe. Wie die, die jetzt im Bauch eines Schiffes von den Falklandinseln nach Europa schaukeln. Ob Schafe seekrank werden? Neulich sind achthundert erstickt, weil die Lüftung ausfiel. Die Angst des Leoparden im Laderaum des Flugzeugs. Die hellwachen Ratten im Postpaket der Deutschen Bundesbahn. Die polnischen Pferde im Zug zum Pariser Schlachthof. Die tschechischen Katzen unterwegs in das Inferno von Basel. Die Hunde in Riedls Lastwagen unterwegs in das Inferno des Klinikums Aachen, nach Essen, nach Heidelberg, wo es so lustig ist zu studieren. In deinem Dunkel, Nacht. Du bringst sie überall hin, und dein Ziel ist immer Gefangenschaft, Folter und Tod.

Es gibt viele, die gut schlafen heute, rechtfertigst du dich. Ich weiß schon, der Professor Singer in Frankfurt zum Beispiel, der heute einem vier Monate alten Kätzchen, so alt wie meine Sara, mit zartem Operationsbesteck den Augapfel um 180 Grad verdreht hat, der schläft tief befriedigt, denn sie haben ihm beigebracht, daß das eine gute Tat sei, und nun glaubt er es selbst. In ein paar Wochen wird er es töten, Sara, Sara, seine toten Augen von innen betrachten, abends mit seinen Zwillingen fröhlich sein und fröhlich zu Bett gehn, denn er ist ein fröhlicher Mensch.

Ob der Dr. Heinemann vom Max Planck wenigstens mal eine unruhige Nacht hatte, als das Jahr damit begann, daß ihm seine elf Katzen fehlten, die er zu Epileptikern machen wollte? Gib zu, du hast gelächelt, Schwester, als du ihren Befreiern deinen Schutz geboten hast. Und jetzt lächelst du mir zu, weil wir beide wissen, daß sie jedenfalls gut schlafen seitdem, die elf.

Wie spät ist es jetzt in New York? Sie haben noch ein paar Stunden, vielleicht wagen sie ein leichtes Dämmern, das die Aufmerksamkeit nicht ausschaltet, die vielen großen Hunde, die die große Stadt ausgespuckt hat. Vielleicht suchen sie noch nach Eßbarem im Müll wie die Menschen, die die große Stadt auch ausgespuckt hat. Aber in ein paar Stunden mußt du hellwach sein. Die Abdeckerwagen fahren durch die Straßen. Wenn sie auch nur eine Schwanzspitze von dir sehen, mußt du um dein Leben rennen. Rennen, rennen, rennen, durch die Häuserschluchten, wissend, daß du es nicht schaffst, daß sie immer schneller und gewitzter sind mit ihren Autos und Geräten. Dann bleiben dir noch 24 Stunden Hoffnung, daß einer in der großen Stadt sich entschließt, gerade heute einen Hund haben zu wollen, und daß sein Auge gerade deinen flehenden Blick aufnimmt. Sonst gehst du mit den andern ins Gas.

Kleines weißes Hundegesicht in Port au Prince. Erinnerst du dich noch an den Geschmack des Toastbrots, das ich dir gab? An den einzigen Tag deines Lebens, an dem du dich sattessen konntest? Kein Mensch hat dich je wahrgenommen, niemand wird dich je wahrnehmen. Nur ich allein auf der Welt habe dein süßes kleines weißes Gesicht in Erinnerung.

Auch der Durst ist stärker als du, Schwester Nacht. Er quält die Gefangenen in den Kellern, wenn ihre Wärter frei haben und Bier trinken. Nur die Ratte kümmert der Durst der Ratte. Unser Freund Schlaf hat viele Gegner. Ist es Hunger, Durst, Kälte, Schmerz, Angst, die Erbitterung der Ohnmacht oder die Illusion der Hoffnung, die den Luchs wachhält in Kanada, dessen Fuß schon seit drei Tagen in der Schlagfalle steckt? Den Zobel, der in Sibirien in der Schlinge rotiert? Die Nerze in ihren endlosen Reihen, in Käfigen, durch die der Wind bläst, damit ihr Fell aus Notwehr dichter wächst, aber es wärmt sie nicht. Warm und weich liegt die Erbin deiner Haut, silberner Fuchs, die deine Ermordung in Auftrag gegeben hat, träumt vielleicht von dir, aber nicht davon, daß du gerade für sie erfrierst.

Warum ist es so still? Kein einziges Geräusch bringst du mehr zu mir, Schwester Nacht. Lautlos bricht das Kamel vor meinen geschlossenen Augen zusammen, dem der Mekka-Pilger den Hals durchschneidet, seinem besten Freund, um es einem Allah zu opfern, den es nicht kennt und den er nicht kennt. Unhörbar ersticken die blauen Fische in dem Öl, das der Tanker im Nebel abläßt. Unhörbar fällt der Kopf der kleinen Hündin zur Seite, weil sie die Schmerzen in ihren Gedärmen nicht mehr aushält. Nicht einmal der Eisschrank summt, in dem sie eure verstümmelten Leichname stapeln. Die Stille. Die entsetzliche Stille des schalldichten, geruchsfreien, keimfreien, vollklimatisierten Zentralen Tierlaboratoriums in Berlin, der schalldichten, geruchsfreien, keimfreien, vollklimatisierten Hölle der Zehntausenden.

Shirin, meine Süße, du schnurrst ja plötzlich. Hab ich dich aufgeweckt? Du nimmst ja wieder deinen alten Weg, über meine Füße, meinen Bauch, meine Brust, an mein Gesicht, trocknest es mit deinem weichen Fell, ringelst dich müde neben meinem Kopf und schnurrst leise weiter. Komm, Bruder Tag, Shirin und ich wollen schlafen.

Ilja Weiss

Ilja Weiss, Journalist, geboren am 11. Mai 1953 in Bratislava (CSSR), seit 1969 in der Bundesrepublik, seit 1975 aktives Mitglied mehrerer Tierschutz-Organisationen, seit 1982 Vorsitzender des Bundesverbandes der Tierversuchsgegner e. V. (Bonn), Herausgeber des Sammelbandes »Kritik der Tierversuche« (Heidelberg 1980), Mitautor der Titel »Tödliche Tests – Experimente mit Tieren und Menschen« (München 1979), »Mehr Recht für Tiere« (Reinbek 1985) und »Irrweg Tierversuch« (Basel 1985).

Ilja Weiss

Die Untermenschen

Der alte Mann hatte unser Auto wohl schon Dutzende Male angehalten, um hinauszuklettern und die kleinen Kröten aufzulesen, die vom Scheinwerferlicht geblendet wie lebendige Regentropfen auf der Straße hüpften. Regen fiel, sein weißes Haar leuchtete im Nebel, und ich sagte immer wieder: Du kannst sie nicht alle retten, finde dich ab damit, steig wieder ein, wir müssen weiter, wir haben ein Ziel. Er aber, die ledrigen Hände voll von nassem braunem Leben, knietief im Sommergras an der Straßenböschung stehend, er lächelte nur und sagte: »Auch sie müssen weiter, auch sie haben ein Ziel.«

Aus: »Freundschaft mit der Erde –
Der indianische Weg«.

Konrad Lorenz hat einmal gesagt, Tiere seien Gefühlsmenschen mit etwas weniger Verstand. Dieses etwas weniger Verstand – ein gradueller, kein qualitativer Unterschied – macht die Tiere einerseits liebenswert, andererseits aber arg- und daher wehrlos: Die große Folge der kleinen Differenz besteht unter anderem darin, daß Tiere uns Menschen auf Gedeih und Verderb ausgeliefert sind. Die Schöpfung hat sie uns – ähnlich den Kindern – zur fürsorglichen Obhut und Pflege anvertraut. Doch wir haben aus ihnen neue Untermenschen geschaffen, die nach Belieben mißhandelt, mißbraucht, ausgebeutet und vernichtet werden – die sogenannten Tierschutzgesetze schützen nicht die Opfer, sondern die Täter.

Allein in der Bundesrepublik fristen jährlich rund 60 Millionen Legehennen ein trostloses Käfigdasein, um am Ende ihres kurzen Lebens – teilweise bei vollem Bewußtsein – geschlachtet zu werden. Selbst Gerichtsurteile erlauben es, diese Tierquälerei als KZ-Haltung zu bezeichnen und die daraus entstehenden Produkte KZ-Eier zu nennen. Millionen von Kälbern und Schweinen werden in dunklen oder künstlich beleuchteten Ställen einzeln in engen Mastboxen sowie Anbinde-Vorrichtungen auf Spaltböden oder Drahtrosten gefangengehalten, in denen sie sich weder bewegen noch umdrehen und oft nicht einmal richtig hinlegen können. Diese Tiere erleben die Außenwelt allenfalls auf dem Weg zum Schlachthof. Viele von ihnen überstehen den Transport ins Jenseits nur, wenn sie vorher mit Psychopharmaka beruhigt wurden.

Die sogenannte Intensivhaltung hat mittlerweile auch Enten, Gänse, Puten, Wachteln sowie Kaninchen erfaßt. Sogar Füchse, Chinchillas, Nerze und andere Pelztiere werden seit etlichen Jahren zu Tausenden in winzigen Käfigen aufgezogen und, kaum erwachsen geworden, qualvoll mit Gas vergiftet oder durch Stromstöße getötet. Fast noch schlimmer ist das Schicksal von Gänsen und Enten, die zur Produktion von Leberpasteten zwangsweise mit Nahrung vollgestopft werden, oder Hummern, die man lebendig kocht, um sie als Delikatesse zu servieren.

Als regelrechte Haftanstalten müssen viele Zoos, Safariparks und Zirkusunternehmen angesehen werden, in denen vor allem große Wildtiere – etwa Elefanten oder Raubkatzen – sowohl physisch als auch psychisch unter art- und verhaltenswidriger Einschränkung ihrer Bewegungsfreiheit leiden, bis sie schlicht verrückt werden oder völlig abstumpfen. Damit nicht genug, dürfen Jäger aus Lust am Töten jährlich Millionen von Tieren vorsätzlich umbringen und dabei auch schon ganze Arten ausrotten oder künstliche Überpopulationen schaffen, um genügend Beute bequem abknallen zu können. Ihre Höhepunkte fand die Vergewaltigung und Ausplünderung der Natur in der alljährlichen Jagd auf Robbenbabies, der Abschlachtung von Meeresschildkröten, Walen, Känguruhs oder Krokodilen und dem Massenmord an europäischen Singvögeln sowie asiatischen Fröschen.

Besonders verwerflich ist Tierquälerei dort, wo sie billiger Effekthascherei oder sogar der Belustigung dient, etwa bei Stierkämpfen in Spanien und Mexiko, bei Hundekämpfen in England, Hahnenkämpfen in Frankreich, Rodeos in den USA, bei der Fuchsjagd in England oder bei Schweine- und Ochsenrennen in der Bundesrepublik. Auch der Reitsport, die Fischerei oder das Schächten, die rituelle Schlachtung von Tieren ohne Betäubung, erzeugen zum Teil erhebliche Leiden und stellen den Tierschutz daher vor schwierige Probleme.

Zu den schlimmsten Kapiteln der systematischen Ausbeutung und Vernichtung wehrloser Lebewesen zählen die Tierversuche, denen allein in der Bundesrepublik jährlich bis zu 10 Millionen Mitgeschöpfe des Menschen zum Opfer fallen. An Versuchstieren werden keineswegs nur Medikamente oder chirurgische Eingriffe und andere schulmedizinische Behandlungsmethoden erprobt, sondern auch Chemikalien, Kosmetika, Tabakwaren, Rauschgifte, Alkoholika sowie andere Produkte des täglichen Lebens. Selbst die Weltraum-, Rüstungs- und Genforschung bedienen sich der grausamen Tierexperimente. Dabei haben verantwortungsbewußte Ärzte und Wissenschaftler, denen es wirklich um das Wohl des Menschen geht, wiederholt und eindringlich darauf hingewiesen, daß Tierversuche nicht nur aus ethischen, sondern auch aus fachlich-methodischen Gründen abzulehnen sind, da sich ihre Ergebnisse kaum auf Menschen, zumal Kranke, übertragen lassen.

Obwohl Wissenschaftler weltweit und seit Jahrzehnten vor allem Krebserkrankungen sowie Herz-Kreislauf-Leiden an Versuchstieren untersuchen, geht die Zahl der Kranken keineswegs zurück, stehen der Medizin nach wie vor keine ursächlichen Therapien zur Verfügung, kurieren Ärzte überwiegend nur an Symptomen herum. An der Stagnation der tierexperimentell ausgerichteten Schulmedizin konnten weder aufwendige Organverpflanzungen noch der zunehmende Einsatz von Stahl, Strahl und Chemie etwas ändern, im Gegenteil: Medikamente und Behandlungen, die aufgrund intensiver Tierversuche als hilfreich und harmlos angesehen wurden, haben beim Menschen immer wieder zu erheblichen Gesundheitsschäden und Todesfällen geführt. Nach Schätzungen von Fachleuten sterben allein in der Bundesrepublik jährlich 10000 bis 30000 Patienten an Nebenwirkungen tierexperimentell geprüfter Arzneimittel. Damit fordert der etablierte Medizinbetrieb mehr Todesopfer als der Straßenverkehr.

Tierversuche haben sich jedenfalls als ungeeignet erwiesen, Krankheiten des Menschen *ursächlich* zu erforschen und erfolgreich anzugehen. Das Versagen dieser qualvollen und veralteten Forschungsmethode wird deutlich, wenn man bedenkt, daß bis zu 80 Prozent aller Erkrankungen seelisch bedingt sind oder zumindest psychisch beeinflußt werden: Kranke Menschen kann man befragen, Versuchstiere nicht. Außerdem werden die zu untersuchenden Krankheiten bei Tieren künstlich, oft sogar gewaltsam, erzeugt; während sich Erkrankungen des Menschen vielfach über Jahre oder sogar Jahrzehnte auf natürliche Weise entwickeln. Dennoch erzählen die Nutznießer der Tieropfer in Forschung und Industrie immer wieder das Märchen von der heilen Tierwelt in den Laboratorien und die Fabel von dem angeblichen Segen der Experimente für das Wohl des Menschen, um Bürgern und Politikern die Zustimmung zu weiterem Tierverschleiß abzufordern. Die millionenschwere Kampagne der Tierversuchslobby soll insbesondere von den Leiden ablenken, die Versuchstieren »im Dienste der Forschung« zugefügt werden; etwa Vergiftungen, Verstrahlungen, Verbrennungen, Verätzungen, Frakturen, Quetschungen sowie andere Mißhandlungen.

So haben französische »Wissenschaftler« Hunde, Affen und Schweine auf einem Versuchsschlitten festgeschnallt, den sie mit 70 Stundenkilometern nach vorn schleudern ließen, um festzustellen, ob Sicherheitsgurte Verletzungen verursachen können. Dabei wurden die Tiere nicht betäubt, denn Narkose hätte nach der fachlichen Begründung die Versuchsergebnisse verfälscht. Den Affen wurden, zum Teil bei vollem Bewußtsein, Elektroden ins Hirn eingesetzt, weil die »Forscher« erfahren wollten, was die Tiere empfinden, wenn sie auf eine Betonwand zurasen. Versuchstiere, die das Himmelfahrtskommando verletzt überlebten, wurden halbwegs gesundgepflegt und dann rabiat wieder in die höllische Apparatur gezwungen – bis sie starben. Einige waren vor Angst wahnsinnig geworden.

Mediziner der Universität Pennsylvania konstruierten in jahrelanger Arbeit ein Gerät, mit dem Affen durch starke Schläge auf den Kopf schwere Hirnverletzungen zugefügt wurden, um die Folgen von Sport- und Verkehrsunfällen zu studieren. Die US-Regierung sperrte die Gelder für das Institut, nachdem Tierschützer mit Hilfe der von den Experimentatoren selbst gedrehten Videofilme die grausamen Experimente dokumentiert hatten. Auf das brisante Material waren die Tierversuchsgegner zufällig während eines Einbruchs gestoßen, bei dem Versuchstiere befreit werden sollten. Ähnliche Tierversuche hatte ein westdeutscher »Forscher« schon Anfang der 60er Jahre vorgenommen: Er hämmerte mit einer Gasdruckkanone bis zu 160mal auf die Schädel von Katzen und Kaninchen, um festzustellen, wie sich schwere Gehirnschäden bemerkbar machen. Zur Erzeugung akuter Schockzustände sowie zum Nachweis der Binsenweisheit, daß sich frische Brandwunden unter anderem mit kaltem Wasser behandeln lassen, mußten Ratten

Verbrennungen dritten Grades erleiden. Ein Teil der Opfer erhielt nicht einmal die Versuchstherapie: Sie dienten als sogenannte Kontrollgruppe, damit die »Wissenschaftler« die Reaktionen behandelter und unbehandelter Tiere vergleichen konnten . . .

Von dem massenhaften Tierverbrauch profitieren neben karrierebewußten Wissenschaftlern sowie Pharma-, Chemie- und Kosmetikfirmen vor allem Firmen, die Tierversuchsanlagen bauen, sowie Hersteller von Käfigen, Bändigungsapparaten, Instrumenten und anderem Laborzubehör, Lieferanten von Futtermitteln und Versuchstierhändler. Besonders Hunde und Katzen werden für die Experimente oft gestohlen, erschlichen oder eingefangen, nachdem sie von ihren Besitzern verstoßen wurden. Immerhin werden in der Bundesrepublik jährlich bis zu 150 000 Haustiere ausgesetzt. Der überaus zweifelhafte Nutzen der Tierversuche zeigt sich am besten an den möglichen Auswirkungen der Genmanipulation, die bei Nutztieren längst üblich ist. Auch Gehirnverpflanzungen und andere makabre Operationen – etwa die Übertragung von Affenherzen auf Menschen – wurden in Tierexperimenten entwickelt und perfektioniert. In der sogenannten Fortpflanzungsmedizin, die uns unter anderem Retortenkinder und Leihmütter beschert hat, gehört es immer mehr zur Routine, Versuche an »überflüssigen« Embryos vorzunehmen.

Gegen die perfekte, industriell organisierte, serien- und routinemäßige Todesmaschinerie der neuzeitlichen Versklavung und Ausrottung von Tieren sowie den damit verbundenen Raubbau an der Natur nimmt sich der Sklavenhandel früherer Jahrhunderte vergleichsweise harmlos aus, wirken selbst dekadente Gladiatorenkämpfe im alten Rom wie Kinderspiele, verliert gar manches Kriegsgeschehen zumindest einen Teil seiner Schrecken. Welche Verbrechen wir begehen, wenn wir – zumal ohne Not – Tiere leiden und sterben lassen, zeigt die Tatsache, daß sich Menschen vor allem dann mit ihren Mitgeschöpfen vergleichen, wenn sie ein besonders schlimmes Schicksal erleiden: »Wir wurden wie Tiere behandelt«, berichteten KZ-Häftlinge, politische Gefangene, Folter- und Kriegsopfer nach zugefügten Qualen.

Mitten in unserer scheinbar zivilisierten und angeblich humanen Gesellschaft, die nicht müde wird, den Rang einer freiheitlichen Kulturnation zu beanspruchen, geraten Millionen empfindsamer Lebewesen immer wieder in die perverse Lage, daß Nichtsein besser ist als Sein und der Tod die einzige Möglichkeit bietet, ein unerträgliches Los abzuschütteln – wobei Wale offenbar als einzige Tierart so etwas wie Selbstmord überhaupt kennen. Allen anderen Tieren ist sogar der Fluchtweg in den Freitod verbaut. Allein diese Ohnmacht sollte uns Menschen bewegen, hilflose Mitgeschöpfe aus ihren Qualen zu befreien.

Leonardo da Vinci hoffte einst, es werde der Tag kommen, an dem die Tötung eines Tieres genauso geächtet wird wie die Tötung eines Menschen. Davon sind wir zwar weiter entfernt als im Mittelalter, aber mit zunehmender Tierquälerei wächst auch der Widerstand gegen die systematische Vergewaltigung wehrloser Lebewesen, die nur das evolutionäre Pech hatten, keine Menschen geworden zu sein. Allmählich setzt sich die Erkenntnis durch, daß es schlicht unwürdig und wegen der Zerstörung der eigenen Lebensgrundlagen auch gefährlich ist, mit Gewalt und Willkür tatsächliche oder vermeintliche Vorteile zu erzielen. Immerhin wurden zahlreiche Tier- und Pflanzenarten bereits ausgerottet. Infolge der zunehmenden Umweltbelastung sowie der intensiven Jagd steht mittlerweile jede zweite Gattung auf der roten Liste der vom Aussterben gefährdeten Tiere und Pflanzen. Jedes Tier, an dem Geld zu verdienen ist, wird gnadenlos gejagt, gequält und getötet.

Der Mensch ist nicht das Maß aller Dinge, sondern Leben inmitten von Leben, das auch leben will (A. Schweitzer).

Die Bemühungen um Befreiung der Tiere aus den Fesseln übertriebener Gewinninteressen oder vorgeblicher Sachzwänge hätten sich schon gelohnt, wenn der Mensch einsehen würde, daß er seine Mitgeschöpfe wenigstens art- und verhaltensgerecht behandeln muß, wenn er schon glaubt, Leistungen und Leben von Tieren beanspruchen zu müssen. Tierschutz ist selbstlos, Tierquälerei aber selbstherrlich, mag sie sich noch so humanitär tarnen. Auch Tiere sind nur Menschen – mit etwas weniger Verstand. Angesichts der Gefahr, daß die Menschheit vielleicht nur noch die Wahl hat, einen langsamen ökologischen oder den schnellen atomaren Selbstmord zu begehen, könnte man allerdings auch zu der Schlußfolgerung kommen, Menschen seien bloß Tiere, die den gesunden Tierverstand verloren haben. Der Tod der Tiere ist jedenfalls unser Tod, ihr Leben dagegen auch unser Leben.

Siegfried Wischnewski

Siegfried Wischnewski, 1922 geboren, ist ein Naturtalent. Trotzdem oder vielleicht weil er Autodidakt ist, konnte er uns durch seine schauspielerische Leistung in vielen Theater- und Fernsehrollen begeistern. Er spielte die großen klassischen Rollen am Theater, aber auch in den Spielfilmen »Die Nibelungen« und die »Dreigroschenoper«. Für die Fernsehspiele »Oppenheimer« und »Vor dem Sturm« fand man in ihm den Schauspieler, der dem Publikum das Stück glaubhaft macht. In »Ein Heim für Tiere« spielt er den Tierarzt, als hätte er nie einen anderen Beruf ausgeübt. Siegfried Wischnewski kennt sich mit Katzen aus. Sein Gefühl für sie drückt er hervorragend in der folgenden Geschichte aus.

Siegfried Wischnewski

Porgy, Bess und Violetta

Die letzten Takte von *La Traviata* erfüllten den Raum. Sie wollten ihn nicht verlassen. Ich war mir nicht sicher, ob ich wünschte, daß *La Traviata* uns verließe. Mein Freund S. wünschte es bestimmt nicht. Im tiefen Sessel versunken, streichelten seine schweren Hände eine grau-schwarz getigerte Katze mit einer Zartheit, die ich nie vermutet hätte. Seine Augen waren geschlossen. Er atmete kaum.

Ich hätte etwas sagen müssen, die *Traviata*-Aufnahme loben, irgendwas. Ein paar Formulierungen, um diese Sprachlosigkeit zu beenden, ohne sie zu verletzen, gingen mir durch den Kopf. Keine schien mir geeignet.

Ich trank einen Schluck Wein und stellte mein Glas etwas zu heftig auf den Tisch zurück. Mein Freund S. lächelte. »Ich bin noch da«, sagte er. Er nahm sein Glas, trank es in einem Zug aus. Unterdessen blinzelte die Katze in seinem Schoß, als sei sie ein wenig verstimmt, daß sie jetzt nur von einer Hand gestreichelt wurde.

S. setzte sein Glas ab – noch etwas lauter, als ich es getan hatte. Die Katze sprang zu Boden, wetzte die Krallen im Teppich, streckte die Vorderpfoten, die Hinterpfoten – der Bauch berührte fast den Boden – und verschwand im Dunkel. S. sagte: »Und jetzt *Porgy and Bess.*«

»Was für ein Sprung. Muß das sein?« fragte ich. »Ich mag *Porgy and Bess* sehr, aber . . .«

»Ich muß dir das erklären«, sagte S. Er stand auf, ging langsam hin und her. In seinen Bewegungen war Ziellosigkeit, Ratlosigkeit. In seinem Gesicht war Trauer.

Er schaltete den Plattenspieler aus, setzte sich. Dann lächelte er, schloß wieder die Augen, als wollte er in einen Traum flüchten und sagte: »Nein, nicht *Porgy and Bess*. Hör zu.«

Ich wartete. Nichts geschah. Stille. Sollte ich S. allein lassen? Doch sicher nicht. Hätte er sonst gesagt: Hör zu? Aus der dunklen Tiefe des Zimmers tauchte die Katze wieder auf. Sie strich um die Füße meines Freundes, dann um die meinen. Sie sah mich an, ich sagte: »Komm.« Und sie sprang auf meinen Schoß, richtete sich ein zum Schlafen – zu diesem faszinierenden Katzenschlaf, der ewig zu sein scheint.

S. sagte: »Es ist jetzt fast zehn Jahre her. Es war im Sommer. Ich hielt auf einem Autobahnparkplatz, um mir die Füße zu vertreten. Die Wagentüren waren geöffnet, es war sehr heiß. Im Schatten der angrenzenden Bäume rauchte ich eine Zigarette. Ich dachte an meine Verabredung in Heidelberg, zu der ich unterwegs war. Ich sah auf die Uhr: Ich hatte keine Eile.

Als ich zum Wagen zurückkam, saß auf dem rechten Vordersitz ein winziges Kätzchen, nicht größer als meine Hand. Die junge Dame sah ein wenig verwildert aus, so als hätte sie kein Zuhause.«

S. nahm sein Glas und trank einen Schluck Wein. Dann lachte er: »Du wirst es nicht glauben, eine geschlagene halbe Stunde versuchte ich, den kleinen Fahrgast wieder auszuladen. Unmöglich. Die kleine Bestie schrie und kratzte, daß ich Angst bekam. Streicheln ließ sie sich, allerdings mit gehörigem Mißtrauen, aber wenn ich sie hochnehmen wollte, um sie rauszusetzen, war der Teufel los.

Nun war meine Zeit doch etwas knapp geworden, ich mußte weiter. Ich knallte die Wagentüren zu. Ich muß gestehen, ich war nicht sehr glücklich mit der Situation – und fuhr los. Und da brach die Hölle über mich herein. Offenbar war Autofahren für meinen kleinen Fahrgast etwas völlig Neues.

Ich glaube, über die Weiterfahrt brauche ich dir nichts zu erzählen. Du kannst dir vorstellen, wie das aussieht, wenn so eine kleine Bestie in Entsetzen und panischer Angst im Auto herumtobt. Wie durch ein Wunder kam ich in Heidelberg an, ohne Schaden verursacht zu haben. Wirklich ein Wunder, denn meine ganze Aufmerksamkeit während der Fahrt galt der wild gewordenen kleinen Katze und meiner Verteidigung. Ich sah aus, als hätte man mich durch den Fleischwolf gedreht. Den Gesprächspartnern in Heidelberg mußte ich natürlich mein Aussehen erklären, um die schlimmsten Verdächtigungen zu widerlegen. Alle waren entzückt und wollten den kleinen Tiger sehen. Jemand sagte: La Traviata, die vom Wege Abgekommene. ›Also heißt sie Violetta‹, entschied ich. Und damit war sie adoptiert und getauft.

Die Rückfahrt ging erstaunlich glatt. Violetta hatte sich auf dem rechten Vordersitz zusammengerollt und spielte schlafen. Nun hatte ich also eine Katze. Ich mußte mancherlei lernen, denn ich hatte noch nie mit einer Katze zusammengelebt. Ich verliebte mich in Violetta – ich begann sie zu lieben. Wenn es nicht albern klänge, würde ich sagen: Ich wurde ihr hörig. Ob sie mich geliebt hat? Ich weiß es nicht. Ich werde das nie erfahren. Sie war alles: zärtlich, feindselig, launisch, aggressiv, anschmiegsam. – Was war sie wirklich? – Sie wurde immer schöner. Ihr Fell leuchtete in der Nacht, wenn sie unvermutet auf mein Bett sprang und mich weckte. Die Farbe ihrer Augen veränderte sich mit dem Licht des Tages, mit den Jahreszeiten, mit der Intensität ihrer Zärtlichkeiten und ihrer Wut.

Sie blieb jungfräulich, meine schlanke, geschmeidige Tänzerin Violetta. Die Katzenschreie, die nachts aus dem Garten zu hören waren, sind vermutlich die Schmerzensschreie ihrer Anbeter gewesen – dieser vielen Kater ohne Hoffnung – ihrer Anbeter, die sie umzubringen versuchte. So schien es mir. Über zwei Jahre hat es gedauert, bis ich eine unglaubliche Entdeckung machte. Ich hatte mir eine Aufnahme von *Porgy and Bess* gekauft. Am selben Abend noch sollte die Premiere stattfinden – ich wollte sie anhören. Ich saß hier in meinem Sessel, hier, wo ich jetzt sitze, eine Flasche Wein in Reichweite. Um meine Freude vollkommen zu machen, rief ich nach Violetta. Sie antwortete nicht, sie kam nicht – wie sie noch nie gekommen war, wenn ich sie rief. Ich hatte nichts anderes erwartet, aber abgefunden hatte ich mich nicht mit meiner Sehnsucht, die Violetta nie erreichte.

Oder doch? Es gab keinen Beweis.

Ja, und dann geschah das Unglaubliche: Nach ein paar Takten tauchte ein grauer Schatten in der Dämmerung auf. Es war Violetta. In kaum zu beschreibender Bewegung kam sie zu mir. Was heißt das: Sie kam? Sie ging, sie flog, sie schwebte, sie schlich – unendlich langsam. Dann ein Sprung – und sie war auf meinem Schoß.

Ich muß gestehen, daß ich an diesem Abend wenig von *Porgy and Bess* erfahren habe, denn Violetta lenkte meine ganze Aufmerksamkeit auf sich. Sie tanzte den Tanz der Salome, sie war die Frau-Hure-Mädchen-Mutter der ganzen Welt. Sie bot sich dar mit Stöhnen, Schreien, Fauchen, Knurren, Singen, Schluchzen, rollte sich zusammen zu einem winzigen Wattebällchen, streckte sich zur Größe eines Tigers, das Fell sprühte Funken. Ihre Augen durchdrangen das Universum bis zu den fernsten Milchstraßen, sie ... ja ...«

Mein Freund S. sprach nicht weiter.

Ich fragte: »Was ist aus Violetta geworden?«

S. hob die Schultern: »Ich weiß es nicht.«

Er zündete sich eine Zigarette an. Nach ein paar tiefen Zügen sagte er: »Ich war sehr glücklich damals. Es stellte sich nämlich heraus, daß Violetta sofort zur Stelle war, um die große babylonische Hure zu spielen, wenn *Porgy and Bess* zu hören war. So konnte ich sie rufen, zu jeder Tages-

oder Nachtzeit. Manchmal hatte ich den Eindruck, sie sei mit Lichtgeschwindigkeit aus den Wüsten Zentralasiens gekommen. So atemlos war sie, so weitgereist sah sie aus.

Das Glück dauerte nicht lange. Das ist wohl normal, es ist die dunkle Seite des Glücks. In einer schrecklichen Nacht – ich konnte nicht schlafen, quälte mich mit Gedanken (warum, spielt hier keine Rolle). In dieser Nacht wollte ich Violetta bei mir haben. Ich rief also mit Gershwin. Violetta kam nicht. Ich riß die Fenster auf, ich stellte die äußerste Lautstärke ein: Das Haus dröhnte, die Ohren taten mir weh – nichts. Violetta kam nicht. Sie kam nie wieder. In dieser Nacht hätte ich sie so dringend gebraucht.«

Freund S. schenkte uns Wein nach. Wir tranken. Mir war unbeschreiblich elend zumute. Ich wußte nicht, was ich tun könnte, um S. zu trösten.

»Weißt du, was ich glaube«, sagte er, »ich glaube, daß Violetta nicht ertragen konnte, daß es jetzt ein Mittel gab, sie zu zwingen. Sie war dieser Musik rettungslos ausgeliefert. So konnte ich sie zwingen, zu mir zu kommen, wann immer ich wollte. Das ertrug sie nicht. Also ging sie fort. Ohne Abschied. Ich bin sicher, sie hat geweint, als sie ging. Aber sie mußte gehen, um sich selbst nicht zu verlieren.«

Freund S. stand abrupt auf: »Also doch *Porgy and Bess*. Du weißt ja nun, warum.«

Ich sagte: »Vielleicht kommt Violetta wieder.«

Er schüttelte den Kopf: »Violetta kommt nie wieder. Wir haben uns zu sehr geliebt.«

Quellennachweis

Verlag und Herausgeberin danken für die Abdruckgenehmigung folgender Texte:

O. W. Fischer, *Muschis Tod* (Auszug).
Aus: »Auferstehung in Hollywood«.
Mit freundlicher Genehmigung der Edition S, Wien
(Verlag der österreichischen Staatsdruckerei).

Ephraim Kishon, *Sag Schalom.*
Aus: »Ephraim Kishons beste Tiergeschichten«,
übersetzt von Friedrich Torberg.
Mit freundlicher Genehmigung der F. A. Herbig Verlagsbuchhandlung, München.

Barbara Noack, *Tod eines Goldhamsters.*
Aus »Eines Knaben Phantasie hat meistens schwarze Knie«.
Mit freundlicher Genehmigung des Albert Langen Georg Müller Verlages GmbH, München.

Carl-Heinz Schroth, *Lupetto.*
Aus »Keine Angst vor schlechten Zeiten«.
Mit freundlicher Genehmigung der F. A. Herbig Verlagsbuchhandlung, München.

Bildnachweis

Kathia Berger
Foto: Siegfried Rosenke, Hamburg

Jochen Birr
Foto: Ein Herz für Tiere/Alexander Fichtl

Gottfried von Einem
Foto: Franz Hubmann, Wien

Stephanie Faber
Foto: Christine Strub, München

Siegfried Lenz
Foto: Wulf Harder/Hoffmann und Campe, Hamburg

Dr. Hagenlocher
Foto: Boris Kerber, Frankfurt

Lotte Ingrisch
Foto: Franz Hubmann, Wien

Ulrich Klever
Foto: Stefan Moses

Robert Lembke
Foto: Sessner, Dachau

Reinhold Messner
Foto: H. Gasser, Lana

Karl Ridderbusch
Foto: Bruno Waske/Bauer Verlag, Hamburg

Barbara Rütting
Foto: H. G. Trenkwalder, Klagenfurt

Carl-Heinz Schroth
Foto: dpa, München

Petra Schürmann
Foto: Schneider-Press, München

Sina Walden
Foto: Ein Herz für Tiere/Ulrich Prost

Siegfried Wischnewski
Foto: Max Kohr, Berlin

Alle anderen Fotos stammen aus dem Privatbesitz der einzelnen Autoren.